U0104759

# 古代美術史研究

## 二編

### 第20冊

**陳維崧題畫詞研究**

李倍甄 著

花木蘭文化出版社

國家圖書館出版品預行編目資料

陳維崧題畫詞研究／李倍甄 著 — 初版 — 新北市：花木蘭文
化出版社，2017〔民 106〕
目 2+190 面；19×26 公分
（古代美術史研究 二編；第 20 冊）
ISBN 978-986-404-879-3（精裝）
1.（清）陳維崧 2. 題畫詩 3. 詩評

820.91                                                    106000592

ISBN-978-986-404-879-3

9 789864 048793

古代美術史研究
二 編 第二十冊                    ISBN：978-986-404-879-3

## 陳維崧題畫詞研究

作　　者　李倍甄
總 編 輯　杜潔祥
副總編輯　楊嘉樂
編　　輯　許郁翎、王筑　美術編輯　陳逸婷
出　　版　花木蘭文化出版社
社　　長　高小娟
聯絡地址　235 新北市中和區中安街七二號十三樓
　　　　　電話：02-2923-1455／傳真：02-2923-1452
網　　址　http://www.huamulan.tw 信箱 hml 810518@gmail.com
印　　刷　普羅文化出版廣告事業
初　　版　2017 年 3 月
全書字數　164301 字
定　　價　二編 28 冊（精裝）新台幣 75,000 元

版權所有·請勿翻印

# 陳維崧題畫詞研究

李倍甄　著

## 作者簡介

李倍甄，1983 年出生，臺南市人，畢業國立高雄師範大學國文所，曾發表〈淺論李清照詞中「花」的愁感意象〉（收錄於《第三屆源頭活水論文發表會論文集》，2008 年 12 月，頁 157 ～ 172）、〈論《莊子・人間世》之哲學內涵〉（收錄於《紀念施銘燦教授學術研討會會後論文集》，2008 年 12 月，頁 501 ～ 518），並著有《陳維崧題畫詞研究》。

## 提　　要

　　題畫詞，乃中國題畫文學中特殊類型，它不僅是時空藝術的融合，更是文學與繪畫交流後的特殊產物。陳維崧，為清初陽羨詞派的領袖，一生創作豐富，留有 95 首題畫詞作，考察現今題畫詞與陳維崧詞的相關研究，發現對其題畫詞關注不多，有鑑於此，本論文將以「陳維崧題畫詞」為研究對象，作深入地討論，主要目的有二：首先釐清陳維崧題畫詞的時代背景、內容與特色，期盼在前人基礎上，彌補現今陳維崧詞作研究之不足。其次，期盼藉陳維崧題畫詞的討論，探究清代題畫文學，以嘗試開拓國內題畫文學的研究視野。本論文研究成果有以下四點：

　　第一，探討陳維崧題畫詞的時空因緣。在清初「詩文賈禍」的嚴肅氣氛裡，清初知識份子逐漸將詞體當作情感寄託的掩體，詞體在重獲文人重視下，清詞復興，為陳維崧題畫詞提供良好的創作環境。另一方面身為明末遺民的陳維崧，家國淪喪後飄泊離散的生命經歷，不僅開拓自己結識各地文人的機會，更透過「題詠唱和」和「題詠酬贈」文人社交活動的參與，加速題畫詞創作的催生。

　　第二，分析陳維崧題畫詞內容。陳維崧題畫詞總計共 95 首，根據觀畫題寫的對象，可分為「人物」與「自然景觀」兩類，這些作品不僅各自展現出詞人不同的審美觀照、審美情趣或作品的審美特色，亦在詞畫關係上，反映了「詞畫相互闡發」與「詞畫各自獨立」兩種處理方式。

　　第三，歸納陳維崧題畫詞的創作特色。大體而言，陳維崧主要運用了「善用題序」、「修辭豐富」、「章法多變」創作特色，表現了不同於自題的獨特詮釋。

　　第四，凸顯本論文之研究創獲。陳維崧寫真題畫詞數量超過整體的 1/3，比例之高反映明清文人寫真風氣的盛行，這股流行伴隨中國傳統文人的社交活動，不僅延伸出以文人畫像題詠酬贈的文化景觀，也為陳維崧題畫詞創作建構一個生存發展的空間。人情酬酢的創作背景，讓陳維崧保持一種若即若離的觀畫態度，使題畫詞中畫我關係呈現「我在畫外，畫我兩隔」與「以我觀畫，我在畫內」兩種模式。而陳維崧文人身分與題畫詞的社交特質、詞體本身抒情功能，也間接限制繪畫理論在其題畫詞的生存空間。此外，陳維崧陽羨詞派領袖的特殊身分，亦使這類詞作對清代題畫詞的發展，產生舉足輕重的影響，其文學價值不可抹滅。

# 目次

# 第一章 緒 論

## 第一節 研究動機與目的

在中國悠久的歷史發展上，文學與繪畫原屬於兩個獨立的個體，直到題畫文學的出現，彼此之間有了更緊密的關係。有關題畫文學，衣若芬曾在《觀看、敘述、審美——唐宋題畫文學論集》提出以下說明：

> 狹義的「題畫文學」單指被書寫於畫幅上的文字；廣義的「題畫文學」，則泛稱「凡以畫爲題，以畫爲命意，或讚賞，或寄興，或議論，或諷諭，而出之以詩詞歌賦及散文等體裁的文學作品」〔註1〕

顯然題畫文學，不僅是一門結合詩、書、畫、印的特殊藝術，其中更牽涉到「時間藝術」與「空間藝術」〔註2〕的交錯與融合。它的誕生，爲文學與繪畫提供一條交流管道。

這些題畫文學作品，除了代表著中國傳統文化的縮影，其中的意義和價值更值得後人研究。1937 年日本教授青木正兒率先發表一篇〈題畫文學の發展〉〔註3〕，成爲研究題畫文學的開創者，當時並未帶來多大的研究風潮。隨

---

〔註1〕 衣若芬：《觀看、敘述、審美——唐宋題畫文學論集》（台北：中央研究院文哲所，2004 年 6 月初版），頁 2。

〔註2〕 陳瓊花曾將文學歸類爲時間藝術，她認爲一首詩歌的表達，除依聽覺感受之外，須透過時間的延續，方能領會完整的意象。另外繪畫視爲以形、色及不同的材料，在二次元的平面空間，表現三次元的幻象，因此將繪畫歸屬於空間藝術。（陳瓊花：《藝術概論》（台北：三民書局，2007 年 2 月初版 9 刷），頁 45。

〔註3〕 青木正兒：〈題畫文學の發展〉，原載《支那學》第 9 卷第 1 號，1937 年 7 月，

著時間的過去，題畫文學雖已陸續受到當代學者的關注，然多數卻只關注在題畫詩的研究〔註4〕，同屬於題畫文學分支的題畫詞，不是被歸類在題畫詩的範疇中，就是只出現零星少數作品的討論〔註5〕。有鑑於此，本論文試圖將題畫詞從過往題畫詩的範疇獨立出來，期盼以題畫詞作為研究範疇，探究題畫詞獨有的審美特徵。

至於選擇清代陳維崧題畫詞作為研究對象，主要考量以下原因：

第一，受到題畫詩影響，題畫詞雖伴隨詞體的產生而興起，不過，就題畫詞的發展過程而言，卻有不同面貌。在馬興榮〈論題畫詞〉中指出：「宋元是題畫詞的開創時期，明代是題畫詞的發展時期，清代是題畫詞的極盛時期。」〔註6〕此外，張金鑒《中國畫的題畫藝術》亦云：「清代的題畫內容更加豐富，形式更加多樣，畫以有題而名貴，題也以有畫而妙趣橫生，相互輝映，蔚為中國傳統繪畫題畫藝術的高峰。」〔註7〕可見，清代題畫文學不論作品數量或內容豐富性，都是勝過其他朝代。

第二，就詞體本身言，源起唐五代的詞體，入宋後達到詞學高峰，後來隨著南宋滅亡，詞作數量與品質也逐漸走向衰落，直到清代，詞學再度中興。嚴迪昌《清詞史》：「詞在清代，早就不再是『倚聲』之小道，不只是淺斟低唱，雕紅刻翠徒供清娛的艷科了。所以，清人的詞，已在整體意義上發展成為與『詩』完全並立的抒情之體。……詞的可莊可媚，亦莊亦媚，恰好表現出了其卓特多樣的抒情功能。」〔註8〕顯然動盪的歷史變化，因詩所構成的文字獄，反而讓歷來被視為小道的詞體，有機會成為知識份子抒發心聲的媒介。而這些清詞作品，也為清代詞壇開創出別於宋代的輝煌盛況。

第三，眾多清代詞人中，陳維崧是清初詞壇創作十分豐富的詞人，一生

---

後收入《青木正兒全集》第 2 卷（東京：春秋社，1983 年），頁 491～504。此文發表後，陸續有人翻譯成中文，如青木正兒著、馬導源譯：〈題畫文學之發展〉，《大陸雜誌》第 3 卷第 10 期，1951 年 11 月，頁 15～20；青木正兒著、魏仲佑譯：〈題畫文學及其發展〉，《中國文化月刊》第 9 期，1980 年 7 月，頁 76～92。

〔註 4〕關於題畫文學研究概況，可參看衣若芬《觀看、敘述、審美——唐宋題畫文學論集》，頁 38～42。

〔註 5〕關於題畫詞的研究現況，將在第二節文獻探討作詳細說明。

〔註 6〕馬興榮：〈論題畫詞〉，《揚州師專學報》第四期，1997 年 12 月，頁 13。

〔註 7〕張金鑒：《中國畫的題畫藝術》（福建：福建美術出版社，1987 年 3 月出版），頁 9。

〔註 8〕嚴迪昌：《清詞史》（江蘇：江蘇古籍出版社，1990 年 1 月初版），頁 2。

創作多達數千首，在現今研究中，其題畫詞往往受到忽略，即便周絢隆曾發表〈實用性原則的遵循與背叛──陳維崧題畫詞的文本解讀〉〔註9〕，然文中討論作品不多，以此作結，未必有全面而公允的理解。具有文人、詞論家、鑑賞者身分的陳維崧，究竟題畫詞有何特殊之處？而這些作品，又呈現出的哪些特色與文化意義呢？基於上述理由，本論文將以「陳維崧題畫詞」為研究對象，作進一步深入地探析。

　　本論文的研究目的，主要有兩個面向，第一，彌補現今陳維崧詞作研究之不足。考察目前陳維崧詞作的研究現況，雖然蘇淑芬在《湖海樓詞研究》〔註10〕與〈「是誰家本師絕藝」──《湖海樓詞》中的江湖藝人研究〉〔註11〕皆曾提及陳維崧有93首題畫詞作，然而，文中卻不見此類題材內容的討論。另外，儘管周絢隆〈實用性原則的遵循與背叛──陳維崧題畫詞的文本解讀〉已經碰觸內容的討論，但文中不僅討論作品不多，也未深入當時的文化內涵，因此，未必有全面而公允的理解。至於林青蓓《陳維崧詠物詞之研究》〔註12〕，也因為將題畫詞歸類在題畫文學的範疇裡，而不涉及談論。由此可見，陳維崧題畫詞雖然已被關注，但仍尚未被人仔細研究，本論文的書寫，剛好彌補了這個缺口，使陳維崧詞作的現有研究，更為完整。

　　第二，嘗試開拓題畫文學的研究範圍。目前針對題畫文學的國內外研究論文，多半集中在題畫詩的討論，無論是單一詩人或整個朝代，研究範圍已遍及唐、宋、元、明、清，顯然現今國內外學者關注的焦點，多半集中在題畫詩這個部分。題畫詞的研究，則以大陸學者關注比較多，不難發現，國內學者在題畫詞的研究，仍然有待開發。本論文的書寫，嘗試為國內題畫詞研究提供一個開端，期盼日後同好能在題畫詞這塊領域有更豐富的研究成果。

　　總結而論，本論文希望爬梳相關的文獻資料，一方面藉由陳維崧題畫詞的研究，補足現今研究不足之處，另一方面也期盼能以小見大，以點線面的連結關係，探究清代題畫文學，以開拓國內題畫文學的研究範圍。

---

〔註9〕周絢隆：〈實用性原則的遵循與背叛──陳維崧題畫詞的文本解讀〉，《首都師範大學學報》社會科學版第6期，2000年，頁79～86。
〔註10〕蘇淑芬：《湖海樓詞研究》（臺北：里仁書局，2005年2月初版）。
〔註11〕蘇淑芬：〈「是誰家本師絕藝」──《湖海樓詞》中的江湖藝人研究〉，《臺北大學中文學報》第5期，2008年9月，頁233～272。
〔註12〕林青蓓：《陳維崧詠物詞之研究》，中興大學中國文學系所碩士論文，2008年。

# 第二節 文獻探討

鑑於本論文乃以「陳維崧題畫詞」為研究對象,因此,文獻資料的蒐集,將以「題畫詞」和「陳維崧詞」作為主要關鍵字,期盼藉此回顧前人的研究成果,找出其中論述之不足。以下便就上述兩者相關專書、學位論文、期刊論文,根據文章內容討論問題的角度,作進一步研究成果的論述。

## 一、題畫詞

首先,在「題畫詞」方面,這個課題國內外目前仍屬於值得開發的階段,相較於台灣,大陸卻已有不少初步研究成果,可分為四個面向:

### (一) 從文學發展史脈絡

從「文學發展史」的脈絡,為歷代題畫詞作進行編撰與詮釋,例如吳企明、史創新《題畫詞與詞意畫》〔註13〕便以縱軸時間的方式,將題畫詞編纂排列,可為現今歷代題畫詞作總集之先聲。而馬興榮〈論題畫詞〉〔註14〕,則對宋元明清題畫詞發展過程,有概略性地介紹。

### (二) 從文學創作角度

從「文學創作角度」書寫不同文人或畫家題畫詞的創作,此類研究主要以一家或某代作品為討論對象,期刊論文如張富華〈淺論清代少數民族詞人改琦的題畫詞〉〔註15〕、耿祥偉〈試論姚華題畫詞〉〔註16〕、周絢隆〈實用性原則的遵循與背叛——陳維崧題畫詞的文本解讀〉〔註17〕、魏遠征〈詞境、畫境、心境——論顧太清的題畫詞〉〔註18〕、苗貴松〈宋代題畫詞簡論〉〔註19〕、趙

---

〔註13〕吳企明、史創新:《題畫詞與詞意畫》(昆明:雲南人民出版社,2007年2月初版)。

〔註14〕馬興榮:〈論題畫詞〉,《揚州師專學報》第四期,1997年12月,頁7~13。

〔註15〕張富華:〈淺論清代少數民族詞人改琦的題畫詞〉,《新疆大學學報》哲學社會科學版第二期,1994年,頁84~88。

〔註16〕耿祥偉:〈試論姚華題畫詞〉,《山東教育學院學報》第6期,2006年,頁73~77。

〔註17〕同注9。

〔註18〕魏遠征:〈詞境、畫境、心境——論顧太清的題畫詞〉,《民族文學研究》第4期,2007年,頁35~40。

〔註19〕苗貴松:〈宋代題畫詞簡論〉,《常州師範專科學校學報》第2期,2004年,頁18~23。

雪沛〈明末清初的女性題畫詞〉〔註20〕、張若蘭〈元代題畫詞初探〉〔註21〕、
譚輝煌〈論風雅詞人題畫詞的文化意蘊和藝術手法——以張炎、周密和王沂
孫爲中心〉〔註22〕。碩士論文如吳文治《宋代題畫詞論說》〔註23〕和王煒《元
代題畫詞研究》〔註24〕皆分別針對宋、元二朝題畫詞發展，做了宏觀的鳥瞰，
但若以論文探究的深入與完整，後者顯然超越前者。

### （三）從社會文化發展

從「社會文化發展」角度，一方面思考題畫詞可能形成的背景，另一方
面也對當代文化現象作深入地討論。例如：劉繼才〈論宋代題畫詩詞勃興的
原因及其特徵〉〔註25〕便從文學、繪畫、書法、社會制度、經濟等不同面向，
具體剖析宋代題畫詞繁榮興起的原因。

### （四）從文學傳播

從「文學傳播」的途徑，探討題畫詞在詞體傳播所扮演的媒介角色。例
如：譚新紅、王兆鵬〈宋詞的藝術媒介傳播——以題畫、題扇和題屏詞爲中
心〉〔註26〕即以「題畫、題扇和題屏詞」爲例，析論三者在宋詞傳播歷程所
發揮的影響性。

## 二、陳維崧詞

其次，在「陳維崧詞」方面，關於此議題的研究，無論臺灣或大陸地區，
已深受國內外許多學者關注，研究成果可謂相當豐碩。至今與「陳維崧詞」
直接且緊密的相關研究，大概分爲以下五類：

〔註20〕趙雲沛：〈明末清初的女性題畫詞〉，《文學遺產》第 6 期，2006 年，頁 134～
137。
〔註21〕張若蘭：〈元代題畫詞初探〉，《中國社會科學院研究生院學報》第 3 期，2009
年 5 月，頁 99～103。
〔註22〕譚輝煌：〈論風雅詞人題畫詞的文化意蘊和藝術手法——以張炎、周密和王沂
孫爲中心〉，《湖北社會科學》第 8 期，2009 年，頁 112～114。
〔註23〕吳文治：《宋代題畫詞論說》，河北大學碩士論文，2005 年。
〔註24〕王煒：《元代題畫詞》，華東師範大學碩士論文，2007 年。
〔註25〕劉繼才：〈論宋代題畫詩詞勃興的原因與特徵〉，《瀋陽師範大學學報》第 1 期
第 32 卷，2008 年，頁 89～92。
〔註26〕譚新紅、王兆鵬：〈宋詞的藝術媒介傳播——以題畫、題扇和題屏詞爲中心〉，
《華中師範大學學報》（人文社會科學版）第 49 卷第 2 期，2010 年 3 月，頁
107～113。

## （一）綜觀式論述

綜觀式論述雖以「陳維崧詞」爲核心探討重點，但也同時兼論陳維崧生平、詞學地位或詞學理論等不同面向。這類研究，期刊論文如周旻〈試論陳維崧的詞〉〔註 27〕、艾治平〈論陽羨詞宗師陳維崧〉〔註 28〕、梁鑒江〈陳維崧：清初詞壇的革新者〉〔註 29〕、凌性傑〈陳維崧詞作及詞學之探討〉〔註 30〕。博碩士論文如楊棠秋《陳維崧及其詞學》〔註 31〕、王翠芳《陳維崧湖海樓詞研究》〔註 32〕、高淑萍《陳維崧烏絲詞研究》〔註 33〕、王娟《論陳維崧的詞學觀念及其創作實踐》〔註 34〕。至於專書部份，則有丁惠英《陳維崧及其湖海樓詞研究》〔註 35〕、蘇淑芬《湖海樓詞研究》〔註 36〕二書出版。整體而言，上述文獻資料在「陳維崧詞」的分析，雖已涵蓋了內容題材、藝術技巧與風格，可惜卻不見任何有關題畫詞的討論。

## （二）單一詞作主題研究

陳維崧一生創作詞作數量多達數千首，由於內容涵蓋範圍十分廣泛，因此，探究某一類題材或某個時期的詞作，便成爲許多學者研究陳維崧最常見的方式。例如裴喆〈陳維崧中州四載詞作考〉〔註 37〕，便針對陳維崧康熙七年～康熙十一年時期的作品，結合陳維崧詩文與其他文獻，爲詞作考辨繫年；周絢隆〈擬物寫形與抒情的符號化傾向——陳維崧詠物詞中的自我表現〉〔註 38〕，主

---

〔註 27〕周旻：〈試論陳維崧的詞〉，《廈門大學學報》哲學社會科學版第 4 期，1984年。

〔註 28〕艾治平：〈論陽羨詞宗師陳維崧〉，《嘉應大學學報》哲學社會科學版第 1 期，1998 年，頁 44～51。

〔註 29〕梁鑒江：〈陳維崧：清初詞壇的革新者〉，《中國韻學學刊》第 3 期，2004 年，頁 67～71。

〔註 30〕凌性傑：〈陳維崧詞作及詞學之探討〉，《聲濤學報》第 1 期，2006 年 3 月，頁 19～36。

〔註 31〕楊秋棠：《陳維崧及其詞學》，東海大學中國文學系博士論文，2002 年。

〔註 32〕王翠芳：《陳維崧湖海樓詞研究》，高雄師範大學國文學系碩士論文，1997 年。

〔註 33〕高淑萍：《陳維崧烏絲詞研究》，彰化師範大學國文學系碩士論文，2003 年。

〔註 34〕王娟：《論陳維崧的詞學觀念及其創作實踐》，廣西師範大學碩士論文，2008 年。

〔註 35〕丁惠英：《陳維崧及其湖海樓詞研究》（高雄：復文書局，1992 年 7 月初版）。

〔註 36〕蘇淑芬：《湖海樓詞研究》（臺北：里仁書局，2005 年 2 月初版）。

〔註 37〕裴喆：〈陳維崧中州四載詞作考〉，《南陽師範學院學報》社會科學版第 2 卷第 11 期，2003 年，頁 55～60。

〔註 38〕周絢隆：〈擬物寫形與抒情的符號化傾向——陳維崧詠物詞中的自我表現〉，《蘇州大學學報》哲學社會科學版第 2 期，2005 年 3 月，頁 54～60。

要以「詠物詞」為主要討論對象，按作者經驗參與與否，進而歸納出「單純詠物」和「詠物抒情」兩大類型，最後再依兩者內容作深入研究。同樣研究主題，林青蓓《陳維崧詠物詞之研究》〔註39〕，涵蓋二大面向，其一，探討詠物詞發展流變史。其二，就文本內容歸納出詠物詞中的三種情感與五種藝術特色，以此反映出陳維崧詠物詞的獨特性；曹清華〈陳維崧詞的時間意識的表達〉〔註40〕，雖研究陳維崧的「懷舊弔古詞」，但跳脫過往生平經歷的研究窠臼，改採時間意識的角度切入，重新賦予此類詞作新的詮釋觀點；蘇淑芬〈「是誰家本師絕藝」──《湖海樓詞》中的江湖藝人研究〉〔註41〕，主要以《湖海樓詞》中提及江湖藝人的作品為討論對象，介紹這些江湖藝人的生平之餘，亦探討此類詞作的寫作旨趣；周絢隆〈實用性原則的遵循與背叛──陳維崧題畫詞的文本解讀〉，此文已開始關注過去無人論及的題畫詞作，在題畫詞實用功能的前提下，作者從中整理出二種主體的情感表現與三種實用性質的表現形式。雖然本文對陳維崧研究，有助於新視野的開拓，然作者在文中不僅沒有詳細說明題畫詞的界定與選取標準，其列舉解析的例子亦僅有12首，以此略論，是否能對陳維崧題畫詞作有全面瞭解，仍有相當疑慮。

### （三）寫作特色與風格研究

關於陳維崧詞的創作，除了有從詞作內容加以分析討論，許多學者亦注意到作品形式的表現。此類研究可分為「寫作特色」或「風格」探究，首先「寫作特色」，如：周絢隆〈論迦陵詞以文為詞的傾向──兼評陳維崧革新詞體的得失〉〔註42〕，此文將重心擺在陳維崧「以文為詞」的四種體現特色，並以此兼論其革新詞體的得失。而另一篇〈論陳維崧以詩為詞的創作特徵及其意義〉〔註43〕，則從詞學觀入手，歸納陳維崧「以詩為詞」四種特徵與意

---

〔註39〕 林青蓓：《陳維崧詠物詞之研究》，中興大學中國文學系所碩士論文，2008年。

〔註40〕 曹清華：〈陳維崧詞的時間意識的表達〉，《深圳職業技術學院學報》第3期，2005年，頁59～62。

〔註41〕 蘇淑芬：〈「是誰家本師絕藝」──《湖海樓詞》中的江湖藝人研究〉，《臺北大學中文學報》第5期，2008年9月，頁233～272。

〔註42〕 周絢隆：〈論迦陵詞以文為詞的傾向──兼評陳維崧革新詞體的得失〉，《文史哲》第1期，2002年，頁92～99。

〔註43〕 周絢隆：〈論陳維崧以詩為詞的創作特徵及其意義〉，《文藝研究》第3期，2004年，頁80～85。

義；承劍芬〈陳維崧「以史入詞」風格論析〉〔註44〕，此文題目雖有風格二字，但實際內容主要探討陳維崧「以史筆入詞」的寫作特色及形成原因，因此，筆者認為此文應屬於寫作特色的研究。又如鐘錦〈陳維崧詞非沉鬱型藝術特色簡論〉〔註45〕，則著重探究陳維崧詞在欠缺沉鬱風格前提下，所彰顯的藝術特色。至於在「風格」的研究，如：張世斌〈論陳維崧詞多樣化的風格特點〉〔註46〕，作者藉由具體詞作分析，說明陳維崧詞豪放之外的多樣風格表現；李欣：〈「沉鬱」風格新釋兼論陳維崧詞〉〔註47〕，雖從陳廷焯《白雨齋詞話》評價陳維崧詞「所少者沉鬱」觀點出發，並舉陳維崧與辛棄疾具體詞作比較分析，不過，此文著重在「沉鬱」風格形成的溯源，以及陳廷焯批評立場的探究；周絢隆〈論迦陵詞的多樣化風格及其形成〉〔註48〕與承劍芬〈陳維崧詞風形成的文化背景考察〉〔註49〕，則探究其詞風形成的背景與原因。

## （四）創作比較研究

創作比較研究即擇兩者作品中的某一個相同基準點，解讀分析彼此間的異同，這類研究又有二種情形，其一，在豪放詞風的前提下，部分學者開始關注陳維崧對於前代詞風的繼承與發展，尤其與蘇軾、辛棄疾之間的比較，為最常見。例如：吳曉亮〈論陳維崧詞對稼軒詞的繼承與創新〉〔註50〕，便從擇調、選調、內容、風格四方面，分析兩者詞作之異同，並總結陳維崧對稼軒的繼承與創新。類似研究又有朱麗霞〈向詞壇直奪將軍鼓──論陳維崧

---

〔註44〕承劍芬：〈陳維崧「以史入詞」風格論析〉，《無錫職業技術學院學報》第 2 期，2007 年，頁 92～94。

〔註45〕鐘錦：〈陳維崧詞非沉鬱型藝術特色簡論〉，《唐都學刊》第 4 期，2002 年，頁 77～79。

〔註46〕張世斌：〈論陳維崧詞多樣化的風格特點〉，《名作欣賞》第 20 期，2007 年，頁 18～21。

〔註47〕李欣：〈「沉鬱」風格新釋兼論陳維崧詞〉，《蘇州大學學報》哲學社會科學版第 2 期，2002 年 4 月，頁 49～60。

〔註48〕周絢隆：〈論迦陵詞的多樣化風格及其形成〉，《西北師大學報》第 36 卷第 3 期，1997 年 7 月，頁 8～11。

〔註49〕承劍芬：〈陳維崧詞風形成的文化背景考察〉，《南京理工大學學報》社會科學版第 2 期，2002 年 4 月，頁 26～30。

〔註50〕吳曉亮：〈論陳維崧詞對稼軒詞的繼承與創新〉，《文學遺產》第 3 期，1998 年，頁 76～83。

對辛稼軒的接受〉〔註 51〕、李睿《論陳維崧對蘇辛派的繼承和發展》〔註 52〕與梁鑒江〈稼軒詞與迦陵詞〉〔註 53〕。除此之外，亦有學者關注到蔣捷與陳維崧之間的關係，如鄭海濤〈論竹山詞對迦陵詞的影響〉〔註 54〕，即從擇調、內容、風格等方面，將兩者詞作逐一比較，進而探究陳維崧對蔣捷詞作的繼承與開拓。其二，在史筆精神的前提下，有的學者關注陳維崧與杜甫相同的創作特質，如：梁鑒江〈詩史與詞史——淺談杜詩對陳維崧詞的影響〉〔註 55〕。其三，在文學成就前提下，亦有學者將陳維崧與杜甫擺放至同等的文學地位，如：〈詞中杜甫說總檢討〉〔註 56〕。

## （五）其他

除了上述四類，亦有從其他特殊的觀點，開拓陳維崧詞的研究視野。例如：陳雙蓉〈陳維崧詞中民俗文化因素的分佈形態〉〔註 57〕，即從語料學的角度，分析陳維崧詞作所隱含民俗文化的元素，並歸納出三種存在的型態。另一篇〈論陳維崧詞中折射的民俗文化態度〉〔註 58〕，具體剖析陳維崧在詞中化用傳說、歲時節日和風俗等民俗內容時，所採取順應或批判的二種態度。而劉明玉〈近 25 年來陳維崧詞研究的回顧與展望——兼談文體功能研究的重要意義〉〔註 59〕，將近 25 年對陳維崧詞作的相關研究，蒐集並進行分類，可爲陳維崧詞研究成果的重要回顧資料。朱秋娟〈陳維崧詞學話語圈與其詞學

〔註 51〕 朱麗霞：〈向詞壇直奪將軍鼓——論陳維崧對新稼軒的接受〉，《南陽師範學院學報》第 2 卷第 11 期，2003 年 11 月，頁 61～65。

〔註 52〕 李睿：《論陳維崧對蘇辛派的繼承與發展》，安徽大學碩士論文，2003 年。

〔註 53〕 梁鑒江：〈稼軒詞與迦陵詞〉，《廈門教育學院學報》第 6 卷第 4 期，2004 年 12 月，頁 34～37。

〔註 54〕 鄭海濤：〈論竹山詞對迦陵詞的影響〉，《船山學刊》第 3 期，2005 年，頁 151～153。

〔註 55〕 梁鑒江：〈詩史與詞史——淺談杜詩對陳維崧詞的影響〉，《杜甫研究學刊》第 1 期，2001 年，頁 74～77。

〔註 56〕 歐明俊：〈「詞中杜甫說」總檢討〉，《中國韻文學刊》第 21 卷第 2 期，2007 年 6 月，頁 1～9。

〔註 57〕 陳雙蓉：〈陳維崧詞中民俗文化因素的分佈型態〉，《保定師範專科學校學報》第 4 期，2007 年 10 月，頁 42～44。

〔註 58〕 陳雙蓉：〈論陳維崧詞中折射的民俗文化態度〉，《山東文學》第 3 期，2009 年，頁 102～104。

〔註 59〕 劉明玉：〈近 25 年來陳維崧詞研究的回顧與展望——兼談文體功能研究的重要意義〉，《中國韻文學刊》第 1 期，2007 年，頁 33～38。

理論〉〔註 60〕，從詞評的角度，關注陳維崧崧與評者、被評者之間形成具有相似詞學旨趣的詞學話語圈，並進一步整理陳維崧詞評或他人評點陳維崧詞集時所反映的詞學理論。

綜上所述，可知「題畫詞」多以期刊論文小篇幅的方式探討，即使有二本碩士論文的研究成果，但仍侷限在宋元二代，其餘朝代的題畫詞概況，尚有很大開發的空間。至於「陳維崧詞」的研究，雖已爲顯學，但其題畫詞作卻是過去無人論及的議題，直到周絢隆〈實用性原則的遵循與背叛——陳維崧題畫詞的文本解讀〉一文的出現，才開始被關注，不過，內容篇幅卻只侷限少數作品。有鑑於此，在前人研究成果基礎上，本論文將以陳維崧題畫詞爲討論對象，分別從文學創作和藝術審美的觀點，期望對此議題有更深入的解讀。

## 第三節　題畫詞義蘊與研究範圍、限制

### 一、題畫詞義界

迄今爲止，「題畫詞」這個領域，相較於「題畫詩」研究成果，雖然不顯豐碩，但正因爲如此，這個領域反而成爲一個待開發的新方向。在現今題畫詞的相關研究中，許多學者對「題畫詞」的定義皆有論述，以下本文便針對各家說法作期刊論文、碩士論文與專書的統整，期盼能透過前人的比較分析，確立本論文的討論主體。

#### （一）期刊論文

最早定義「題畫詞」的，見於青木正兒〈題畫文學の發展〉〔註 61〕，其文曰：「中國題畫文學自其演變之過程來看，大別可分爲畫讚、題畫詩、題畫記、畫跋四類。……題畫詩則爲一般畫幅上面所題的五言、七言、古、今各

〔註 60〕朱秋娟：〈陳維崧詞學話語圈與其詞學理論〉，《文藝理論研究》第 6 期，2009年，頁 104～108。

〔註 61〕青木正兒：〈題畫文學の發展〉，原載《支那學》第 9 卷第 1 號，1937 年 7 月，後收入《青木正兒全集》第 2 卷（東京：春秋社，1983 年），頁 491～504。此文發表後，陸續有人翻譯成中文，如青木正兒著、馬導源譯：〈題畫文學之發展〉，《大陸雜誌》第 3 卷第 10 期，1951 年 11 月，頁 15～20；青木正兒著、魏仲佑譯：〈題畫文學及其發展〉，《中國文化月刊》第 9 期，1980 年 7 月，頁76～92。

種題裁的詩歌，我們爲了方便討論起見，詞、賦之類的題畫作品也歸屬於這一類；這類文字如就作者來區分，還可分爲畫者自題，與他題兩種。」由此可知，青木正兒仍將題畫詞歸屬於題畫詩範疇內，主要指題在畫幅上的詞作，不過，當他討論題畫詩時，卻又不見任何題畫詞的論述。而這樣模糊的觀點，隨時間有了改變，在〈論題畫詞〉一文中，馬興榮對題畫詞特點，明確地提出以下看法〔註 62〕：第一，題畫詞和時代的脈搏一般有距離，但也有緊密相連的；第二，題畫詞和詞人的思想感情一般來說聯繫比較緊密；第三，題畫詞不僅是再現畫面形象，而且可藉以送別、祝壽、賀新婚、賀得子、紀游、懷古、議論、抒情、悼亡；第四，題畫詞作者可爲畫家、精於鑑賞的評論家，或兼而有之；題畫詞的寫作技巧，無固定，千變萬化。而這些看法，顯然表示馬興榮已將題畫詞從題畫詩的範疇獨立，開始關注題畫詞的創作時間、內容、作者、技巧等。之後，徐德琳在〈爲人間留取眞面目——論顧太清的題畫詞〉〔註 63〕一文，又將題畫詞分爲狹義與廣義，她認爲狹義題畫詞僅指題在畫面上的詞，廣義題畫詞是指賞畫者根據畫面內容所塡的詞，既可以題在畫面上，也可以脫離畫面單獨成立。雖然這只是簡單的區分，但卻受到後來其他學者的延用，如苗貴松〈宋代題畫詞簡論〉，便在此基礎上，對題畫詞做了更詳細的定義。苗貴松認爲題畫詞應該包含兩個層面的意思，一是體制形式的狹義題畫詞，包含自題詞、他題詞、跋畫詞，〔註 64〕被歸類爲傳統國畫的題款範疇。此類題畫詞，不管題詞者爲何人，詞作皆被題在畫中。二是題材內容的廣義題畫詞，除了包括狹義題畫詞的三種形式，也包含了詠畫詞和同題畫相關的唱和詞。〔註 65〕此類題畫詞，凡以繪畫作品爲題材完成的作品，不論是否題於畫作上，皆歸屬廣義題畫詞。

---

〔註 62〕參考馬興榮：〈論題畫詞〉，《揚州師專學報》第四期，1997 年 12 月，頁 13。

〔註 63〕徐德琳：〈爲人間留取眞面目——顧太清的題畫詞〉，《北京宣武紅旗業餘大學學報》第 4 期，2003 年，頁 23～25。

〔註 64〕自題詞：是指畫家在作品完成之後，爲了闡發畫中之意境而創作的詞，直接寫在畫面上，乃畫家自作。他題詞：是指畫家在作品完成之後，請人書在畫面上，多補題之作。跋畫詞：是指收藏家或後人在前人畫作上所作的跋詞。苗貴松：〈宋代題畫詞簡論〉，《常州師範專科學校學報》第 2 期，2004 年，頁 18。

〔註 65〕詠畫詞：是指針對特定題畫作品而做的吟詠賞贊。與題畫相關的唱和詞雖然大多是針對題畫詞本身，而不是繪畫作品，但是它畢竟同繪畫相關，所以把這類唱和詞歸屬題畫詞。苗貴松：〈宋代題畫詞簡論〉，《常州師範專科學校學報》第 2 期，2004 年，頁 18。

## （二）碩士論文

吳文治《宋代題畫詞論說》和王煒《元代題畫詞研究》對題畫詞的定義，大致雷同，亦有狹義與廣義之分。文中界定狹義題畫詞，是指直接提寫於畫面之上的詞，屬於題款藝術的一種，與書、畫、印共同構成一個完整的藝術作品。廣義題畫詞，又涵蓋兩種，一是從題寫的處所言，包括題寫於繪畫作品、扇面、畫屏、手卷等具有畫面器物上的題畫詞；二是從題寫的內容言，包括詠畫、贊畫的詞作，有的直接題於畫面上，有的不直接題於畫面上（題於畫卷背面或其他地方），如唱和題畫詞。這些詠畫、贊畫詞作，多稱讚畫技或讚賞繪畫者的高風亮節，也有就畫面而抒發情感的。但不論是廣義或狹義題畫詞在表現內容和藝術特色，吳文治和王煒皆認為兩者很難完全區分，因此，文中兩人都採用廣義題畫詞作為研究對象。

## （三）專書

近年著作中，吳企明和史創新編著《題畫詞與詞意畫》中，對題畫詞的界定，則依據曾題在畫上的詞作為主要討論對象。

總結以上各家看法，大致可歸納出以下二點：第一，早期學者如青木正兒對於題畫詞的定義，多半將之納入題畫詩的範疇中，此一做法，雖有助論述的便利，但卻忽略詩與詞不同主體的差異性。第二，當代學者對於題畫詞的定義，已關注到詩詞之間的不同，因此，紛紛將題畫詞從題畫詩的範圍獨立出來。多數學者雖將題畫詞作狹義與廣義之別，不過，除了狹義題畫詞的內容無異，僅指題在畫上的詞作。多數學者對廣義題畫詞的界定則不盡相同，有的認為凡以繪畫作品為題材完成的作品，不論是否題於畫作上，皆歸屬廣義題畫詞；有的認為題寫於繪畫作品、扇面、畫屏、手卷等具有畫面器物上的詞作，亦歸屬廣義題畫詞。

基於上述觀點，筆者認為題畫詞的定義，可以界定如下：第一，必須是以畫為題材創作的詞作。第二，作者創作的過程，必須先觀於畫，後完成詞作。〔註66〕第三，詞作可以直接題於畫上，亦可獨立於畫外，可為自題或他

---

〔註66〕吳企明、史創新《題畫詞與詞意畫》：「詞意畫即畫家根據前人的詞意構思立意，或取前人整首詞意作畫，或取前人一句、數句詞意作畫，將詞意、詞境轉化為畫意、畫境，畫成一幅有意蘊的藝術作品。」吳企明、史創新：《題畫詞與詞意畫》（昆明：雲南人民出版社，2007年2月初版），頁10。由此可知，詞意畫的創作過程，往往是畫家先觀於詞人的詞作，有所感後構思完成，因此，題在詞意畫上

題。第四，題寫的內容可包括吟詠、抒情、評論、記敘畫作等。上述四點，將作為本論文的選詞標準。

## 二、題畫詞與詠物詞之關係

青木正兒在〈題畫文學の發展〉曾提出：「題畫詩是畫贊〔註67〕與詠物詩二者會合的結果。」〔註68〕由此可見，青木正兒很早便注意到題畫作品與詠物作品之間的關聯性，不過當時青木正兒尚未在文中作深入討論。這樣的問題，隨著詞體的出現，同樣出現在題畫詞與詠物詞身上，不難發現，若從形式來看，題畫詞與詠物詞之間，似乎存在著模糊不清的關係。究竟兩者之間有何相通與相異之處呢？以下將針對相關議題作進一步地討論。

### （一）「詠物」的義界

在釐清兩者關係之前，首先，必須針對「詠物」一詞作深入討論，「詠物」一詞，最早見於《國語・楚語》：

> 若是而不從，動而不悛，則文詠物以行之。韋昭注曰：「文，文辭也。詠，風也。謂以文辭風託事物以動行之。」〔註69〕

顯然此處的「詠物」，並不以物為主體，而是作為一種借他物以為表徵比附的勸諷方式。真正將詠物視為一物命題，而始具文學題材的意義，則始於梁鍾

---

〔註67〕之詞作，皆屬於詞人早已存在的作品。而類似的觀點，亦可參考鄭騫〈題畫詩與畫題詩〉一文，他提出：「畫題詩就是一首詩可以做題目，拿它來畫畫。」鄭騫：〈題畫詩與畫題詩〉，《中外文學》第 8 卷第 6 期，1979 年 11 月，頁 11。可見鄭騫認為畫題詩的結合方式，有別於題畫詩，乃先有詩，後有畫。

〔註67〕畫贊以題在畫像上面的「像讚」為主，還包括其他形式相類似的文字，以四言的韻文寫成的。青木正兒著、魏仲佑譯：〈題畫文學及其發展〉，《中國文化月刊》第 9 期，1980 年 7 月，頁 76。畫贊原指畫工圖繪古代先聖先賢，王侯將相，或事功圖，而圖旁的文字所歌詠的主體多是圖繪的經史實事，內容則歌功頌德，純粹客觀的敘事，其文類功能在於頌贊圖像，乃是在上位者藉由圖像與文字達到鑑戒與教化作用。……雖然畫贊已有一圖一贊，文字與繪畫結合的形式，但畫作具有維護政治秩序、社會人倫的政治性質，故題畫贊的文類功能乃在於敘說經史、歌功頌德、教化勸戒，與題畫詩的文類功能仍有所不同。黃儀冠：《晚明至盛清女性題畫詩研究——以閱讀社群與自我呈現為主》（台北：花木蘭文化，2009 年初版），頁 16。

〔註68〕青木正兒著、魏仲佑譯：〈題畫文學及其發展〉，《中國文化月刊》第 9 期，1980 年 7 月，頁 80。

〔註69〕（春秋）左丘明撰、韋昭注：《國語・卷 17・楚語上》（台北：台灣商務印書館，1965 年 8 月），頁 192。

嶸《詩品》。鍾嶸《詩品》下品「許瑤之」條下說:「許長於短句詠物。」〔註70〕對此,清代俞琰在《歷代詠物詩選・序》云:

> 古之詠物者,其見於經,則灼灼寫桃華之鮮,依依極楊柳之貌,杲杲為出日之容,瀌瀌擬雨雪之狀,此詠物之祖也,而其體猶未全;至六朝而始以一物命題;唐人繼之,著作益工;兩宋元明承之,篇什愈廣。故詠物一體,三百導其源,六朝備其製,唐人擅其美,兩宋元明沿其傳。其佳者往往擬諸形容,象其物宜,不即不離,而繪聲繪影,學者讀之,可以性靈,發揮才調。〔註71〕

由此可知,在詠物文學發展的過程中,雖然源起於《詩經》,但當時以散句為主,仍不見完整的詠物詩,其題材的確立乃從六朝開始,其特色主要在於體現物之情狀,或為外在的形容或為物我之間的不即不離,藉由不同的詠物書寫,而發揮創作者的才情。

詠物文學的定型,雖然讓以一物為主題吟詠書寫的詠物義涵,逐漸被確立,然而,古人對於詠物的範疇,似乎仍未有定論。仔細觀察歷來詠物的專書,如清張玉書、陳廷敬編纂《佩文齋詠物詩選》、俞琰編纂《歷代詠物詩選》等,書中皆未對「詠物」的對象範疇,給予明確的界定。而這樣的狀況,亦導致文學史上出現矛盾的現象,康熙45年所編定的《御定佩文齋詠物詩選》一書,其中第27冊有畫類一門,這類詠畫作品,被收錄於詠物詩中,顯然此處的詠物,包含圖畫一類。隔年,康熙46年所出現的《御定歷代題畫詩類》,所蒐羅的作品,以畫作為對象,但卻成為一個獨立的討論類別。由此可見,在當時的詩歌分類上,題畫詩仍舊與詠物詩存在著模糊的地帶。也因為如此,導致日後詠物與題畫文學之間曖昧不清的關係。儘管這樣的現象,伴隨今人對於詠物詩詞與題畫詩詞定義的更明確釐清,以及對於題畫文學發展流變的深入瞭解,多數學者已將兩者看作獨立的研究主題,不過,兩者所存在的關聯性,卻是不可否認。為了釐清兩者之關係,以下以詞體為例,進一步探討題畫詞與詠物詞之間同異之處。

### (二)題畫詞與詠物詞的交集

題畫詞與詠物詞,今日雖已被視作獨立兩個研究主題,但從兩方面,仍

---

〔註70〕 趙仲邑譯注:《鍾嶸詩品譯注》(台北:貫雅文化,1991年7月初版),頁100。
〔註71〕 (清)俞琰輯:《詳註分類歷代詠物詩選》(台北:廣文書局,1968年出版),頁4。

可發現兩者間相通之處。首先，在「創作論」方面，詠物詞與題畫詞的完成，皆來自於詞人與外物相接觸之後，受到自然物象或畫作的感發，相互激盪下，書寫完成的作品。換言之，在文學創作的過程，人的情感扮演一個相當重要的關鍵因素，當人的喜、怒、哀、樂等各種感情，與外界刺激相互感應時，書寫便成為一種可能。關於這一點，劉勰曾在《文心雕龍》一書中，有過相關論述：

> 人秉七情，應物斯感，感物吟志，莫非自然。《文心雕龍・明詩篇》〔註72〕

> 春秋代序，陰陽慘舒，物色之動，心亦搖焉。蓋陽氣萌而玄駒步，陰律凝而丹鳥羞，微蟲猶或入感，四時之動物深矣。……歲有其物，物有其容。情以物遷，辭以情發，一葉且或迎意，蟲聲有足引心，況情風與明月同夜，白日與春林共朝哉。是以詩人感物，聯類不窮，流連萬象之際，沈吟視聽之區，寫氣圖貌，既隨物以宛轉，屬采附聲，亦與心而徘徊……自近代以來，文貴形似，窺情風景之上，鑽貌草木之中。吟詠所發，志惟深遠；體物為妙，功在密附。《文心雕龍・物色篇》〔註73〕

劉勰認為，創作的開端，起源於宇宙萬物，因為自然萬物的一切流轉變化，皆足以觸動文人內心，使人隨物宛轉，與心徘徊。環境中所有的一切，不僅提供了作家合適的書寫題材，亦刺激了作家無窮聯想與內心情感，就現今創作論而言，正因為作者的能觀、能感、能寫，才得以創作出無數作品。

題畫詞與詠物詞的創作，無論書寫的動機是主動或被動，書寫創作的過程，所反映的都是創作者與不同外物、畫作相互摩擦作用後，在觀看審美的當下所產生的化學反應。

其次，在「書寫筆法」方面，由於詠物詞主要以外物作為題材吟詠書寫的作品，而題畫詞主要以繪畫作為題材書寫的作品，因此，詞作內容很少不涉及對外物或畫面作直觀式地描摹。針對此點，黃儀冠在《晚明至盛清女性題畫詩研究——以閱讀社群及其自我呈現為主》便曾云：「詠物詩摹

---

〔註72〕劉勰著、周振甫注：《文心雕龍注釋》明詩第六（台北：正中書局，1974年5月出版），頁83。

〔註73〕劉勰著、周振甫注：《文心雕龍注釋》物色第46（台北：正中書局，1974年5月出版），頁845～846。

形繪物、體物得神、窮物之情、盡物之態等特質漸漸發展成題畫詩之寫真筆法。」〔註74〕而這樣的特質，同樣反映在題畫詞與詠物詞身上。換言之，就從書寫筆法觀之，題畫詞與詠物詞，皆同時擁有「再現物象」的書寫屬性。

### （三）題畫詞與詠物詞相異之處

儘管題畫詞與詠物詞彼此有互通的地方，不過，其相異處卻使題畫詞可被視為獨立於詠物詞的文學主題。兩者之間的不同之處，反映在三方面：

其一，在「寫作模式」方面，儘管題畫詞與詠物詞都擁有「再現物象」的書寫屬性，然而，題畫詞中所包含的寫作模式，卻已逐漸走出寫真書寫的侷限。當詞人與畫作進行審美觀照時，畫面給予詞人的衝擊，讓詞人往往不再局限於畫面景物的單純摹寫，反而融入更多觀畫後的自我詮釋，或藉畫抒情，或因畫敘事、或補充畫作或畫中主角的歷史背景，或讚嘆畫者技巧，或畫面虛構想象等等，無論以何種方式呈現，皆已為沉默不語、固定的視覺圖像，增添多重豐富的意涵。相較之下，詠物詞所呈現的寫作模式，則趨於簡單固定。在《中國詠物詩「託物言志」析論》一書，林淑貞便以詠物詩為例，提出相關說明：「詠物詩，包含兩種基本的寫作模式，一種是客觀的觀物寫物，詩家以摹寫外在審美客體為主；一種是主觀的寫物，欲藉由『物象』的特質、處境來表抒自己情志或特殊遭遇的方式。」〔註75〕由此可見，兩者之差異。

其二，在「審美觀照歷程」方面，隨著觀照對象性質的不同，所引發的審美觀照歷程，亦呈現不同的模樣。黃儀冠便曾在《晚明至盛清女性題畫詩研究——以閱讀社群及其自我呈現為主》書中，以詠物詩與題畫詩為例，具體說明創作時兩者在審美觀照歷程上的區別：

> 詠物詩所面對的乃是單一的自然物象、或人物物品，所引發的美感經驗乃是線性式的觀賞與書寫歷程，在歷時性的創作過程中，觀物——起興——物我交融——書寫，其一系列的感應活動，觸導其美感經驗的萌生。〔註76〕

---

〔註74〕黃儀冠：《晚明至盛清女性題畫詩研究——以閱讀社群與自我呈現為主》（台北：花木蘭文化，2009年初版），頁23。

〔註75〕林淑貞：《中國詠物詩「託物言志」析論》（臺北：萬卷樓圖書有限公司，2002年4月初版），頁3。

〔註76〕黃儀冠：《晚明至盛清女性題畫詩研究——以閱讀社群與自我呈現為主》（台

　　題畫詩所面對的乃是人爲的藝術創作，其對畫起興所引發的閱
讀規約與期待視域相當複雜。……題畫詩共時性的空間場景即在於
所吟詠詮釋的對象是繪畫作品，繪作乃是一空間性的藝術，故可同
時容納多位不同的讀者不同的詮釋語彙，於是當閱讀者穿梭於繪
作畫面上物象時，同時也與繪作者、自我主體、其他詮釋者呈現
文本互涉的動態網路，形成「眾聲喧嘩」、「複聲多調」的共時性
空間場景，而與詠物詩單一物我線性式交通有所不同。〔註77〕

黃儀冠從物體的本質特性之不同切入，認爲詠物詩所面對的是單一物象，所
引發的審美觀照，呈現物我線性式的歷程，但題畫詩面對的卻是一個複雜的
空間藝術，畫面上所包含的物體對象是眾多的，除了畫面景物外，也可能有
其它文人題詠的語彙，因此，所引發的審美觀照，主要呈現多重物象與我共
時交錯式的歷程。這兩種不同的觀照歷程，突顯了題畫詩不同於詠物詩的審
美特質。而這樣的道理，亦反映在詠物詞與題畫詞身上，成爲兩者之間另一
個差異點。

　　其三，在「文類功能」方面，在明清文人的社交活動中，爲畫題詠唱和
與題詠酬贈的普遍存在，使得題畫詞有了生存發展的空間。這類題畫詞除了
體現自我與畫作的對話歷程，同時也透過互動的語彙反映自我與社會交涉酬
酢。對此文化現象，黃儀冠在《晚明至盛清女性題畫詩研究——以閱讀社群
及其自我呈現爲主》書中，便明確指出題畫詩所扮演社交性角色：

　　文人請好友名家繪圖題詠，藉以標榜風雅、榮耀自我，同時展
現交際人脈之廣，在酬贈社交之風尚下，觀畫吟詠的閱讀視點產生
位移的現象，由原本著重形似寫眞的審美特質轉向頌美酬和之人際
交流，題畫詩也由原本摹寫物態轉像世俗人情。〔註78〕

在酬贈社交的風尚下，題畫詩已經被賦予濃厚的酬酢性格，呈現世俗化的文
類功能。這樣文類功能，對於畫作的擁有者或創作者或題寫者而言，都是不
可缺少的。就畫作的擁有者或創作者來說，透過邀請文人題詠的舉動，一方
面標榜風雅、榮耀自我，一方面則展現人脈交際之廣，體現自我在團體社會

---

　　　北：花木蘭文化，2009 年初版），頁 30。
〔註77〕黃儀冠：《晚明至盛清女性題畫詩研究——以閱讀社群與自我呈現爲主》（台
　　　北：花木蘭文化，2009 年初版），頁 30～31。
〔註78〕黃儀冠：《晚明至盛清女性題畫詩研究——以閱讀社群與自我呈現爲主》（台
　　　北：花木蘭文化，2009 年初版），頁 32。

中的認同。再者，亦使畫作因爲文人題詠酬贈的行爲，產生更大的附加價值。就題寫的文人而言，透過題詠唱和或題詠酬贈的行爲，除了在文人社交圈展現自己的文學創作能力，亦藉由書寫題畫詞的能力，轉化成自己與他人交際的媒介，而建構自己的人際網路。而題畫詞特殊的社交性功能，正好凸顯了與詠物詞的差異性。

　　總結而論，題畫詞與詠物詞之間，雖然都是與外物相感後的創作，同時具備「再現物象」的書寫屬性。然而，題畫詞多變化的寫作模式，多重物我共時交錯複雜的審美觀照歷程，與濃厚酬酢的社交功能，顯然已有別於詠物詞。因此，儘管兩者之間有必然的關連性，但是題畫詞獨特的藝術內涵，確實可從詠物詞中抽離出來，成爲一種獨立的研究主題。

## 三、研究範圍、限制

### （一）研究範圍

　　陳維崧題畫詞研究乃屬於主題式的研究範疇，因此，在研究材料的蒐集上，將從現存全集本詞集中選取。關於陳維崧全集本詞集，目前存有以下版本：

　　第一，《迦陵詞全集》三十卷，收錄於康熙二十八年患立堂本《陳迦陵詩文詞全集》〔註79〕，有小令 111 調，390 首；中調 112 調，295 首；長調 193 調，944 首，總計 1629 首。陳維崧三弟維岳曾在《迦陵詞全集》跋：「……伯兄存日有烏絲詞一刻，身後京少有天藜閣迦陵詞刻，猶非全本，蓋至今子萬弟所刻，而後洋洋乎大觀矣。」〔註80〕可見陳宗石〔註81〕對《迦陵詞全集》

---

〔註79〕清・陳維崧撰：《陳迦陵詩文詞全集》，康熙二十八年患立堂本《四部叢刊初編縮部》（台北：台灣商務印書館，1967 年出版）陳維崧的四弟宗石，在康熙二十五、六年代其兄刻完《陳迦陵文集》十卷、《陳迦陵儷體文集》十卷、《湖海樓詩》八卷後，復於康熙二十八年（1689），重刻《迦陵詞全集》，於是而有《陳迦陵詩文詞全集》（簡稱《陳迦陵文集》）行世。今存《迦陵詞全集》收詞四一六調，一六二九首。這是刪削和亡佚後的數量。王翠芳：《陳維崧湖海樓詞研究》（高師大國文學系碩士論文，1997 年），頁 61。

〔註80〕清・陳維崧：《陳迦陵詩文詞全集》（四部叢刊・初編・集部）（台北：商務，1979 年出版），頁 564。

〔註81〕陳宗石是陳維崧的四弟。四弟宗石，字子萬、自號寓國，生於崇禎十六年（公元一六四三年）……維崧病逝京師，宗石以他安平縣丞微薄薪俸，養許多個孩子，生活艱困清苦，他仍搜集維崧詩文，代爲出版。丁惠英：《陳維崧及其

的完成，功勞不小。

　　第二，《湖海樓詞集》，二十卷，收錄於乾隆六十年浩然堂本《湖海樓全集》〔註82〕第六冊～第十二冊。

　　第三，《湖海樓詞集》二十卷，收錄於清光緒十九年弇山署刊本《湖海樓全集》〔註83〕。

　　第四，《湖海樓詞》，收錄於《清詞別集百三十四種》第二冊〔註84〕，次序編排與前同，不分卷，已有標點。

　　第五，《湖海樓詞集》〔註85〕，三十卷，聚珍仿宋版排印本。

　　第六，《湖海樓詞集》，二十卷，收錄於《清八大名家詞集》〔註86〕，有小令 111 調，389 首；中調 112 調，290 首；長調 193 調，935 首，遺補 17 首，總計 1631 首。

　　在上述版本中，本論文採用最早版本康熙二十八年患立堂本《迦陵詞全集》爲主要文本，爲求理解無誤，兼以《湖海樓詞集》（收錄於《清八大名家詞集》）、周韶九《陳維崧選集》〔註87〕與梁鑒江《陳維崧詞選注》〔註88〕爲輔。另外，本論文研究對象主要針對題畫詞，因此，配合上述「題畫詞」之定義，總計共得題畫詞 95 首。

### （二）研究限制

　　本論文研究對象主要爲「陳維崧題畫詞研究」，在研究限制方面，包含四個面向：

　　其一，不談論詞論主張。陳維崧爲陽羨詞派之宗，其詞論主張歷來爲討論詞作研究時關注的焦點。然而，考量今日已有許多研究學者對其詞論作專

---

　　　　湖海樓詞研究》（高雄：復文書局，1992 年 7 月初版），頁 19。

〔註82〕現存中央研究院傅斯年圖書館，内容：二至五冊爲《湖海樓詩集》十二卷，六至十二冊爲《湖海樓詞集》二十卷；十三至十五冊爲《湖海樓文集》六卷；十六至二十冊爲《湖海樓儷文集》十二卷。

〔註83〕現存國家圖書館，内容：古文六卷，儷體文十二卷，詩集十二卷，詞集二十卷。

〔註84〕楊家駱主編：《清詞別集百三十四種》第 2 冊（台北：鼎文書局，1976 年出版）。

〔註85〕清・陳維崧：《湖海樓詞集》（四部備要・集部）（台北：中華書局，1966 年出版）。

〔註86〕錢仲聯編：《清八大名家詞集》（長沙：岳麓書社，1992 年 7 月出版）。

〔註87〕周韶九選注：《陳維崧選集》（上海：上海古籍，1994 年 10 月出版）。

〔註88〕梁鑒江：《陳維崧詞選注》（台北：建宏出版，1996 年 2 月出版）。

章專文之討論，研究成果豐碩，加上本論文的關注重點在「題畫詞研究」上，而非詞論實踐於作品的研究，為避免論文重心失焦，因此，其詞論主張並不在本論文的討論範圍內。

其二，部分寫眞題畫詞中的像主史傳未載。在陳維崧題畫詞中，寫眞題畫詞的數量總計 44 首，超過全部 1 / 3，在這些為人像題詠的昨品，許多寫眞像主，如潘曉庵、孫公樹、席端伯、季柔木、何茹庵、鄒九揖、顧螺舟、徐二玉等人，史傳上皆未見其名，導致筆者在分析解讀的過程中，無法配合史傳相關資料，對畫中主人以及題畫詞內容作進一步深入的聯結與了解。因此，受限於史傳資料與陳維崧題畫詞作詮釋讀本之不足，筆者僅能就手邊現有資料，進行討論，這類史傳上未見其名的寫眞題畫詞只好割捨不論，或論而不深。

其三，未取得畫作，無法瞭解詞作的呈現方式，也無法應證詞作內容。本論文對於題畫詞，採取廣泛的定義，只要以畫為題材創作的詞作，無論直接題於畫上，或獨立於畫外，皆納入討論範圍。陳維崧題畫詞所涉及的繪畫文本，礙於時空限制，往往早已失傳，即使有相同的作品，也未能考證即是陳維崧當時所見畫作。這些限制，使得筆者僅能就陳維崧觀畫的視角以及自己與畫面的對話內容作進一步討論，至於究竟這些題詞的是否題在畫上、畫外，或圖像內容是否與詞作相互應證，則無從考證。

其四，未能體現時代整體性或比較性。研究過程中，不難發現清代不少詞人皆曾留下題畫詞作，或許多詞人針對同一幅畫作，題寫酬贈，這些作品，皆可以成為日後研究討論的對象。受限筆者學力與篇幅限制，本論文僅能就單一詞家陳維崧的題畫詞作深入討論，雖然，95 首題畫詞作在研究深度上，可以做到深入地討論，然而，針對單一詞家的研究，卻無法體現題畫詞在清代的整體性與比較性，此乃遺憾之處。

# 第四節　研究方法與論文架構

## 一、研究方法

本論文主要以「陳維崧題畫詞」為研究對象，搜集文獻資料鎖定在「陳維崧」、「清代題畫詞的時空因緣」與「陳維崧題畫詞文本」三個範疇，研究過程中，所使用的研究方法，有以下四類：

　　第一類，問題研究法。此研究法係以所形成之問題或發現之問題作為研究對象，以尋解答，解決疑惑，謀求可行之方法為目的。〔註 89〕本研究在搜尋題畫文學的文獻資料時，發現題畫詞的相關研究，數量明顯不如題畫詩，而且僅有少數單篇論文式的討論。又經由閱讀周絢隆〈實用性原則的遵循與背叛──陳維崧題畫詞的文本解讀〉時，發現身處於清朝題畫詞極盛時期的陳維崧一生創作多達數千首，其中題畫詞多達 95 首，但此文在作品與當代意義上卻未見全面且公允的討論，加上歷來陳維崧詞作的相關討論，亦鮮少處理此類作品，故遂以陳維崧題畫詞為討論對象，期盼能補足現今研究不足之處。

　　第二類，網羅統整法。第一章「緒論」，「文獻探討」分別就現今「陳維崧詞」與「題畫詞」相關論文研究，作廣泛蒐集，而後再依次統整分類，作主題式的論述。第二章探討「陳維崧題畫詞之時空因緣」，分別從作者生平交遊與清代政治文化切入，廣泛蒐資相關資料後，整理分類為「政治概況」、「詞體演變」、「地域環境」、「文人社交活動」四個面向，加以討論。第三章「陳維崧題畫詞內容分析」，在詞作文本的閱讀消化後，將 95 首作品依據題材，分成「人物類」、「自然景觀類」，對詞作內涵與詞畫關係作深入探討。第四章「陳維崧題畫詞之創作特色」，乃以第三章討論內容為基礎，整理歸納陳維崧創作題畫詞時，所表現的個人特色。第五章「結論」，網羅綜合二、三、四章內容，總結研究成果，並凸顯本論文之研究創獲。

　　第三類，鑑賞詮釋法。資料的蒐集分類，所反映的僅僅只是事情的表面現象，為了要進一步瞭解這些現象的意義，本論文運用鑑賞詮釋法，深入剖析這些現象背後的意義。因此，無論在陳維崧題畫詞之時空因緣、陳維崧題畫詞內容分析、陳維崧題畫詞之創作特色，或者結論，皆透過現象的鑑賞與詮釋，期盼能對陳維崧題畫詞內容與研究價值，達到全面地瞭解。

　　第四類，統計比較法。由於本論文主要以作品分析為研究核心，因此，在文本詳細閱讀消化後，筆者先作題材的歸納分類，其次再依據量化的方式，分別統計比較各類題材的詞作數量，以及不同體裁的作品數量，作為附錄一、二，以提供作為第三章「陳維崧題畫詞內容分析」的輔助參考資料。

---

〔註89〕王錦堂編：《大學學術研究與寫作》（台北：東華書局，1985 年 7 月出版），頁91。

## 二、論文架構

本論文共分爲五章，各章節及內容安排如下：

第一章爲「緒論」，首先簡要說明題畫文學的特色與研究概況，並提出本論文的研究動機與目的。其次概述文獻探討，分爲從「題畫詞」與「陳維崧詞」兩方面，針對相關專書、學位論文、期刊論文中探討問題的角度，回顧現今國內外學者的研究現況，期盼找出其中論述之不足。接著，說明題畫詞義蘊與研究範圍、限制，藉此確立本論文的研究對象。最後，則闡述研究方法與論文架構。

第二章爲「陳維崧題畫詞之時空因緣」，主要針對陳維崧題畫詞的創作背景作進一步討論，第一節，就陳維崧所處的政治環境作初步的概述，探討清初「詩文賈禍」的嚴肅氣氛，對清初知識份子的文學創作所帶來的影響。第二節，從詞體發展切入，闡述詞體在明末清初的復興概況。第三節，分別從江南的「經濟發展」與「人文風氣」兩方面，瞭解陳維崧所處的地域環境提供了創作題畫詞何種影響。第四節，探討明清文人普遍的社交活動——「題詠唱和」和「題詠酬贈」，一方面考證陳維崧人際交遊的背景，一方面藉此說明這類文化活動，間接催生了題畫詞。

第三章爲「陳維崧題畫詞內容分析」，將陳維崧 95 首題畫詞，以題序爲主，詞作內容爲輔，略分爲「人物」、「自然景觀」二類，並進一步從創作的角度，討論作品中的詞畫關係。第一節，討論「人物類」，並再細分「寫真」、「仕女」、「民間傳說人物」三類論述之。第二節，討論「自然景觀類」，並細分「動植物」與「四時風景」二類論述之。第三節，總覽探討作品內容所呈現的詞畫關係。透過此三節，一方面具體分析陳維崧與畫作觀看交流的對話歷程、審美觀照、審美情趣或詞作反映的審美特色、人際互動，另一方面深入分析陳維崧題畫詞的二種詞、畫關係處理方式。

第四章爲「陳維崧題畫詞之創作特色」，對第三章採取總覽式的觀照，歸納陳維崧題畫詞的表現手法。第一節，「善用題序」，首先略述詞作題序的發展，其次就陳維崧使用「題序」的高頻率，介紹陳維崧題畫詞「題序」的三種類別與扮演的二種功能。第二節，「修辭豐富」，分別從譬喻、誇飾、摹況、用典，探討陳維崧題畫詞中最常運用的修辭技巧與特色。第三節，「章法多變」，檢視陳維崧題畫詞中的核心章法「起拍」、「過片」、「煞尾」三個部分，分析此三者所呈現的不同結構特色。

　　第五章爲結論，首先歸納各章節的研究概要，說明研究成果；其次以「陳維崧題畫詞之文化意義與特色」揭示個人的研究創獲；最後總結清代題畫文學的邊緣特色以及他題應酬的走向。

# 第二章　陳維崧題畫詞之時空因緣

陳維崧，字其年，宜興人，生於明熹宗天啓五年（1625），卒於清康熙二十一年（1682）。出生書香世家，順治十三年，父親貞慧病故後，家道中落開始過著飄零的生活。一生仕途不順，直到康熙 18 年（54 歲）才在友人宋德宜〔註1〕推薦下，舉博學鴻詞科。回顧一生〔註2〕，正逢明末動盪之際，晚明的衰微，不僅讓清兵有機可趁，問鼎中原，建立了我國最後一個封建王朝，也釀就陳維崧波折的人生。

在明清交替的時空中，滿漢的文化碰撞、歷史與社會的演進變遷，讓清朝繼承並吸收多元豐富的養分，進而開創出輝煌的文化成果，如題畫文學便在此時獲得充分的滋潤。「一種藝術現象的產生或者存在，總有它的時代的、歷史的、個別的根源。」〔註3〕陳維崧題畫詞的存在，顯然與所處時空背景有著相當的關聯性，有鑑於此，本章將分別從「政治概況」、「詞體演變」、「地域環境」、「文人社交活動」四個方面，進一步了解陳維崧題畫詞之創作背景。

---

〔註1〕 宋德宜字右之，號蓼天，長洲人。順治進士，累官吏部尚書，文華殿大學士，每議國事，必獨攄所見，平黔滇蜀粵。著莊史辨誣一篇、制草一卷、詩稿一卷。丁惠英：《陳維崧及其湖海樓詞研究》（高雄：復文書局，1992 年 7 月初版），頁 82。

〔註2〕 關於陳維崧的生平資料已有眾多論述，可參考以下書目：丁惠英：《陳維崧及其湖海樓詞研究》（高雄：復文書局，1992 年 7 月初版）；王翠芳：《陳維崧湖海樓詞研究》，國立高雄師範大學國文學系碩士論文，1997 年；楊棠秋：《陳維崧及其詞學》，東海大學中國語文學系博士論文，2001 年；蘇淑芬：《湖海樓詞研究》（臺北：裏仁書局，2005 年 2 月初版）；馬祖熙：《陳維崧年譜》（上海：上海古籍出版社，2007 年 11 月初版）。

〔註3〕 金維諾：《中國美術史論集》（臺北：明文書局，1984 年 10 月初版），頁 257～258。

# 第一節　政治概況

明朝末年，熹宗之際，由於「魏忠賢的專政」〔註4〕，朝中黨爭紛亂，政治逐漸腐敗頹靡，加上繁重的賦稅剝削與滿州女真的侵擾，致使人民苦不堪言、怨聲四起，終於群盜紛起。思宗崇禎十七年，以李自成為首的農民起義軍，攻陷北京，崇禎自縊，不久明降將吳三桂引清兵入關，擊敗李自成，至此明亡清興。

明崇禎十七年，即順治元年（1644），清朝順利成為中國新的統治政權。入關之初，滿清為穩固政權，防制漢人反清復明思想興起，實行不少高壓的統治政策。順治期間，首下薙髮易服之令〔註5〕，順治十七年，更嚴禁士子不得妄立社名，糾眾盟會，……違者治罪。〔註6〕為有效控制知識份子的思想，文字獄〔註7〕再度成為此時高壓統治下的工具。順治四年（1647），「釋函可變記案」開啟了清朝文字獄的序幕。《大清世祖章皇帝實錄（一）》卷三十五載順治四年十一月：

> 招撫江南大學士洪承疇奏：「犯僧函可，係故明禮部尚書韓日纘之子，日纘乃臣會試房師。出家多年，順治二年正月內，函可自廣東來江寧，刷印藏經，值大兵評定江南，粵東路阻未回，久住省城，

〔註4〕朱由校（熹宗）繼登皇位，「忠賢、客氏並有寵，未逾月，封客氏奉聖夫人，……忠賢尋自惜薪司遷司禮秉筆太監兼提督寶和三店。忠賢不識字，例不當入司禮，以客氏故，得之。」司禮監秉筆太監是內廷最有權勢的宦官，剛上臺的熹宗年輕不懂事，是非難判斷，於是「深信（魏忠賢、客氏）此兩人」。魏忠賢、客氏亦趁此機會，清理內廷，排逐異己宦官，並把自己的心腹置於內庭各個衙門，控制了內廷的實權。楊國楨、陳支平著：《明史新編》（台北：昭明出版社，1999年9月初版），頁451。

〔註5〕《大清世祖章（順治）皇帝實錄（一）》卷17：「向來薙髮之制，未即劃一，而姑聽其自便者，因欲待天下大定而始行之也。……自今佈告之後，京城內外，限旬日：直隸各省地方，各部文所到之日，亦限旬日：盡使薙髮，遵依者為我國之民，遲疑者同逆命之寇，必置重罪。若巧辭爭辯，絕不輕貸。該地方文武各官，嚴行察驗，若復為此事瀆進奏章，致使已定地方之人民，仍存明制，不隨本朝之制度者，殺無敵。」（清）高宗敕撰：《大清世祖章（順治）皇帝實錄（一）》卷17（臺北：台灣華文書局，1964年1月出版），頁198。

〔註6〕蕭一山：《清代通史》（臺北：中華書局，1985年9月出版），頁389。

〔註7〕王彬《禁書・文字獄》：「文字獄與筆禍的最大特徵，都是因文觸禍，被治罪者，並沒有相應的可以治罪的行為，不過是，或因為己著的文字，或相對保留了他人的文字而已。這些依以治罪的文字，一部分，對柄國者確有觸忤，而相當部份，則是被當權者尋文摘句，羅織罪名。」王彬：《禁書・文字獄》（北京：中國工人出版社，1992年9月初版），頁260。

臣在江南，從不一見。今以廣東路通回裏，向臣請牌，臣給牌印，

約束甚嚴，因出城盤驗，經笥中有福王答阮大鋮書稿，字失避忌。

又有《變記》一書，幹預時事，函可不行焚毀，自行恣尤。……」

〔註8〕

故明禮部尚書韓日纘之子釋函可〔註9〕，欲返廣東，於江寧出城時，被查出「經笥中有福王答阮大鋮書稿，字失避忌。又有《變記》一書，幹預時事」，最後函可因犯忌定罪，流放瀋陽。接著順治五年（1648）相繼發生黃毓祺逆詩案、毛重倬等坊刻制藝序案、以及順治十七年（1660）的張縉彥序劉正宗詩集案等。〔註10〕這些案件的受害對象，大多是明末遺民或反清復明的人士，成為清廷「排除異己思想」、「鞏固政權」下的犧牲者，從此之後，文字獄案件時有所聞，逐漸於康、雍、乾三朝走向興盛之勢。〔註11〕

　　康熙年間，政局趨向穩定，文化政策上，除繼承前朝實施籠絡知識份子的措施，對讀書人思想的禁梏，依舊存在。此時文字獄的案件比起順治時期，有過之而無不及，儘管康熙多抱懷柔政策，對不當使用文字之懲罰多從輕發落，但仍有例外，例如：《明史》案，不僅規模龐大，牽連受害人數亦最多。《清史紀事本末》卷二十載：

　　　　聖祖康熙二年夏五月，詔戮浙江湖州府民人莊廷鑨屍。其父莊
胤城弟莊廷鉞均立斬。初明故大學士朱國禎，私著明史，稿未刊而
國亡，家亦中落，以稿本質金於廷鑨。廷鑨易己名刊行之。補入崇

〔註 8〕（清）高宗敕撰：《大清世祖章（順治）皇帝實錄（一）》（臺北：台灣華文書局，1964 年 1 月出版），頁 410。

〔註 9〕釋函可，字祖心，別號聖人，俗性韓，名宗騋，廣東惠州博羅縣人。函可出身於顯貴之家，是明崇禎年間禮部尚書韓日纘的長子。父死後，有遁入空門之念，不久便於江西匡山（今廬山）拜空隱老人道獨為師，法名函可。參考楊風城：《千古文字獄──清代紀實》（海口：南海出版公司，1992 年 11 月初版），頁 7。

〔註 10〕黃毓祺逆詩案、毛重倬等坊刻制藝序案與張縉彥序劉正宗詩集案之文字獄內容，詳見王彬：《禁書・文字獄》（北京：中國工人出版社，1992 年 9 月初版），頁 322～323。

〔註 11〕何西來在周宗奇《文字獄紀實・序》：「清代文字獄，主要集中在前期，歷順治、康熙、雍正、乾隆四代君王，綿延一百三十餘年。無論就時間之長、案件之多、還是規模之大、株連之廣、花樣之翻新、手段之殘忍來看，在中國封建時代都是沒有前例。」周宗奇：《文字獄紀實》（北京：中國友誼出版公司，1994 年出版），頁 11。

禎一朝事，中有萬曆間總兵李成梁補斬建州衛都指揮王杲語。歸安
知縣吳之榮方罷官，謀起復，因舉發其事⋯⋯遂興大獄。致仕侍郎
李令晰爲作序，亦坐死，且殺其四子。⋯⋯序中所稱舊史朱氏者，
指國禎也。之榮素怨南潯富人朱佑明，遂嫁禍，⋯⋯並殺其五子。
其餘書中列名及官吏失察與刊刻收藏人，株連死者七十餘人。婦女
並給邊。而之榮卒以此起用。⋯⋯〔註12〕

明相國朱國禎，私著《明史》，明亡後家道中落，以稿本質金於莊廷鑨。廷鑨
招集知名之士，妄以己意增補崇禎與三王事，竄名己作，不久，廷鑨既死，
其父胤城代刻之，歷五年而成，號曰《明書》。然此書多有斥清之語，不僅對
太祖直呼其名，指孔有德、耿精忠降清叛明，又奉隆武、永曆爲正朔，不書
滿清在關外的年號等等。康熙二年，吳之榮以告訐爲功，揭發書中悖逆之語，
終於引發一場大獄。當時，廷鑨被戮屍，父親、弟弟相繼身亡，不僅書中列
名者俱死，甚至連爲該書作序、售賣、校刻、藏書者，皆遭受殺身之禍或發
配邊疆的命運。此案牽涉人數之廣泛，在社會投下強大震撼，震驚當時的文
人。

　　然嚴厲的懲罰，依舊無法完全阻止知識份子內心懷明、復明的思想，因
此，文字獄的案件時有所聞。康熙晚年，又發生一起文字獄大案——《南山
集》案。《大清聖祖仁（康熙）皇帝實錄（六）》卷248載康熙五十年冬十月：

督察院左都禦史趙申喬上奏道：「⋯⋯翰林院編修戴名世，妄竊
文名，恃才放蕩⋯⋯私刻文集⋯⋯語多狂悖。今身膺恩遇⋯⋯猶不
追悔前非，焚削書板。似此誕誕之徒，豈容濫廁清華。⋯⋯」〔註13〕

隔年，又載：

刑部等衙門奏：「審查戴名世所著南山集，孑遺錄內，有大逆等
語，應即行淩遲。已故方孝標，所著滇黔紀聞內，亦有大逆等語，
應剉其屍骸。戴名世方孝標之祖父子孫兄弟，吉伯叔父兄弟之子，
年十六歲以上者，俱查出解部，即行立斬。⋯⋯汪灝、方苞爲戴名
世逆書作序，俱應立斬。方正玉、尤雲鶚聞挐自首。⋯⋯」〔註14〕

〔註12〕黃鴻壽：《清史紀事本末》上（臺北：三民書局，1973年7月再版），頁147。
〔註13〕（清）高宗敕撰：《大清聖祖仁（康熙）皇帝實錄（六）》卷248（臺北：台灣
　　　　華文書局，1964年1月出版），頁3307。
〔註14〕（清）高宗敕撰：《大清聖祖仁（康熙）皇帝實錄（六）》卷249（臺北：台灣
　　　　華文書局，1964年1月出版），頁3321～3322。

翰林編修戴名世留心明一代史事，爲求故事，常訪明遺老與蒐集明野史，後購得方孝標《滇黔紀聞》，參互考訂，希冀日後成書。著有《南山集》，集中兼採錄孝標所紀事，內容語多狂悖，都禦史趙申喬上奏此事。經刑部審查，最後在判決書中做了嚴厲定罪，不僅戴名士、方孝標與其家族凡十六歲以上者遭受處罰，甚至連作序者汪灝、方苞、方正玉、尤雲鶚與刊印的相關人員，皆受嚴厲處置。此案牽涉人數遠勝《明史案》，據說康熙帝看到刑部請旨時，覽之惻然，最後定讞時，下詔：

> 戴名世從寬免淩遲，著即處斬。……此案若干連人犯，俱從寬
> 免治罪……〔註15〕

緊要關頭，由於康熙的從寬處理，讓戴名世處斬外，其餘牽連的人犯能夠「從寬免治罪，著入旗」，「得旨而獲生者三百餘人」。此案雖然圓滿落幕，然背後依舊可見，清初之時，凡危及清朝正統地位、身懷復明、排滿思想的危險人物，必爲清所不容許。

　　文字獄的興起，源自清朝初期統馭文化的政策，順治開啓清代文字獄的先例，囿於統一之際，爲求政權之穩固，此時文字獄案件並不多。康熙一朝，文字獄逐漸發展成型，然康熙開明態度以及攏絡漢族士大夫的作爲，對文字獄的處理多屬從輕發落，不過一旦涉及國家地位的否定，懲處卻極爲殘酷，如《明史案》。整體而言，相較於雍正、乾隆時期，儘管順、康文字獄在案件數量、規模以及處罰皆較輕微，但多少已爲清初社會帶來一股嚴肅氛圍，「詩文賈禍」更因此影響清初知識份子的文學創作。龍楡生在〈近三百年名家詞選後記〉即云：「三百年來，屢經巨變，文壇豪傑之士，所有幽憂憤悱、纏綿芳潔之情，不能無所寄託，乃復取沉晦已久之詞體，而相習用之，風氣既開，茲學術呈中興之象。」〔註16〕身爲明末遺民的陳維崧，在如此時空背景下，將詞作爲情感抒發的隱密窗口，積極投入詞體創作，一生詞作不僅多達數千首，題材內容亦多元豐富，舉凡社會詞、懷古詞、故鄉風土詞、題畫詞等等，皆深具特色。

---

〔註15〕（清）高宗敕撰：《大清聖祖仁（康熙）皇帝實錄（六）》卷253（臺北：台灣華文書局，1964年1月出版），頁3381。

〔註16〕龍楡生：《近三百年名家詞選》（上海：上海古籍出版社，1979年出版），頁225。

## 第二節　詞體演變

陳廷焯《白雨齋詞話》卷一：

> 詞興於唐、盛於宋、衰於元、亡於明，而再振于我國初，大暢
> 厥旨於乾嘉以還也。〔註17〕

又劉子庚《詞史》：

> 詞者詩之餘，句萌於隋，發育於唐，敷舒於五代，茂盛於北宋，
> 煊爛於南宋，剪伐於金，散漫於元，搖落於明，灌溉於清初，收獲
> 於乾嘉之際。〔註18〕

根據上述兩者說法，可知詞在歷經兩宋高峰後，金元二代逐漸失去光芒，至明已呈現萎靡之勢，直到清初，才又重獲新生，開創出繁榮的面貌。葉慶炳曾云：「清代文學在中國文學史上的意義，爲各種舊文學體裁之復興與總結束。」〔註19〕就詞的發展而言，亦不例外。清詞之復興，不僅打破沉寂已久的詞壇，更將清詞發展推向另一個高峰。然而，詞的重生並非偶然，因此，正式探討清初詞體復興前，有必要先對明詞之衰與明末詞壇轉變關鍵作深入地瞭解。

### 一、明詞的衰弱與弊端

詞至明代，已不再是主流文學，其衰微之因，張仲謀《明詞史》〔註20〕、馬興榮《詞學綜論》〔註21〕與鄭騫〈明詞衰落的原因〉〔註22〕皆提出相關論述。統整三家說法，大致可歸納出以下四點：

第一，詞體發展規律，明代胡應麟曾云：「詩至於唐而格備，至於絕而體窮。故宋人不得不變而之詞，元人不得不變而之曲。詞勝而詩亡矣，曲勝而詞亦亡矣。」〔註23〕此處意謂一旦主流文學走入死胡同，原本爲居上風的優

---

〔註17〕唐圭璋：《詞話叢編》（台北：新文豐出版社，1988年2月初版），頁3775。
〔註18〕劉子庚：《詞史》（臺北：臺灣學生書局，1972年4月初版），頁169。
〔註19〕葉慶炳：《中國文學史》下冊（臺北：學生書局，1987年8月初版），頁337。
〔註20〕張仲謀：《明詞史》（北京：人民文學出版社，2002年2月初版），頁9～14。
〔註21〕馬興榮：《詞學綜論》（濟南：齊魯書社，1989年11月初版），頁193～194。
〔註22〕鄭騫：〈明詞衰落的原因〉，《大陸雜誌》第15卷第7期，1957年10月，頁1～2。
〔註23〕（明）胡應麟：《詩藪》內篇・卷一（臺北：廣文書局，1973年9月初版），頁27。

勢，即可能被後來興起的文體所取代。近代王國維亦提出類似的見解：「蓋文體通行既久，染指遂多，自承習套。豪傑之士，亦難於其中自出新意，故遁而作他體，以自解脫。一切文體所以始盛中衰者，皆由於此。」〔註 24〕可見明詞之衰，可視爲詞體發展過程中的一種自然現象。

　　第二，俗文學崛起，隨著明代商業經濟的蓬勃發展，城市的繁榮，造就戲曲與小說的興盛，後來逐漸取代詞的地位，成爲明代的主流文學。在這種情況下，詞壇早就失去原有的優勢市場，缺乏專家名詞。

　　第三，詞地位下降，在明人心中，詞依舊不脫傳統之小道，其原因與科舉制度、復古之風皆有不小關聯，首先，在科舉方面，焦循《易餘籥錄》：「有明二百七十年，鏤心刻骨於八股。如胡思泉、歸熙父、金正希、章大力數十家，洵可繼楚騷、漢賦、唐詩、宋詞、元曲以立一門戶。」〔註 25〕明代科舉考試，向來以八股取士爲主，詞既無法博功名，亦不能圖名利，其地位自然不受明人重視。此外，當時明代文壇，正盛行著「文必秦漢、詩必盛唐」的復古之風，這股風氣間接影響宋代文學在明人心中的地位。

　　第四，詞樂失傳，杜文瀾《憩園詞話》卷一：「元季盛行南北曲，竟趨制曲之易，益憚填詞之難，宮調遂從此失傳矣。有明一代，未尋廢墜，絕少專門名家，間或爲詞，輒率意自度曲，音律因之益棼。」〔註 26〕由於南北曲的盛行，導致詞調在元代，逐漸失傳，至明時，詞與樂曲的分離，早已形成一種普遍的現象。

　　在這些因素交錯影響下，詞早被明人長久冷落，即使偶有創作，亦有不少弊端。近世詞學家吳梅便曾提出明詞格於四蔽〔註 27〕之限：「托體不尊，難言大雅，其蔽一也」；「連章累篇，不外酬應，其蔽二也」；「句擾字捃，神明不屬，其蔽三也。」；「好行小慧，無當雅言，其蔽四也。」這些弊病的存在，加速明詞走向衰弱不振的命運，直到明末崇禎年間，陳子龍的出現，才又爲詞壇帶來新的氣象。

〔註 24〕王國維著、徐調孚校注：《校注人間詞話》（台北：頂淵文化，2001 年 6 月初版），頁 33。

〔註 25〕（清）焦循：《易餘籥錄》卷 15（臺北：文海，1967 年出版），頁 341。

〔註 26〕唐圭璋：《詞話叢編》（台北：新文豐出版社，1988 年 2 月初版），頁 2851。

〔註 27〕吳梅：《詞學通論》（北京：中國書籍出版社，2006 年 5 月出版），頁 191～192。

## 二、明末陳子龍的改革

陳子龍〔註28〕，字人中，更字臥子，號鐵符，晚年又號大樽，松江府華亭縣人。生於明萬曆三十六年（1608），曾參與復社，後爲幾社領袖，崇禎十年（1637）中進士，初任浙江紹興推官，擢兵科給事中。甲申國變後，事福王於南都，遭權奸馬士英等人所忌，遂乞假養親歸。南都亡，欲舉兵起事，不料順治四年（1647）事敗蘇州被捕，不屈投水殉難。崇禎初年，始倚聲塡詞，並與雲間派諸子〔註29〕唱和，多寫艷詞，作品可見《幽蘭草詞》。崇禎十年（1637）進士後，詞風遂變，內容多含「沉至之思」、「深刻之思」，有《棣萼香詞》（又名《唱和詩餘》）存其《湘眞閣存稿》一卷。

有感於明中葉以來詞風之頹靡，身爲雲間詞派的領袖人物——陳子龍，在明末率先提出三點重要詞學論述〔註30〕，試圖提振詞壇長久傾墜的現象。其主張如下：

第一，回復南唐、北宋時期詞之雅正傳統，其〈幽蘭草詞序〉云：

詞者，樂府之衰變，而歌曲之將啓也。然就其本制，厥有盛衰。晚唐語多俊巧，而意鮮深至，比之於詩，猶齊梁對偶之開律也。自金陵二主以至靖康，代有作者。或穠纖婉麗，極哀艷之情；或流暢淡逸，窮盼倩之趣。然皆境由情生，辭隨意啓，天機偶發，母音自

---

〔註28〕 有關陳子龍的生平，參考朱東潤：《陳子龍及其時代》（上海：上海古籍出版社，1984 年出版）；嚴迪昌：《清詞史》（江蘇：江蘇古籍出版社，1990 年 1月初版），頁 12；張仲謀：《明詞史》（北京：人民文學出版社，2002 年 2 月初版），頁 289；陳水雲：《清代前中其詞學思想》（武漢：武漢大學出版社，1999 年 10 月初版），頁 23。

〔註29〕 雲間，今上海市松江縣古稱。清隸屬松江府，屬江蘇。（嚴迪昌：《清詞史》（江蘇：江蘇古籍出版社，1990 年 1 月初版），頁 11。）侯方域〈大寂子詩序〉：「彭孝廉與夏考功彝仲，陳黃門子龍、周太學立勛、徐孝廉孚遠、李舍人雯唱和，聲施滿天下，當時爲之雲間六子。」陳子龍、李雯和宋徵輿三人又稱「雲間三子」。……雲間詞派的成員，除「三子」外還有宋徵璧、夏浣淳、錢芳標、宋存標、蔣平階等人。孫克強：〈試論雲間派的詞論及其在詞論史上的地位〉，《中州學刊》第 4 期，1998 年，頁 91。

〔註30〕 參考陳水雲：《清代前中期詞學思想》（武漢：武漢大學出版社，1999 年 10月初版），頁 24～33；涂茂齡、費臻懿〈明代陳子龍詞學觀析論〉，《建國學報》第 18 卷（上），1999 年 6 月，頁 31～46；趙山林〈陳子龍的詞和詞論〉，《詞學》第七輯（上海：華東師範大學出版社，1998 年出版），頁 184～196；陳美朱：《明末清初詩詞正變觀研究——以二陳、王、朱爲對象之考察》（臺北：花木蘭出版社，2007 年 3 月出版），頁 63～75。

成，繁促之中尚存高渾，斯爲最盛也。南渡以還，此聲遂渺。寄慨
者亢率而近於武，諧俗者鄙淺而入於優伶，以視周、李諸君，即有
彼都人士之嘆。〔註31〕

回顧詞的發展歷程，陳子龍特別推崇南唐、北宋詞，他認爲這時期的詞作已
漸跳脫晚唐「綺筵公子，繡幌佳人」的侷限，因此，不管「穠纖婉麗」或「流
暢淡逸」的作品，皆屬「境由情生，辭隨意啓」創作下的渾然天成，故以最
盛期譽之。其次，他特別標舉李璟父子、周邦彥、李清照等人，將這些詞家
視爲典範對象。顯然，在陳子龍心中，乃以傳統婉約爲詞學正統，在這樣標
準下，期盼回復南唐、北宋時期之雅正傳統，挽救明詞之弊。

　　第二，詞雖小道，亦不可廢。陳子龍〈三子詩餘序〉云：

　　　詩餘始於唐末，而婉暢穠逸，極於北宋。然斯時也，並律詩
　　亦亡。是則詩餘者，非獨莊士之所當疾，抑亦風人之所宜戒也。
　　然亦有不可廢者。夫風騷之旨，皆本言情。言情之作，必託於閨
　　襜之際。代有新聲，而想窮擬議，於是以溫厚之篇，含蓄之旨，
　　未足以寫哀而宣志也。思極於追琢，而纖刻之辭來，情深於柔靡，
　　而婉戀之趣合；志溺於燕隋，而妍綺之境出；態趨於蕩逸，而流
　　暢之調生。〔註32〕

長久以來，詞的地位，便難與詩文相提並論，傳統士大夫對詞多有輕忽之意。
陳子龍雖然深受「詞爲小道」的影響，卻依舊將詞視爲「不可廢者」，主要原
因在於詞有詩所不能之處。在陳子龍眼中，詩教的「溫柔敦厚」，難免限制
詩體「寫哀而宣志」的言情功能；反觀詞體，卻能盡情於「思極於追琢」、「情
深於柔靡」、「志溺於燕」、「態趨於蕩逸」之中。可見，陳子龍對詞之言情，
採取正面肯定的態度。類似觀點，如清人查禮《銅鼓書堂詞話》書中所云：「情
有文不能達，詩不能道者，而獨於長短句中可以委宛形容之。」〔註33〕，亦
立足在詞的言情價值上，給予高度的評價。

　　第三，強調詞之言情貴寄託，陳子龍曾在〈三子詩餘序〉提及「風騷之
旨，皆本言情」，可見詞與詩同源，上繼風騷，皆有言情的功能。然詩詞畢竟

---

〔註31〕（明）陳子龍：《安雅堂稿》（上）卷 5（台北：偉文圖書出版社，1977 年 9
　　　　月初版），頁 279。

〔註32〕（明）陳子龍：《安雅堂稿》（上）卷 3（台北：偉文圖書出版社，1977 年 9
　　　　月初版），頁 191～192。

〔註33〕唐圭璋：《詞話叢編》（台北：新文豐出版社，1988 年 2 月初版），頁 1481。

不同，王國維《人間詞話·刪稿十二》：「詞之爲體，要眇宜修。能言詩之所不能言，而不能盡言詩之所能言。詩之境闊，詞之言長。」〔註34〕而懷玖〈論詞的特性與詩詞分界〉亦云：

> 中國詩儘管抒情，然而注重理性，口吻也顯得嚴肅而矜持，就像山水畫一樣，處處流露一種學人的風度，輕佻側艷的詩向不爲人所取。詞便不然了，……一切模擬歌女的話，一切發抒個人最幽祕心聲的話，一切癡情或大膽的話，一切不合理或沒要緊的話，儘可一一付諸筆端。〔註35〕

本質上，詩詞言情確有不同，以詩而言，「理性」所佔比例居多，反之，詞在情感表現上就比詩更多了一份含蓄、朦朧美。所謂「詩莊詞媚」、「詩之境闊，詞之言長」，正好說明兩者先天上的差異。在陳子龍眼中，詞之言情應以含蓄爲本，然要營造出此種效果，「寄託」自然不可少，故〈三子詩餘序〉云：

> 寄情於思士怨女，以陶詠物色，袪遣伊鬱。〔註36〕

又云：

> 託貞心於妍貌，隱摯念於佻言。〔註37〕

〈三子詩餘序〉中，陳子龍認爲詞可以藉兒女之情來寓風騷之旨，將自己深摯的情感，寄託於妍貌、佻言的文字下，如此一來，便能於含蓄中達「寫哀宣志」的效果。而這樣的理論，亦具體實踐在他後期詞作中。

陳子龍在明詞衰微環境中，試以「復古」矯「時流」，儘管繼承大於創新，然對推尊詞體以及雲詞詞派、日後詞壇，卻有不可抹滅的影響〔註38〕。如清初詞人陳維崧，便與陳子龍之間有深厚的關係，〈許漱石詩集序〉：「余十四五

---

〔註34〕 王國維著、徐調孚校注：《校注人間詞話》（台北：頂淵文化，2001年6月初版），頁43。

〔註35〕 趙爲民、程郁綴：《詞學論薈》（台北：五南圖書出版公司，1989年7月初版），頁294～295。

〔註36〕 （明）陳子龍：《安雅堂稿》（上）卷3（台北：偉文圖書出版社，1977年9月初版），頁193。

〔註37〕 （明）陳子龍：《安雅堂稿》（上）卷3（台北：偉文圖書出版社，1977年9月初版），頁193。

〔註38〕 由於陳子龍的品節人望，和他的文學造詣的精深，他在生前和身後都爲江浙才士所仰慕，門弟子遍及吳越間。基於明詞的衰落，陳子龍及其盟友們倡導雅正以糾淫哇俚俗之風，深爲門下群所師承，這就無異於組訓了一大批詞學隊伍，構成了經受過唐宋詞的傳統審美傾向薰陶的創作力量。參見嚴迪昌《清詞史》（江蘇：江蘇古籍出版社，1990年1月初版），頁29。

時，學詩於雲間陳黃門先生，於詩之情與聲，十審其六七。」〔註39〕師承陳子龍的因緣，致使作品日後受到不小影響。蘇淑芬在〈陳維崧與清初詞壇之關係研究〉一文中，曾云：

> 他的早年詞作，深受陳子龍等人影響，包括用小令寫閨怨、內容豔麗、詭異；多詠物、四時感懷；多學北宋。中晚期後，因遇到亡國破家，飄泊江湖，科舉不第，衣食無落。前途茫然時的憂患意識，受到陳子龍、吳梅村的影響。他的後期作品如陳子龍一般，因爲亡國被激發出詞與詞人遭遇悲憤的結合，成爲情感宣洩的管道。
> 詞作由小令轉爲長調，抒發國破傷亡的寫作方式。〔註40〕

蘇淑芬曾針對陳維崧早中晚期詞作，具體分析後發現自幼詩承陳子龍的陳維崧，一生作品風格變化與陳子龍產生緊密的關聯。換言之，受到陳子龍的影響，陳維崧讓詞體的表情功能，獲得了延續。

　　劉揚忠〈論陳子龍在詞史上的貢獻及其地位〉：「子龍是明清之交詞壇上濟溺振衰的功臣。」〔註41〕龍榆生更云：「詞學衰於明代，至子龍出，宗風大振，逐開三百年來詞學中興之勢。」〔註42〕這些評價不僅具體說明陳子龍在明末清初詞壇所處的關鍵地位，也點出其存在爲清初詞學復興奠定良好的基礎。

## 三、清初詞壇復興概況

　　清代是中國古典文學的繁盛期，歷經長久發展與演變，詩、詞、散文、戲曲、小說皆在此時呈現繁茂的景象。以詞爲例，嚴迪昌《清詞史》云：「僅就編纂《全清詞》時匯輯情況而言，清初順治、康熙之卷即得詞五萬餘首，詞人超過逾二千一百。可以完全把握地說一代清詞總量將超出二十萬首以上，清人也多至一萬之數。……誠然，數量不足以能說明一切問題，但是應該承認，數量本身往往正是某種事物是否昌盛繁榮的一個標誌。」〔註43〕可見清初詞體復興的事實。然清詞中興，必然存在某些背景，筆者認爲可歸納

---

〔註39〕清・陳維崧：《迦陵文集》卷1，收錄在《陳迦陵詩文詞全集》（四部叢刊・初編・集部）（臺北：商務，1979 年出版），頁 12。

〔註40〕蘇淑芬：〈陳維崧與清初詞壇之關係研究〉，《東吳中文學報》第六期，2000年 5 月，頁 167～168。

〔註41〕劉揚忠：〈論陳子龍在詞史上的貢獻及其地位〉，《第一屆詞學國際研討會論文集》（臺北：中央研究院中國文哲所籌備處，1994 年 12 月初版），頁 313。

〔註42〕龍榆生：《近三百年名家詞選》（上海：上海古籍出版社，1979 年出版），頁 4。

〔註43〕嚴迪昌：《清詞史・緒論》（江蘇：江蘇古籍出版社，1990 年 1 月初版），頁 1。

爲以下兩點〔註44〕：

第一，就外在環境而言，徐珂在《清代詞學概論》：「詞之學，剝於明，至清而復之，直接南北兩宋，可謂盛矣。然當開國之初，京朝士大夫，雖依輦轂，猶慨滄桑，特假長短之句，藉抒抑鬱之氣。始而微有寄託，久則務爲諧暢，而吳越操觚家，聞風興起，作者選者，妍媸雜陳……」〔註45〕明末清初之際，正值動盪不安，許多知識份子目睹國破家亡的殘破，內心不免引發眾多情緒，需要藉文字的窗口，獲得紓解。然清初詩文構成的文字獄，讓不少知識份子轉而將小道之詞作爲另一種情感抒發的掩體，清詞於此日趨繁榮。

第二，就詞體本身而言，詞至明末清初時已產生質變，首先是詞體地位的提升，自從陳子龍對詞體，採取「亦不可廢」的態度，眾多繼踵者紛紛追隨，致使宋詞餘緒得以延續。繼之而起的陳維崧陽羨詞派、朱彝尊浙西詞派皆徹底推翻「詞爲詩餘」的傳統觀念，肯定詞的獨立地位。其次，這個階段「詞」〔註46〕已由音樂文學轉變爲純文學的格律詩體形式，著重情寄託功能。詞原是詞曲結合的一種歌唱文學，元明之後，隨著南北曲盛行導致詞樂衰微，加上舊有

---

〔註44〕 參考嚴迪昌：《清詞史・第一篇》（江蘇：江蘇古籍出版社，1990 年 1 月初版），頁 9～10；謝桃坊：《中國詞學史》（四川：巴蜀書社，1993 年 6 月初版），頁 123～140；鮑恒：《清代詞體學論稿》（北京：人民文學出版社，2007 年 5 月初版），頁 56～58。

〔註45〕 徐珂：《清代詞學概論》（台北：廣文書局，1979 年 5 月出版），頁 1。

〔註46〕 鮑恒在《清代詞體學論稿》一書中，將詞體演變分爲兩大階段——原體詞與變體詞，兩種詞的基本情況，簡單概示如下：

| 詞　體 | 歷史階段 | 型　　態 | 性　質 | 形式階段 |
| --- | --- | --- | --- | --- |
| 原體詞—歌詞或樂詞 | 唐宋詞 | 綜合的藝術型態—可以歌唱和進行歌舞表演。 | 藝術的 | 擇腔合調—按照樂曲進行創作。 |
| 變體詞—作爲詩的詞或合格律的詞 | 元明清詞 | 單一的語言型態—只可進行文本閱讀，一般不可歌唱和表演。 | 文學的 | 按譜合律—按照詞譜的要求，即定字、定句、定聲韻、定平仄等。 |
| 案：　這裡的「譜」與「律」特指作爲語言形式要求的詞譜和格律，非樂譜和樂律。 | | | | |

上述資料參考鮑恒：《清代詞體學論稿》（北京：人民文學出版社，2007 年 5 月初版），頁 20～21。

樂譜亡佚，詞逐漸與樂分離，後清人作詞，便逐漸將重心移往詞的格律形式。另外，明人對詞文學表情功能的重視，在雲間派裡得到總結和提高。這對詞擺脫音樂文學的傳統窠臼，發揮自己獨特的抒情作用，邁向新的發展道路，具有重要意義。〔註47〕這一點，延續至清初詞壇，依舊備受肯定。

　　在時代抒情需求與詞體質變的相互影響下，清詞有了復興的契機，成爲清代主流文學之一。陳維崧所身處的順、康二朝，正逢清初詞壇繁盛之際，此時不僅詞人眾多、作品數量大增，詞派亦紛起，葉恭綽《廣篋中詞》：「清初詞派，承明末餘波，百家騰躍。雖其病爲蕪獷、爲纖仄，而喪亂之餘，家國文物之感，蘊發無端，笑啼非假。其才思充沛者，復以分途奔放，各極所長。故清初諸家，實各具特色，不愧前茅。」〔註48〕又陳廷焯《白雨齋詞話》卷一：「自國初諸公出，如五色朗暢，八音和鳴，備極一時之盛。」〔註49〕大體而言，順治後期到康熙中葉，可謂清詞最發達的階段，此時詞壇出現三個重要且具代表性的詞家：其一，陳維崧，陽羨〔註50〕詞派之領袖，尊蘇、辛，風格豪放；其二，朱彝尊，浙西詞派領袖，尊姜夔、張炎，標榜醇雅清空；其三，納蘭性德，推崇南唐李煜，重情致，風格清婉。三人之中又以陳、朱影響最大，譚獻《篋中詞》便云：「錫鬯、其年出，而本朝詞派始成。……嘉慶以前，爲二家牢籠者十居七八。」〔註51〕足見兩人影響之深遠。

　　清初詞壇之復興，開啓繼宋詞之後的另一高峰，亦如李一氓所言：「清順康間，詞風大盛，就其表達方法而論，極爲自由放縱而又委屈隱諱，此一代作家同具有明清易代之感受，唯詞足以發抒之……當時統治階級向來不及注意此一文體，故作者數量既多，詞作亦五花八門，蔚爲一時之勝。」〔註52〕而清詞的復興，正好爲陳維崧題畫詞之創作提供了有利的發展環境。

---

〔註47〕王雲飛：〈雲間詞論與清詞中興〉，《重慶師院學報》（哲學社會科學版）第 2 期，2002 年，頁 68。

〔註48〕載於楊家駱編：《歷代詩史長編》第 22 種《廣篋中詞》卷 1（臺北：鼎文書局，1971 年 9 月出版），頁 46。

〔註49〕唐圭璋：《詞話叢編》（台北：新文豐出版社，1988 年 2 月初版），頁 3775。

〔註50〕位於江、浙、皖三省交界處的今江蘇省宜興市，早在秦時即建置稱陽羨縣。隋朝改名爲義興，北宋初避諱再改名，始稱宜興，然後世則仍以陽羨指稱之。嚴迪昌著：《陽羨詞派研究》（濟南：齊魯書社，1993 年 2 月初版），頁 10。

〔註51〕載於楊家駱編：《歷代詩史長編》第 21 種《篋中詞》卷 2（臺北：鼎文書局，1971 年 9 月出版），頁 93。

〔註52〕李一氓：〈康熙本《瑤華集》跋〉，收錄於《一氓題跋》（北京：三聯書局，1981 年出版），頁 192。

# 第三節 地域環境

地域，對於一個文學家而言，往往不只是單一空間的存在，當空間中的物質、文化和作家發生關係時，地域便可能影響作家的一生書寫，而被賦予獨特的文學意義。陳維崧題畫詞的創作，反映了作家與地域之間的關係，因此，在討論陳維崧題畫詞內容之前，本節將從陳維崧所處的江南〔註53〕地域切入，分別就當時的「經濟發展」與「人文風氣」二方面，對此地環境作深入地瞭解。

## 一、經濟發展

一個地區的文學發展，往往與經濟的好壞，有其正向關係，換言之，在熱絡藝文活動的背後，通常有著穩固經濟的支持。陳維崧，江蘇省宜興縣人，明末清初之際，遭逢家國巨變，戰事頻繁與仕途不順等因素，家道中落後便開啓多年的漂泊生活，期間除短暫流寓洛陽、河南、商丘、京師等地，多數時間的活動範圍仍以宜興附近的太湖流域居多，足跡遍及蘇、杭、揚、南京、鎮江、太倉等地。

這些區域，位處長江下游南段，因此，不僅有肥沃的平原、溫潤的氣候，亦有水道密佈的交通網路，加上都市、農工商業發達，長久以來一直是中國經濟繁榮的地區。不過，這樣的情形，在明末天啓、崇禎年間有了轉變，政治腐敗、外患侵擾、財政枯竭以及官府、官僚地主的剝削壓榨，社會經濟紛紛遭受嚴重破壞，江南城鎮農工商業開始呈現衰退現象。如：江南嘉定的外

〔註53〕陳正祥《中國歷史文化地理》：「江南有廣義和狹義之分。廣義的江南一般指長江以南，但不包括四川盆地。狹義的江南是指長江下游段的南岸，它包括江蘇省的南部，浙江省的北部和安徽省的東南部；以太湖為中心，面積約36000方公里。」陳正祥：《中國歷史文化地理》（臺北：南天書局，1995年10月初版），頁27。關於明清時期的江南地域範圍，李伯重在《發展與制約——明清江南生產力研究》一書，曾從經濟史研究角度，認為明清時期江南地區的地域範圍，應當是蘇、松、常、鎮、寧、杭、嘉、湖八府及太倉州。李伯重：《發展與制約——明清江南生產力研究》（臺北：聯經出版社，2002年12月初版），頁420。筆者根據丁惠英《陳維崧及其湖海樓詞研究》中〈陳維崧的交遊〉以及馬祖熙《陳維崧年譜》內容，兩相比對之下，發現陳維崧一生活動的地域範圍，以宜興、蘇、浙、揚等地居多，因此，此處江南，意指狹義的江南，範圍涵蓋太湖流域及其週邊地區，即李重伯界定的八府一州。有關古今江南地區界定的不同論述與地域變遷，可詳見馮賢亮《明清江南地區的環境變動與社會控制》（上海：上海人民出版社，2002年8月初版），頁1～10。

岡鎮，嘉靖萬曆時期仍是「四方之巨賈富駔，貿易花布者皆集於此，遂稱雄鎮焉。」自天啓、崇禎以來，反而「公私交破，詐僞萌生，挾資者相戒不前，而民生日促，殆不可爲鎮矣。」〔註54〕清兵入關中原後，受到統一戰亂的影響，江南經濟依舊處於凋弊〔註55〕的狀態，直到清世祖順治即位，爲維持財政穩固，開始有了恢復社會經濟的措施。整體來說，在順治時期實施的重要政策中，影響江南經濟復原的措施，大致可歸納以下四點〔註56〕：

第一點，在土地政策上，實行「鼓勵墾荒」措施，爲使人民重回荒蕪土地耕種，恢復農業生產力，清初政府訂定四項方針：其一，承認並保護墾荒者的土地產權；其二，放寬荒地免徵年限；其三，政府資助耕牛、種子，政府透過耕牛、種子、口糧的借貸方式，採取分期繳回，以鼓勵貧民墾荒。其四，以墾荒多寡作爲考核官員的條件，確保墾荒政策的推行。

第二點，在賦稅政策上，順治有鑒於「天啓崇禎之世，因兵增餉，加派繁興，貪吏緣以爲奸，民不堪命，國祚隨之，良足深鑒。」〔註57〕，故在賦稅方面特別採取二項重要措施：其一，減免賦額，分別爲「減免荒地稅糧」以及「減免水旱災區稅糧」。其二，取消明末三餉〔註58〕及一切額外加派。

---

〔註54〕李龍潛：《明清經濟史》（廣州：廣東高等教育出版社，1988 年 3 月初版），頁273。

〔註55〕清軍入關後，鎮壓農民起義軍，在江南各省，清軍先後對南明政權和農民抗爭的鎮壓將近二十年，明末以來的戰亂仍在繼續。同時，清政府爲了鞏固其統治地位，採取民族高壓手段，殘暴屠殺人民，嚴重破壞了社會生產力。順治二年（1645 年），清軍攻陷揚州，屠殺十日，死者竟達數十萬人。同年八月，清軍攻陷江陽，「滿城殺盡，然後封刀」，城內城外慘死者 172000 餘人，僅有幾十人倖免於難。……原來紡織業極爲發達的江南蘇、松、嘉、湖、杭等地區，經過清軍的洗劫，生產急度萎縮，城鎮嚴重毀壞，一片荒涼蕭條的景象。龐毅：《中國清代經濟史》（北京：人民出版社，1994 年 4 月出版），頁14。

〔註56〕參考龐毅：《中國清代經濟史》（北京：人民出版社，1994 年 4 月出版），頁17～38；李龍潛：《明清經濟史》（廣州：廣東高等教育出版社，1988 年 3 月初版），頁 301～310；王興亞：〈清初的經濟政策與社會經濟的緩慢恢復〉，《鄭州大學學報》（哲學社會科學版）第 5 期，1995 年，頁 58～67；侯家駒：《中國經濟史・下》（臺北：聯經出版社，2005 年 5 月初版），頁 843～934。

〔註57〕（清）高宗敕撰：《大清世祖章（順治）皇帝實錄（三）》卷 112（臺北：台灣華文書局，1964 年 1 月初版），頁 1388。

〔註58〕萬曆以後，因在遼東對後金用兵，以及爲了鎮壓農民起義，訓練地主武裝，軍費浩繁，便在全國範圍內普遍實行田賦加派，稱爲「三餉」，即「遼餉」、「剿餉」、「練餉」。李龍潛：《明清經濟史》（廣州：廣東高等教育出版社，1988 年 3 月初版），頁 261。

第三點,在手工業政策上,面對清初手工業的凋零〔註59〕,政府採取二項重要復原措施:其一,廢除「匠籍制度」〔註60〕,順治二年五月,明文宣佈廢除匠籍,不僅解決匠籍身分對手工業者的束縛,亦減輕手工業者身上沉重的負擔。其二,官營手工業推行雇募制,如江南江寧、杭州、蘇州絲造局,原由蘇、松、常三府巨室,充當機戶,雇募機匠生產。順治八年革去機戶,改由各織造局自行購買絲料,直接從民間招募工匠,按工給值,工資上採計時或計件形式。

第四點,在商業政策上,為挽救城鎮商業的頹疲,實施二項重要措施:其一,號召商人復業,確保公平交易。其二,禁制對商人額外徵收,為杜絕各地官府亂設關卡。

經過上述政策的推行,順治時期的社會經濟,儘管恢復緩慢,但已逐漸好轉。隨後康熙繼位,在政局逐漸穩定下,他開始對順治時期社會經濟的措施進行調整,結果不僅重現經濟繁榮景象,亦為日後經濟發展奠定良好基礎。康熙時期所實施的相關社會經濟政策中,與江南經濟復原相關,主要表現在以下幾四點:

第一點,土地政策上,採取調整墾荒政策,鑒於順治時期墾荒成效之不佳〔註61〕,康熙調整原有墾荒政策:其一,放寬起科年限,康熙十年至二十三年間,除浙江沿海田地仍循舊例,其餘各地一般墾地皆已放寬荒地免徵年限,改

〔註59〕 順治建國時期的江南手工業生產,因戰事波及,和農業同樣受到嚴重摧殘。絲織業,如杭州織造廢遲年久,「機房頹壞無存」。蘇州織造,「局舍亦傾圮」、「所存僅頹房幾間,罄懸零落……惡可鋪設上用機張。」棉紡織業,如松江因受戰爭的破壞和影響,「滿目傷痍,積棘載道」、「商賈不通,城市罷織,民生無業。」李龍潛:《明清經濟史》(廣州:廣東高等教育出版社,1988年3月初版),頁305。

〔註60〕 從明代洪武年間開始,官手工業的各行各業匠戶(舊稱匠班或班匠),都要輪流到京城無償服役,即「輪班分役」,時間一至五年長短不等。明成化年間稍有變化,只要匠戶出徵銀便可免役不去京城當班。嘉靖四十一年,明政府正式規定匠戶徵銀的數量。匠戶均有匠籍身分,「匠戶不管是否改業,均不得免其徵銀。如本戶逃亡,就累及宗黨。這種對手工業者的嚴酷剝削,極大地阻礙了手工業的發展。龐毅:《中國清代經濟史》(北京:人民出版社,1994年4月出版),頁25。

〔註61〕 雲南道御史徐旭齡疏言:國家生財之道,墾荒為要,乃行之二十餘年而無效者。其患有三,一則科差太急,而富民以有田為累;一則招徠無資,而貧民以受田為苦;一則考成太寬,而有司不以墾田為職。此三患者,今日墾荒之通病也。(清)高宗敕撰:《大清聖祖仁(康熙)皇帝實錄(一)》卷25(臺北:台灣華文書局,1964年1月初版),頁374。

善墾荒之餘，亦解決原本「科差太急」的矛盾。其二，招民墾田，直接給予必要生產物資，以解決順治時期「招徠無資」的問題。其三，重新規定地方官的考成標準，迫使地方官皆以墾田為職務，積極擴大種植面積。其四，確保農開墾荒地的所有權，康熙二十二年對「拋荒」作出規定：「凡地土有數年無人耕種完糧者，即系拋荒，以後如已經墾熟，不許原主復問。」〔註62〕

　　第二點，賦稅政策上，實施二項重要措施：其一，蠲免田賦，鑑於國家財政逐漸好轉，康熙二十四年以後，幾乎每年對一省或數省實施「普免」，即免徵全年錢糧。其二，改進賦稅徵收辦法，康熙二十四年下令重修《順治賦役全書》，刪除田賦尾數，以減輕農民賦稅；後來更進一步改革「徵收制度」〔註63〕，為防私自科徵，康熙三十九年，實施「滾單法」〔註64〕，並由農戶親自繳糧，避免大戶包攬作弊。

　　第三點，手工業政策上，採取放寬經營限制的措施，如江南紡織業，取消原本機戶「不得逾百張」織機的限制，擴大紡織業的發展規模。又如陶瓷業，康熙十九年取消明代遺留當官科派的規定。

　　第四點，商業政策上，採取三項重要措施：其一，取消各地官吏對商人的額外徵收。其二，統一度量衡，康熙二十三年，清政府下令統一制錢的重量，以此暢通全國經濟。隨後又在四十三年和五十八年，分別完成鬥、秤的統一。其三，廢遷海〔註65〕令，康熙二十二年，收復台灣，宣佈「廢除遷海

〔註62〕（清）高宗敕撰：《大清聖祖仁（康熙）皇帝實錄（三）》卷108（臺北：台灣華文書局，1964年1月初版），頁1438。

〔註63〕順治以後，徵收賦稅使用二聯票（舊稱串票），一聯給納戶，一聯存在官府，但地方官吏往往將納戶聯強留不給，從中貪汙自肥。康熙二十八年，清政府將二聯改為三聯，一聯存州縣，一聯付差役，一聯給納戶。後來又曾實行四聯，因手續繁瑣，又恢復三聯制。龐毅：《中國清代經濟史》（北京：人民出版社，1994年4月出版），頁19。

〔註64〕「其法於每里之中，或五戶或十戶一單，於某名下注明田地若干，銀米若干，春秋應各完若干，分為十限，發與甲首，依次滾催。」清史稿校註編纂小組：《清史稿第五冊》卷128・食貨二・賦役（新店：國史館，1986年2月初版），頁3479。

〔註65〕順治十七年（1660），清政府為了防止鄭成功從海上與沿海人民聯合抗清，實施大規模遷瀕海居民的政策，即「遷海」。順治十八年，清政府派出官員到各省去立界，構築牆垣，發兵戍守。實施遷海政策範圍，北起河北，經山東、江蘇、浙江，南至福建、廣東。清政府還規定，邊界確定之後，限二日內遷走，過期則派兵驅逐，遷走後有敢出界者殺無赦。龐毅：《中國清代經濟史》（北京：人民出版社，1994年4月出版），頁16。

令」〔註66〕，不久下令開海貿易。隨著遷海令與海禁的解除，江南沿海各省經濟狀況開始回復熱絡景象。

歷經順、康二帝長久的努力改善，至康熙年間，國家財政狀況漸趨穩定，此時江南地域，無論田地復耕面積的擴大，抑或手工業、城鎮商業的發展，早已有別於明末，逐漸走向穩定繁榮景象。而經濟的復甦，不僅使江南文化，逐漸回復過往生氣蓬勃的面貌，更有助提升文人聚會宴飲的頻率，無疑不為陳維崧題畫詞提供了更多的酬贈書寫機會。

## 二、人文風氣

江南之地，不僅擁有山明水秀的美麗景緻，境內水陸交通更是便利，地理的優勢與經濟的繁榮，讓此地自南宋後，即是文人聚集之地，伴隨文風的持續蓬勃發展，明清時期的江南已成為全國人文淵藪之地。根據曾大興《中國歷代文學家之地理分佈》〔註67〕統計，明清兩代文學家的南、北分佈比例分別為「8.7：1.3」、「8.5：1.5」，可見南方人才濟濟。這一點，首先從江南突出的科舉表現，即能窺之一二。

關於明清江南科第仕宦，各地文獻皆曾做過相關紀錄，例如蘇州府，「蘇人才甲天下」〔註68〕；常州府，「科目蟬連，數代不絕」〔註69〕；杭州府，「自（世）宗禦宇以迄於今，科第日增，人文益盛」〔註70〕；松江府，「科詔始下，人才已彬彬然，百餘年來，文物衣冠，蔚為東南之望」〔註71〕近代學者范金民在〈明清江南進士數量、地域分佈及其特色分析〉一文中，曾以量化方式，

---

〔註66〕「前因海寇未靖，故令遷界。今若展界，令民耕種採補，甚有益於沿海之民。其浙、閩等處地方，亦有此等事。……此等事不可稽遲，著遣大臣一員，前往展立界限……」（清）高宗敕撰：《大清聖祖仁（康熙）皇帝實錄（三）》卷112（臺北：台灣華文書局，1964年1月出版），頁1498。

〔註67〕曾大興：《中國歷代文學家之地理分佈》（漢口：湖北教育出版社，1995年10月初版），頁341、435。

〔註68〕（明）蔡昇撰、王鏊重修：《震澤編》卷三·人物，載於《四庫全書存目叢書》史部·地理類228冊（台南：莊嚴文化事業有限公司，1996年8月出版），頁690。

〔註69〕（清）于琨修、陳玉篆：《康熙常州府志》卷9·風俗，載於《中國地方志集成——江蘇府縣志輯㊱》（上海：江蘇古籍出版社，1991年6月出版），頁183。

〔註70〕（明）陳善等撰：《萬曆杭州府志》卷19·風俗，載於《浙江省杭州府志（五）》（台北：成文書局，1983年3月初版），頁1360。

〔註71〕朱鼎玲等編：《正德松江府志》卷4·風俗，載於《天一閣藏明代方志選刊》續編（上海：上海書店，1990年初版），頁196～197。

提出具體數據，他根據《明清進士題名錄索引》一書，統計明清二代的全國進士數量，共得 51681 人，其中江南錄取 7877 人，佔全國 15.24%，即佔全國進士產量的七分之一，蘇、杭、常三州，分別名列江南前三名〔註 72〕，顯然江浙已成爲明清時期進士分佈的重要區域。

　　江南不僅孕育許多仕宦顯要，這裡更是藝文人才聚集之處，明末清初之際，各種藝文創作十分熱絡。大致可分爲以下五類：第一類，詩壇上，除以有陳子龍爲首的雲間派〔註 73〕、以錢謙益爲首的虞山派、以吳偉業爲首的婁東派，〔註 74〕亦有遺民詩人顧炎武、吳紀嘉等人。第二類，詞壇上，分別有以陳子龍、王士禎〔註 75〕、陳維崧、朱彝尊爲領袖的雲間、廣陵、陽羨、浙西四個詞派。第三類，文壇上，江浙地區有張岱、王思任、黃宗羲、顧炎武等人。第四類，戲劇上，有孟稱舜、吳炳、李玉、吳偉業、尤侗等劇作家。第五類，繪畫上，有陳洪綬、揚州八怪、王時敏、王翬、徐元琇、史鑑宗、周禹卿等畫家。這些文人，藉由不同的創作，爲江南文化事業，開創出繁盛多元的成果。

　　而這股濃鬱的人文氛圍，亦間接刺激當地出版事業的興盛，明人胡應麟曾云：

　　　　天下印書，以杭爲上，蜀次之，閩最下。余所見當今刻本，蘇

〔註 72〕根據范金民的統計，明清兩代通算各府進士數量與百分比的結果，前三名分別是蘇州，1861 人，23.63%；杭州，1369 人，17.38%；常州，1281 人，16.26%。參考范金民：〈明清江南進士數量、地域分佈及其特色分析〉，《南京大學學報》（哲學・人文・社會科學）第 2 期，1997 年，頁 174。

〔註 73〕「雲間」指江蘇松江府。……陳子龍所領導的詩歌派別被冠以「雲間」之目，是因爲與詩派的主要成員李雯、宋徵輿（1618～1667）俱松江府華亭縣人，三人並曾合著《雲間三子新詩合稿》，故得其名。謝明陽：〈雲間詩派的形成——以文學社群爲考察脈絡〉，《臺大文史哲學報》第 66 期，2007 年 5 月，頁 20～21。

〔註 74〕偉業籍隸太倉。太倉位於婁江之東，亦稱婁東，故偉業詩歌，世稱婁東派。錢謙益籍隸常熟。常熟有虞山，故謙益詩歌，世稱虞山派。葉慶炳：《中國文學史・下冊》（臺北：台灣學生書局，1987 年 8 月初版），頁 341。

〔註 75〕王士禎（1634～1711），字貽上，號阮亭，別號漁洋山人。山東新城人，順治十七年（1660）三月到揚州擔任官職，年僅二十七歲，至康熙四年（1665）離任。他在廣陵達五年有餘，吳梅村說他「晝了公事，夜接詞人」，王士禎在揚州通判任上，廣交詩人文士，遺逸中有林古度、杜濬、方文、孫枝蔚等，又與邵潛、陳維崧等或修禊於如皋冒襄的水繪園，或酬唱在紅橋、蜀岡間諸勝地。參考嚴迪昌：《清詞史》（江蘇：江蘇古籍出版社，1990 年 1 月初版），頁 51、53。

常為上,金陵次之,杭又次之,近湖刻歙刻驟精,遂與蘇常爭價,蜀
本行世甚寡,閩本最下,諸方與宋世同。〔註76〕

清初詩人王士禎亦云:

近則金陵蘇杭,書坊刻板盛行,建本不復過嶺。蜀更兵燹,城
廓丘墟,都無刊書之事,京師亦鮮佳手。〔註77〕

明末清初,相較於其他地方,金陵蘇杭書坊的刻書風氣,普遍盛行,遠超越
閩、蜀、京師等地。而且各地刊印的書籍版本中,文人尤以蘇常、金陵、杭
三地的刻本為佳。當時江南各地府城鎮都有書坊,如常州、無錫、常熟、松
江、南昌、揚州、南昌、臨江等地,書坊不僅數量多,所印書籍的質量也相
當好。〔註78〕顯然,江南坊刻業之興盛,早已領先全國,位居舉足輕重的地
位。

刻書業的發達,使得圖書出版的種類廣泛增加,大大地滿足不同讀者需
求,藏書,成了江南另一種特殊的人文風貌。梁啟超在〈近代學風之地理分
佈〉:

明清之交,江浙學者以藏書相誇尚。其在江南,則常熟毛氏之
汲古閣為稱首,且精擇校刻以公於世。繼之者常熟之絳雲樓、述古
堂、崑山徐氏之傳是樓……等,咸蓄善本,事讎校,自此校書刻書
之風盛於江左。〔註79〕

明清之交,江南地區的私家藏書風氣十分興盛,當時最富饒的蘇州、常熟、
金陵和鹽商聚集的揚州一帶,是藏書樓主要的集中地,其次是兩浙。〔註80〕
不少藏書家,紛紛營建樓閣,作為藏書據點,當時除有常熟毛晉的汲古閣稱
首,後來更有絳雲樓、述古堂、傳是樓等地的出現。這些地點不僅提供藏書
管理,更兼具校讎的功能。

---

〔註76〕 （明）胡應麟:《少室山房筆叢》卷4·甲部·《經籍會通》4（台北:世界書局,1963年4月初版）,頁59。
〔註77〕 （清）王士禎:《居易錄》卷14（台北:新興書局,1977年出版）,頁5132～5133。
〔註78〕 錢杭、承載合著:《十七世紀江南社會生活》（台北:南天書局,1998年6月初版）,頁176。
〔註79〕 梁啟超著:《飲冰室合集》第5冊（北京:中華書局,1989年3月初版）,頁63。
〔註80〕 錢杭、承載合著:《十七世紀江南社會生活》（台北:南天書局,1998年6月初版）,頁181。

　　長久以來，江南一直是中國經濟繁榮區域之一，明末清初之際，儘管走過動盪不安、經濟蕭條的時局，然隨著順康二帝繼位，恢復了昔日興盛。經濟的復甦，加速江南人才的生長與培育，這一點，從當地仕宦與文人匯集，即可證明經濟與人才彼此依存關係。而人才的聚集，除了一方面為江南塑造了濃厚的人文風氣，使得各種藝文創作、刻書印刷、私人藏書等活動，皆在此時獲得良好的發展契機。另外一方面，也讓身處此地的陳維崧，有了更多機會接觸江南人士，無疑不為其題畫詞的社交存在，提供了良好的創作環境。

# 第四節　文人社交活動

　　自古以來，文人社交來往，已是普遍現象。社交過程中，文人之間往往不乏文學活動的創作，例如不少題畫詞之存在，即是文人酬酢交流後的文化產物，有鑑於此，此節將針對明清文人常見的社交活動「題詠唱和」和「題詠酬贈」，做進一步地論述。

## 一、題詠唱和

　　文人的宴集聚會，自六朝一直到明清都很盛行〔註81〕，這些文人雅聚，除了搭起平日文人來往的橋樑，亦是文人藝文創作的最佳場域。聚會過程，或品賞書畫、或欣賞表演或酬酢唱和，在熱鬧的氣氛中，或競逞才華，或即席創作，為彼此的情感和文才，增添交流機會。換言之，在文人聚會中，各類社交行為與活動，皆有可能出現。早於陳維崧，如明末清初張岱《陶庵夢憶》便記載道：

　　　　甲戌十月，攜楚生住不繫園看紅葉。至定香橋，客不期而至者八人：南京曾波臣、東陽趙純卿、金壇彭天錫、諸暨陳章侯、杭州楊與民、陸九、羅三、女伶陳素芝，余留飲。章侯攜縑素為純卿畫古佛，波臣為純卿寫照，楊與民彈三弦子，羅三唱曲，陸九吹簫。……是夜，彭天錫與羅三、與民串本腔戲，妙絕；與楚生、素芝串調腔戲，又復妙絕。章侯唱村落小歌，余取琴和之，牙牙如語。……余曰：「唐裴將軍旻居喪，請吳道子畫天宮壁度亡母。道子曰：『將軍為我舞劍一迴，庶因猛厲，以通幽冥。』旻脫練衣纏結，

〔註81〕范宜如、朱書萱：《風雅淵源——文人生活的美學》（台北：台灣書局，1998年3月初版），頁143。

上馬馳驟,揮劍入雲,高十數丈,若電光下射,執鞘承之,劍透室
而入,觀者驚慄。道子奮袂如風,畫壁立就。章侯爲純卿畫佛,而
純卿舞劍,正今日事也。」純卿跳身起,取其竹節鞭,重三十斤,
作胡旋舞數纏,大噱而去。〔註82〕

崇禎七年,張岱以主人身分攜歌姬楚生住不繫園看紅葉,當時聚會者包含爲
趙純卿畫古佛的畫家陳洪綬(章侯)、爲趙純卿繪像的肖像畫家曾鯨,另有彈
三弦子楊與民、唱曲羅三,吹簫陸九……等共八人。這一夜,大家興致高昂,
彭天錫與羅三、女伶不僅當場來了一段戲劇表演,連陳洪綬也唱起村歌,張
岱以琴和之。除此之外,純卿更是學起唐代裴旻隨吳道子畫壁舞劍的故事,
執起竹節鞭作胡旋舞。足見在文人雅聚的場合中,文人、畫家、表演者齊聚
一堂,各類社交活動熱絡之盛況。

　　直至清初,文人聚會,依舊時有所聞,成爲文人普遍參與的社交活動。
以陳維崧爲例,蔣永修〈陳檢討迦陵先生傳〉即載:

　　辛卯壬辰間,吳門、雲間,常、潤大興文會,四郡名士畢集觴
　　酌爲引,聲索筆賦詩數十韻立就,或時作記序,用六朝俳體,頃刻
　　千言,鉅麗無與比,諸名士驚嘆以爲神。〔註83〕

順治八年起,陳維崧連續兩年參與江南文會,並在文會中,大顯自己的文學
才華。對於交遊廣闊的陳維崧來說,類似文人聚會的參與,儼然已成爲日後
生活的一部分。

　　一般來說,文人聚會,不乏應酬唱和,就陳維崧而言,《迦陵文集》卷二
〈任植齋詞序〉:「憶在庚寅、辛卯間,與常州鄒、董遊也,文酒之暇,河傾
月落,杯闌燭暗,兩君則起而爲小詞。……其在吾邑中相與爲唱和者,則植
齋及余耳。」〔註84〕如此景象,即使禁社之後,江南文人來往依舊熱絡〔註85〕,
聚會唱和,仍是文人社交的熱門活動。如康熙元年(1662),任揚州推官的王
士禎與袁籜菴、杜濬、邱象隨、蔣階、朱克生、張養重、劉梁嵩、陳維崧等

---

〔註82〕 (明)張岱:《陶庵夢憶》(台北:台灣開明書店,1972年3月再版),頁45。
〔註83〕 (清)錢儀吉等撰:《清代碑傳全集‧碑傳集》卷46(上海:上海古籍出版社,
　　　　1987年11月初版),頁241。
〔註84〕 清‧陳維崧:《迦陵文集》卷2,收錄在《陳迦陵詩文詞全集》(四部叢刊‧初
　　　　編‧集部)(臺北:商務,1979年出版),頁31。
〔註85〕 根據楊國楨《明清之際黨社運動考》一書指出,儘管社盟集會被嚴格禁止,
　　　　但是一般文人騷客依舊詩酒留連。謝國楨:《明清之際黨社運動考》(臺北:
　　　　台灣商務印書館,1967年1月初版),頁255。

名士修禊紅橋，並將其與諸名士唱和的詩、詞作品彙爲《紅橋唱和集》。〔註86〕又如康熙四年（1665），陳維崧與王士禎、冒襄等八人，修禊於水繪園，其間亦有大量酬唱之作。〔註87〕

　　酬唱，乃是文人因應各種社交場合，以詩詞互相酬答唱和的一種交誼方式。唱和的情形，有時是在雅集席間，一人首倡，餘人作和，首倡與和詩皆在同時間、同地點完成，亦有不及參與者，或當時未參與者，在事後追和。〔註88〕唱和的內容，或爲讌遊、或爲贈別、或爲題畫、或爲壽慶……等等，皆可能成爲文人聚會時創作的題材。陳維崧詞作中，亦有不少唱和之作，對此現象，丁惠英曾云：「其年幼隨其父貞慧，出入文會熟悉應對，及長以詩詞干謁豪貴，使酬唱之詞有九百七十多首，佔其詞之二分之一。其中有次韻、酬答、簡寄、送別、燕飲、祝壽、題畫、催粧、題像、謝饋、招遊等。」〔註89〕此外，丁惠英又云：

　　　其年喜和人之詩詞，也強人唱和。尤侗說：「頃來長安，又與迦
　　陵同館，見此筆刺刺不休，強僕屬和」，其年強人唱和，是其主動推
　　展創作風氣，其詩有「阮亭先生有謝愚山侍讀贈綠雪茶詩，翌日亦
　　贈先生岕茗壹器侑以此作並索先生再和」（卷六），爲了和詩，特贈
　　送禮物，由此知他對唱和之重視。也由此知其年所交都是文友，藉
　　文友的唱和，使其有豐盛的作品問世。〔註90〕

陳維崧一生，人脈廣闊，遊歷各地，曾結交不少文友，加上喜和人詩詞，因此，這類作品，自然成爲陳維崧創作來源之一。

　　唱和題畫詞是酬唱詞作中重要的一支，是文人詩畫的風氣在詞這一領域的延伸。〔註91〕在陳維崧95首題畫詞中，其中便有不少作品，屬於爲畫題詠唱和之作，如：〈菩薩蠻·題青谿遺事畫冊，同鄒程邨、彭金栗、王阮亭、董

〔註86〕（清）王士禎撰、孫言誠點校：《王士禎年譜》（北京：中華書局，1992 年 1月初版），頁 20。

〔註87〕馬祖熙編著：《陳維崧年譜》（上海：上海古籍出版社，2007 年 11 月初版），頁 72。

〔註88〕錢天善：《明三家畫題畫詩研究（上）》（臺北：花木蘭文化出版社，2008 年 3月出版），頁 136。

〔註89〕丁惠英：《陳維崧及其湖海樓詞研究》（高雄：復文書局，1992 年 7 月出版），頁 139～140。

〔註90〕丁惠英：《陳維崧及其湖海樓詞研究》（高雄：復文書局，1992 年 7 月出版），頁 122。

〔註91〕王煒：《元代題畫詞》，華東師範大學碩士論文，2007 年，頁 23。

文友賦八首。〉、〈爲李武曾題扇上美人，同弟緯雲賦。〉〈水調歌頭・題余氏女子繡西施浣紗圖，爲阮亭賦。〉、〈高陽臺・題余氏女子繡高唐神女圖，爲阮亭賦。〉、〈瀟湘逢故人慢・題余氏女子繡柳毅傳書圖，爲阮亭賦。〉、〈多麗・題余氏女子繡陳思洛神圖，爲阮亭賦。〉、〈沁園春・題徐渭文鍾山梅花圖，同雲臣、南耕、京少賦。〉等等。上述作品，所題詠的對象，包含畫冊、繡畫、繪畫作品和扇上畫作。

這些作品中，其中又以〈菩薩蠻・題青谿遺事畫冊，同鄒程邨、彭金栗、王阮亭、董文友賦八首〉最特殊，主要由八首單篇題畫詞所組成，這組詞的創作背景，乃爲唱和王士禛所作〈菩薩蠻・詠「青谿遺事畫冊」同羨門、程邨、其年〉而寫。順治十七年（1660）三月，王士禛就任揚州通判，康熙四年（1665）離任，期間廣交詩人文士，不僅結識吳綺（園次）、汪懋麟（蛟門）、宋元鼎（定九）、陳世祥（散木），更有曹爾堪、宋琬以及其長兄王士祿。就連避居如皋多年的陳維崧亦參與其中，另外，鄒祇謨、董以寧、彭孫遹等人皆與士禛過從甚密。〔註92〕這一大群詞人，以王士禛爲中心，向外拓展成一個巨大的社交網絡，群體間彼此唱和不休，成爲當時廣陵文人圈雅聚的盛事。

根據《王士禛年譜》一書所載《漁洋山人自撰年譜》〔註93〕可知，順治十八年三月，王士禛有事金陵。居秦淮邀笛步〔註94〕，賦秦淮雜詩。〔註95〕

---

〔註92〕 參考嚴迪昌：《清詞史》（江蘇：江蘇古籍出版社，1990 年 1 月初版），頁 53。

〔註93〕 《漁洋山人自撰年譜》是王士禛晚年罷官家居時所撰寫的，初成於康熙四十四年（1705），時年七十二歲。此時離他去世還有六年，由於王士禛臥病在床，這六年的事蹟是由他口授，經其子筆錄的。年譜原僅一卷，士禛去世之後並未立即付梓。雍正間，惠棟爲漁洋山人精華錄作註，同時著有漁洋山人年譜一卷。士禛之子啓汸、啓汧得知此事，乃將自撰年譜的草本，託黃叔琳轉交惠棟。惠棟遂將自己撰寫的年譜作爲補註，分附於自撰年譜之後，並釐爲上下兩卷，一併附刻於《漁洋山人精華錄訓纂》之中，是爲雍正紅豆齋（惠棟父惠士奇的室名）刊本。《漁洋山人自撰年譜》因此首次面世。（清）王士禛撰、孫言誠點校：《王士禛年譜》（北京：中華書局，1992 年 1 月初版），頁 1。

〔註94〕 邀笛步：又名笛步，地名，在上元縣東南青溪橋右側。今爲南京市江寧縣地。（宋）張敦頤《六朝事蹟編類》曾載，晉書云：「桓伊善樂，爲江左第一，有蔡邕柯亭笛，常自吹之。王徽之赴召京師，舟泊青溪側，與伊不相識，令人謂之曰：『聞君善吹笛，試爲我一奏。』伊爲作三調，弄畢，便去，客主不交一言。故今名爲邀笛步。」（宋）張敦頤：《六朝事蹟編類》（上）（北京：中華書局，1985 年初版），頁 126。

〔註95〕 （清）王士禛撰、孫言誠點校：《王士禛年譜》（北京：中華書局，1992 年 1 月初版），頁 18。

註補者惠棟〔註96〕對此做了詳細的說明：

> 山人至金陵，館於布衣丁繼之家。丁故居秦淮，距邀笛不數弓，山人往來賦詩其間。丁年七十有八，爲人少習聲伎，與歙縣潘景升、福清林茂之遊最稔，數出入南曲中，及見馬湘蘭、沙宛在之屬，因爲山人縷述曲中遺事，娓娓不倦。山人輒撫掌稱善，掇拾其語入〈秦淮雜詩〉中。詩益流麗俳側，可詠可誦。又屬好手畫《清溪遺事》一冊，陽羨陳其年維崧爲題詩。山人復成小詞八闋，摹畫坊曲瑣事，盡態極妍，諸名士和者甚眾。〔註97〕

順治十八年三月，王士禎出金陵，館於七十八歲老人丁氏家中，丁氏少習聲伎，因緣際會下，爲士禎縷述曲中遺事。士禎撫掌稱善，掇拾其語入〈秦淮雜詩〉中，並屬好手畫《清溪遺事》一冊，而後題詞八闋，分別爲：乍遇、弈棋、私語、迷藏、彈琴、讀書、潛窺、祕戲，藉此描述畫坊曲中瑣事。當時揚州名士，與士禎來往甚多，紛紛題詠唱和，如彭孫遹有〈菩薩蠻‧題青谿遺事畫冊和阮亭韻，賦十二闋。〉另外，鄒祗謨、程康莊、董以寧，皆有題詞。陳維崧亦以〈菩薩蠻‧題青谿遺事畫冊，同鄒程邨、彭金栗、王阮亭、董文友賦八首〉與之題和。

　　類似爲畫唱和的作品，又如陳維崧〈水調歌頭‧題余氏女子繡西施浣紗圖，爲阮亭賦。〉、〈高陽臺‧題余氏女子繡高唐神女圖，爲阮亭賦。〉、〈瀟湘逢故人慢‧題余氏女子繡柳毅傳書圖，爲阮亭賦。〉、〈多麗‧題余氏女子繡陳思洛神圖，爲阮亭賦。〉四首作品，亦爲唱和王士禎詞作而寫成。關於余氏女子繡畫一事，王士禎曾在《香祖筆記》載道：

> 余在廣陵時，有余氏女子名韞珠，刺繡工絕，爲西樵作〈須菩提像〉，既又爲先尚書府君作彌勒像，皆入神妙。又爲余作神女、洛神、浣紗、杜蘭香四圖，妙入毫釐，蓋與畫家同一關捩。〔註98〕

---

〔註96〕 惠棟是王士禎的門生惠周惕之孫。惠周惕康熙八年執贄於王士禎，康熙三十年中進士時，王士禎又是副主考。由此一層關係，所以惠棟對王士禎格外崇敬。儘管詩詞並非惠棟所長，他仍然勉爲其難地編著了漁洋精華錄訓纂，並註補了漁洋山人自撰年譜。（清）王士禎撰、孫言誠點校：《王士禎年譜》（北京：中華書局，1992 年 1 月初版），頁 1。

〔註97〕 （清）王士禎撰、孫言誠點校：《王士禎年譜》（北京：中華書局，1992 年 1 月初版），頁 18。

〔註98〕 （清）王士禎：《香祖筆記》卷 11（台北：廣文書局，1968 年 6 月初版），頁 218。

余氏女子曾爲士禎作神女、洛神、浣紗、杜蘭香四幅繡畫，後來王士禎陸續爲圖作〈解佩令‧洛神〉、〈浣溪紗‧西施〉、〈望湘人‧柳毅傳書〉等詞，吸引不少詞友題詞和之，如彭孫遹作〈伊川令‧爲阮亭題余氏女子繡洛神圖〉、〈思越人‧題余氏女子繡西子浣紗圖同程村阮亭作〉、〈傳言玉女‧題余氏女子繡柳毅傳書圖同程村阮亭文友分賦〉、〈高陽臺‧爲阮亭題余氏女子繡高唐神女圖〉，其餘如鄒祇謨、董以寧、彭孫貽皆有所和。由於陳維崧常與士禎唱和，遂以四調題詠和之。

交遊甚廣的陳維崧，除王士禎外，與其他文人來往甚多，這一點從〈沁園春‧題徐渭文鍾山梅花圖，同雲臣、南耕、京少賦。〉〔註99〕即可明顯看出。徐元琜，字渭文，父珪美，以能書名。元琜好繪事，人有藏畫，輒借摹臨，務盡其法。陳維崧曾有〈贈徐渭文序〉〔註100〕；史惟雲，字雲臣，號蝶庵，著蝶庵詞，宜興人。雲臣酬作詞有七十多首，其年生病時雲臣饋藥，陳維崧以〈沁園春‧病中雲臣饋我藥貲，賦此志謝〉〔註101〕一詞致謝；曹武亮，字渭公，別號南耕，宜興人，以倚聲擅名，有《南耕詞》。陳維崧爲曹武亮《南耕詞》作跋，曾云：「南耕與余少同學，長以詩文相切劘」，其年與他唱和詞有十六闋；蔣景祁，字京少，蔣永修之子，宜興人，有《梧月詞》、《罨畫溪詞》。蔣景祁〈迦陵先生外傳〉：「迦陵先生爲吾鄉名宿，景祁獲侍先生於里中十有餘載，及客燕臺往還尤密。」〔註102〕足見陳維崧與四人之間有著良好的交往關係，而這首〈沁園春‧題徐渭文鍾山梅花圖，同雲臣、南耕、京少賦〉便具體代表了陳維崧與三人社交過程，彼此爲畫題詠唱和的交際表現。

〔註99〕 有關徐渭文、雲臣、南耕、京少生平事蹟以及四人與陳維崧之交遊關係，詳見丁惠英：《陳維崧及其湖海樓詞研究》（高雄：復文書局，1992年7月初版），頁70、61、60、64。

〔註100〕 清‧陳維崧：《迦陵文集》卷3收錄在《陳迦陵詩文詞全集》（四部叢刊‧初編‧集部）（臺北：商務，1979年出版），頁44～45。

〔註101〕 〈沁園春‧病中雲臣饋我藥貲，賦此志謝〉：「有嘯於梁，其來如風，公然叩門。是二豎揶揄，穴人膲府，五窮跳盪，絆我朝昏。鼠鬥庭前，蟻喧床下，敗壁徒懸犢鼻褌。黔婁婦，空典釵訪蔔，剪紙招魂。無錢藥裏休論。至今方知扁鵲尊。歎殘杯冷炙，誰遺野老，淒風碎雨孰念王孫。只有貧交偏承厚誼，管鮑分金古道存。前期在，待稍蘇肺氣，同問眞源。」清‧陳維崧：《迦陵詞全集‧卷25》收錄在《陳迦陵詩文詞全集》（四部叢刊‧初編‧集部）（臺北：商務，1979年出版），頁519。

〔註102〕 （清）錢儀吉等撰：《清代碑傳全集‧碑傳集》卷46（上海：上海古籍出版社，1987年11月初版），頁241。

　　由此可知，文人聚會中，針對同一畫作題詠唱和的現象，十分常見。雖然，這類唱和題畫詞的存在，只是文人間平常普遍雅集的生活娛樂，然而，文人背後的文化意義，卻是不容忽視的。畢竟，陳維崧經由題詠唱和畫作的娛樂行爲，不僅表現了自己獨有的審美觀點，更使得自己在文人社交生活，得以透過書寫題畫詞的能力，與其他男性文人達到交際的對話機會，逐漸建構自己的人際網路。此類題畫詞，除了可見文人競逞才華的一面，其存在亦代表文學交流過程中的一種交際功能。

## 二、題詠酬贈

　　文人聚會除了文人彼此爲畫題詠唱和外，爲畫題詠酬贈的現象亦極爲普遍。大體而言，可分爲以下三個類別：

### （一）酬贈文人

　　文人題詠酬贈文人，此類題畫詞，有不少是專爲文人畫像題詠酬贈，毛文芳曾云：

> 明清時期畫像題詠的數量十分龐大，或收錄於詩文集，或存錄於題跋專著，原始題跋多見於畫跡，如明代〈甘茶居士小象卷〉卷後題者 17 人，大半爲明季遺老。〈潘琴臺像〉亦佈滿許多文人題贊。……陳維崧有〈迦陵塡詞圖〉，洪昇、將心餘爲其題曲，吳農祥（1632～1708）題詞特多。……顧貞觀、毛際可、喬萊（1642～1694）、吳農祥、毛奇齡、洪昇等人亦係〈江楓漁父圖〉的題詠者。凡此顯示明清文人在社會網路中，以畫像題詠交誼酬酢的現象極爲普遍。〔註103〕

這樣的文化現象，亦可從陳維崧身上窺之一二，陳維崧 32 歲時，父親貞慧去世，自此家道中落，開始過著流寓的生活，期間結識不少文人，丁惠英《陳維崧及其湖海樓詞研究》曾對其一生交遊概況，依地域分爲宜興、江南、河南、京城四地，做了詳細的記載。交友廣闊的他，生平替他人寫下不少題像詞作，這類題畫詞多具備人情酬贈的功能。如〈偷聲木蘭花·題范女受小像（昔年女受在舟中，隔舫有誤認爲余者，故及之。）〉、〈滿江紅·題尤悔庵小影，次韻二首。〉、〈水調歌頭·題毛會侯戴笠垂竿小像〉、〈念奴嬌·題劉振修小像，即次原韻。〉、

---

〔註103〕毛文芳：《圖成行樂：明清文人畫像題詠析論》（台北：台灣學生書局，2008年 1 月初版），頁 280～281。

〈綺羅香・題宋既庭小照 (圖作長松竟幅)〉、〈沁園春・爲雪持題像,即次原韻。(像作大雪中,數燕姬箏琵夾侍)〉、〈沁園春・題竹逸小像 (像在萬竿翠竹中)〉……等等。這類題畫詞作,無論陳維崧或因相識主動題詠,或受委託被動題詠,數量之多顯示了當時文人畫像寫眞風氣之盛。

　　追溯此種文化現象的成因,毛文芳在《圖成行樂——明清文人畫像題詠析論》書中曾有詳細剖析:

> 明清世俗化社會已然成熟,經濟蓬勃發達,個人主義抬頭,人際交往熱絡,展現姿儀的畫像,爲文士、畫家、觀眾所感興趣,寫照銘刻特定或紀念事件的風氣極爲盛行。舉凡仕宦、儒士、道隱之流、醫生、科學家、畫師、禪師、山僧、武將……等各色人等,均有寫照記錄,畫像已具有紀念性與讚頌性的性質。……因畫像多接受像主委託而繪製,被畫者有較多的主控權,可選擇入畫的角度與情境主題,在個體意識盛行、奢侈相高、風氣開放的社會中,畫像成爲瞻仰、崇敬、標榜自我、投入社會的重要媒介。明清的畫像,已超越紀錄生命的功能而已,更是交遊傳情、表達志趣、廣結人緣、拓展聲譽的媒介。〔註104〕

隨著明末清初的世俗化與個人主義的提倡,明清的文人畫像,逐漸成爲象徵個人魅力的一種媒介。當時文人委請畫家繪製小像的現象,極爲普遍,文人可依照自己心中理想方式入畫,有的喜好以異於平日端服的休閒造型寫眞入畫,充分享受擺置姿儀與適意扮相的樂趣,或作山水中的漫遊人物,或以詩歌意境作佈景,或作室內家居清閒模樣。〔註105〕此種寫眞小照的文人畫像,不僅使明清文人得以用最理想的姿態,在眾人面前展現自我面貌,另一方面,作爲接受者的觀看個體,亦能以此爲溝通媒介,拉近彼此距離,與像主進行社會性的人際互動。

　　而這樣的交際過程,進而延伸發展出爲文人畫像題詠酬贈的社交活動,成爲社交場合中另一特殊的文化景觀。黃儀冠曾以題畫詩爲例,具體說明此種社交行爲所代表的文化涵義:

---

〔註104〕毛文芳:《圖成行樂:明清文人畫像題詠析論》(台北:台灣學生書局,2008年1月初版),頁42。

〔註105〕毛文芳:《圖成行樂:明清文人畫像題詠析論》(台北:台灣學生書局,2008年1月初版),頁43。

　　　　書寫他人的寫眞圖，乃是在呈現我眼中之他人，詮釋其他生命
　　個體的豐富獨特之處，畫中的主角可經由閱讀他人的題畫詩，觸及
　　人際網絡中的社會的我，瞭解他人對自我的觀感與想法，使得自我
　　主體與他人客體藉由題畫詩產生社交與對話，是故他題的寫眞類題
　　畫詩雖具有酬贈的作用，然而其詩意所透顯的乃是個體生命的感性
　　獨特之處，以及人我關係的表述與詮釋。〔註106〕

黃冠儀認爲透過寫眞類詩作的題寫，像主與題寫者不僅建立了外表溝通的橋
梁，詩中所包含的意義，更是觸及了題寫者與像主之間多個層次，即觀看的
行爲、個體生命的審美角度，與人我關係的表述。

　　大體而言，文人題詠畫像的動機，呈現多元開放的可能，或因對象主的崇
敬或仰慕；或基於深厚友誼的基礎；或受他人委託，無論何者因素，皆可能被
視爲文人遊走於人際網路的酬酢理由。綜觀陳維崧一生，家國衰落後，旅居各
地，行跡遍及如皋、揚州、南通、宣城、商丘、許昌、洛陽、開封、北京等，
儘管漂泊客遊的生活，使他飽受旅況之苦，不過如此的人生經驗，卻讓陳維崧
意外開拓了交遊範圍。這一點，可由寫眞類題畫詞中，獲得相對證明。初步統
計，這些爲文人畫像所題詠的題畫詞作，現今至少多達40餘首，數量超過全部
題畫詞的1 / 3，其詞序多以「題○○○小像、小影、小照」表示，但是仍有例
外的，例如〈摸魚兒・題徐電發楓江漁父圖〉、〈沁園春・題徐禛起六十斑斕圖〉、
〈蓮陂塘・題龔節孫仿橘圖（節孫蘭陵人，卜居陽羨，羨東坡之爲人，故爲斯圖以明志。）〉、
〈西江月・題六和孫公樹捧書圖（公樹，伯觀先生孫。先生官舍人，賜書最多。）〉等。

　　除了爲文人畫像題詞外，亦有題詠一般畫作，在陳維崧作品中，便有少
數題詠一般畫作，也屬於人情酬贈之作，如〈菩薩蠻・爲竹逸題徐渭文畫紫
牡丹〉、〈沁園春・爲汪蛟門舍人題畫冊十二冊（圖作羣姬挾箏琶度曲，擁書萬卷，
數鴟夷貯酒其旁。圖上題詞甚多。豹人則欲開閣禁釀，於皇則欲焚硯燒書，二說紛然，余故此
詞。）〉、〈賀新郎・題大司農五苗圖（梁蒼巖先生夢人貽宋繡一幅，長松千尺下苗五苗，
是歲先生第五郎生，因名苗哥，戊午秋先生招飲邸舍，苗哥出揖，屬爲此詞。）〉等等。上
述詞作中所出現的竹逸（徐巘鳳）、汪蛟人（汪懋麟）、梁蒼巖（梁清標）等
文人，根據丁惠英的研究，確實與陳維崧有過交誼〔註107〕。

〔註106〕黃儀冠：《晚明至盛清女性題畫詩研究——以閱讀社群及其自我呈現爲主》（台
　　　　北：花木蘭文化，2009年出版），頁244。
〔註107〕丁惠英：《陳維崧及其湖海樓詞研究》（高雄：復文書局，1992年7月初版），

是故，在人情酬酢的社交基礎上，文人與文人之間，爲畫題詠的普遍現象，不僅讓題畫詞有了更多發展空間，更使它成爲陳維崧在題詠唱和之餘，另一個建立人際圈重要管道。

## （二）酬贈畫家

文人題詞酬贈畫家，此類題詠，爲文人與畫家之間，表達交誼的一種具體方式。黃儀冠曾以題畫詩爲例，具體說明它在詩人與畫家間所扮演的角色：

> 題畫詩的文類功能中，另一個重要特色即是在人際互動網路裏，藉由題畫詩達社交功能。而不同的社交場合，即面對不同的閱讀社群，而掘發出畫作人文特質即有所不同，是故題畫詩進入畫作意義產生的網路時，詩人與畫家之間互動的人際網絡使得題畫詩浸染了濃厚的酬酢性格。〔註108〕

題畫詩的酬酢對象，除了文人之外，與畫家的往來，也十分普遍。同樣道理，亦可在題畫詞中，發現詞人與畫家之間濃厚的酬酢特色。以陳維崧爲例，在交遊的眾多對象，其中便有不少的畫家，這樣的機緣，促使另一類爲酬贈畫家書寫而成的題畫詞作。

關於此類題畫詞的書寫，免不了牽涉到兩個問題，其一，是詞人先天對於書畫鑑賞的能力，這一點，又與家庭教養環境，有直接的關連性。出身名門的陳維崧，從小即享有優裕的家庭與師長教育〔註109〕，奠定了良好的文學基礎，成年之後，豐富的閱歷更使他才學淵博，故王晫《今世說・卷四・賞譽》：「陳名維崧，江南宜興人，美髭髯，氣衝以盛，神晬以和，才情意志，如江河之皓皓，莫可砥竭。」〔註110〕而他的才情，除了反映在詞學成就上，亦表現在書畫鑑賞能力上，推究關鍵因素，與家庭濃厚的藝術薰陶有密切關係。其父和祖父都跟晚明的書畫名流有廣泛的交往〔註111〕，家中收藏豐富，

---

頁63、101、112。

〔註108〕黃儀冠：《晚明至盛清女性題畫詩研究——以閱讀社群及其自我呈現爲主》（台北：花木蘭文化，2009 年出版），頁31。

〔註109〕丁惠英《陳維崧及其湖海樓詞研究》：「其年四歲，其祖擢南京都察御史，時家門鼎盛，賓客盈門，父貞慧以節概重，往還多當世碩望。八歲其父攜之南京，時祖父罷官，其父仍馳騁富貴名士間，其年侍父側，聆聽諸士議論，耳濡目染，學日進。」丁惠英：《陳維崧及其湖海樓詞研究》（高雄：復文書局，1992 年7月初版），頁29。

〔註110〕（清）王晫：《今世說》（北京：中華書局，1985 年出版），頁45。

〔註111〕蘇淑芬：《湖海樓詞研究》（臺北：裏仁書局，2005 年2月初版），頁244。

陳維崧後來便曾在其詩中，多次提及，如〈宋搨黃庭經〉：

> ……月明花謝念家山，千年遺跡落人間，前朝學士董文敏，銀
> 䰝親題楮尾闌。吾家法寶誰第一，此本瓌奇眞傑出。憶昔家君什襲
> 藏，纏以皎龍紅錦疋。倏忽孤兒哭杜鵑，須臾遺業慟青氈。太清寶
> 晉諸翰墨，零落飄散隨雲煙。追思手澤淚霑臆，臨摹撫弄侍幾席。
> 武陵各帖首黃庭，佳本於今那可得。〔註112〕

又如〈仇十洲雪舫圖〉：

> 本朝畫師誰最雄，周臣仇英稱矯出。十洲筆下更奇妙，……吾
> 家神跡屬雪舫，有時獨掛高堂上，……嗟乎世人昧畫理，誰解將身
> 入圖裡。吾父生平品鑑精，苦心酷愛昭陵水。〔註113〕

又如〈贈階六叔〉：

> 我家畫扇百餘軸，乃是仇沈文唐之妙筆。發袟能令波浪驚，披
> 圖解使蛟龍出。叔也得之喜無匹。近聞神物亦相失，世間萬物盡如
> 此，叔乎叔乎亦老矣，何況衰宗老孫子。（自注：先處士有畫扇百
> 餘，皆係一時墨妙，《樓山集》中書畫扇記是也。後歸吾叔，近亦散
> 失，故篇末及之。）《詩集》卷三）〔註114〕

陳維崧的父親貞慧，生平收藏豐富，光是畫扇即有百餘種，然而，隨著家道
中落後，昔日的家中收藏也散落幾盡。在這樣環境長大的陳維崧，自幼在書
畫鑑賞能力上，不免產生相當大的影響，這對日後在畫作的鑑賞題詠上亦有
實質的幫助。

其二，這類酬贈畫家題畫詞的完成，除了仰賴詞人先天的鑑賞基礎能力，
後天際遇環境更是影響創作的關鍵因素。陳維崧家道中落後，便開始遊寓的
生活，認識結交的對象除了一般文人，也有不少畫家。周絢隆在〈實用性原
則的遵循與背叛──陳維崧題畫詞的文本解讀〉一文中即云：

> 曾和陳維崧有過交往的畫家除劉體仁、米漢雯是北方人，其餘
> 如龔賢、王時敏、萬壽祺、陳鵠、惲壽平、吳偉業、徐元琜、梵公

---

〔註112〕陳維崧著、江慶伯點校：《陳維崧詩》（揚州：廣陵書社，2006年12月出版），
頁184。

〔註113〕陳維崧著、江慶伯點校：《陳維崧詩》（揚州：廣陵書社，2006年12月出版），
頁185～186。

〔註114〕清・陳維崧：《湖海樓詩集》卷2，收錄在《陳迦陵詩文詞全集》（四部叢刊・
初編・集部）（臺北：商務，1979年出版），頁267。

　　和尚、周屢坦、程遼、何鐵、徐石麒、嚴繩孫、葉奕苞、徐偕鳳、史宗鑑等均是江浙人，而且有不少還是詩人兼畫家於一身的多面手。〔註115〕

根據蘇淑芬對其研究，亦云：

　　　　長期來往揚州、蘇州、杭州、松江一代，與當時的書畫家有往來。從《湖海樓詞集》中所收的題畫詞，曾與陳維崧來往過的畫家有劉體仁、王時敏、陳鵠、惲壽平、吳偉業、嚴繩孫、葉奕苞等等，其中有些也是詩人兼畫家。他們中間的往來常是互贈作品和互請題記作為表達友誼的方式。〔註116〕

顯然後天的遊寓環境，讓陳維崧得以認識這些畫家，自然有機會在人情酬酢的場合，增加為其畫作題詞的可能。現今所存這類作品，例如：〈菩薩蠻・吳門將歸，為姜學在題歲寒圖。〉、〈虞美人・題徐渭文畫花卉翎毛便面（扇畫虞美人花卉蛺蝶）〉、〈采桑子・題畫蘭小冊（蘭為橫波夫人所繪）〉、〈歸田樂引・題王石谷晴郊散牧圖〉、〈百字令・題徐晉遺表弟所畫牡丹圖，並以誌悼。（時正是花大放。）〉⋯⋯等等。這些都反映了陳維崧與畫家的往來，確實十分熱絡。這類題畫詞的存在，同時也顯示了文人與畫家之間，詞畫的交流儼然已成為彼此雙方表達友誼的主要方式。

### （三）祝壽送別

　　中國社交場合裡，隱藏於文人詩詞創作之下的動機，除了常見的帶有娛樂性質的以畫唱和、或建立社會網路的人情酬贈外，受到傳統人倫禮教的濡化影響，長久以來，文人賦詩、詞為人祝壽、送別，成為文人之間另一種象徵友誼的社交方式。

　　根據文獻記載，最初祝壽之辭的使用，始於先秦，南宋之後，祝壽風氣的興盛，導致詞人寫作壽詞非常普遍。〔註117〕直到清代，文人題詞祝嘏的情況，依舊時有所聞，例如陳維崧題畫詞中，有兩首便是為人祝壽而題詞的作

---

〔註115〕周絢隆：〈實用性原則的遵循與背判——陳維崧題畫詞的文本解讀〉，《首都師範大學學報》社會科學版第 6 期，2000 年，頁 80。

〔註116〕蘇淑芬：〈「是誰家本師絕藝」——《湖海樓詞》中的江湖藝人研究〉，《臺北大學中文學報》第 5 期，2008 年 9 月，頁 238。

〔註117〕李紅霞：〈南宋壽詞的分型及特徵——兼論祝壽文學的歷史演進〉，《深圳大學學報》（人文社會科學版）第 22 卷第 3 期，2005 年 5 月，頁 87。

品。如〈海棠春・題美女圖，爲閨人稱壽。〉與〈齊天樂・題松萱圖，爲姜西溟母夫人壽。〉中國的傳統禮俗中，除了生日壽宴上，爲人賦詩詞祝頌，表達恭賀之意，人生中無法避免的離別場合，賦詩作詞的情況更是常見，正所謂「黯然消魂者，惟別而已矣」〔註118〕，一語道出古今人面對離別的痛苦。自古以來，多少騷人墨客，都曾在臨別之際，寫下無數的離別詩詞，藉此表達情意。陳維崧的題畫詞作品中，亦有二首是在送別友人的前題下，書寫完成，如〈水調歌頭・題遠公畫洞山圖，送天石北上。〉與〈賀新郎・題郎官山雪霽圖，送家伯驥還八閩。〉

　　陳維崧題畫詞大都爲應酬之作，無論陳維崧酬贈的對象爲文人或畫家，酬贈本身，即是一種社會儀式的行爲，酬贈的內容，可依時間、地點、對象而有所不同。自古以來，文人對於文學創作即有良好的書寫能力，從小接受家學以及良師薰陶的陳維崧，很早便奠定優秀文學創作的基礎，這一點，尤其表現在其詞作上。是故，題畫詞的書寫，對身爲題寫者的他而言，不僅是一種文學素養能力的表現，更是一種與人交際的社會工具，得以更容易融入文人社交圈；另一方面，從被贈與者的角度而言，文人不管以何種方式題詠書寫酬贈，其所代表的背後意義即是團體生活中的一種認同。因此，不管是文人畫像的像主，或畫家本身，請求文人題寫，乃爲平常普遍之事，除了可理解畫作在別人眼中所呈現的姿態，亦使其畫作本身，因爲文人題詠酬贈的行爲，產生更大的附加價值。換言之，不管是酬贈者的文人亦或被贈與者文人或畫家，都因爲「酬贈」的社會行爲，達到彼此雙方最大的效益。值得注意的是，陳維崧這類題畫詞的書寫動機，多半建立在正式的社交行爲上，與題詠唱和的題畫詞，被視爲文人聚會時的休閒娛樂活動之一，就本質而言，兩者仍然有些不同之處。

　　長久以來，文人聚會交際，時有所聞，即使到了明清之際，文人交際聚會現象，依舊盛行，在這樣的社交場合中，文人以畫「題詠唱和」與爲畫「題詠酬贈」，成爲文人之間普遍常見的社交活動。而這樣的文化背景，使得題畫詞在詞體復興之下的清代，有了生存發展空間，成爲文人酬酢時，除了以詩題畫外，另一種文學創作方式。

---

〔註118〕江淹〈別賦〉：「黯然銷魂者，惟別而已。」（南朝）江淹：《江文通集》（台北：台灣商務印書館印行，1975 年 11 月初版），頁 7。

# 第三章　陳維崧題畫詞內容分析

　　清詞復興，讓題畫詞得以獲得滋潤的養分，成為中國題畫文學的另一個分支。有別於以往，清人作品中，不僅常見題畫詞的蹤跡，另外在創作數量上，亦遠勝前人。這些題畫詞作，無論以何種方式呈現，皆隱含著特殊的文化意義以及詞人與畫作之間觀看交流的對話歷程。

　　在陳維崧 95 首題畫詞作品中，筆者首先以題序為主，詞作內容為輔，將作品略分為「人物題畫詞」、「自然景觀題畫詞」二類剖析之，其次再進一步以統整的方式討論作品中所反映的「詞畫關係」。本章期盼透過此三者，一方面探索陳維崧在題畫詞中，所反映的人際互動，並從書寫題材的差異，瞭解詞人與畫作接觸後，究竟呈現哪些詞人的審美觀照、審美情趣或作品的審美特色。另一方面也從創作的角度，一窺陳維崧詞畫關係處理的方式。

## 第一節　人物類

　　陳維崧題畫詞中，人物題畫詞數量超過全部 2 / 3，其中包含寫眞、仕女、民間傳說人物，三類中又以寫眞題畫詞數量最多，其他依次為仕女、民間傳說人物。三者之中，究竟陳維崧面對同一類型的不同畫作時，觀看方式有何差異呢？與三類畫作人物之間又產生什麼樣的對話內容，呈現何種詞人的審美觀照或作品的審美特色呢？以下便針對人物題畫詞，進一步地深入探討。

### 一、寫眞——觀象生意、巧構形似

　　晚明以來，文人寫眞〔註1〕風氣盛行，寫眞乃指人物肖像畫〔註2〕，是中

---

〔註 1〕　就畫科來說，肖像畫在古代被稱為「寫眞」、「寫照」、「寫像」、「傳眞」、「傳
　　　　神」、「攝影」等等。王耀庭：〈肖像・相勢・相法〉，《美育》第 99 期，1998
　　　　年 9 月，頁21。

國傳統人物畫的一個分支。這股流行，使得寫眞題畫詞的題詠，普遍存在於文人雅士之間，毛文芳在《圖成行樂——明清文人畫像題詠析論》一書即云：

> 晚明以降，畫像描摹文士形象或紀念事件的作風興盛，隨之而來的題詠規模也較往昔有很大的不同。在畫像的畫心、橫卷的引首或拖尾，立軸的詩塘與兩側裱綾，密密麻麻地佈滿題詠，爲明清文學創造另一個殊異的景觀。〔註3〕

晚明以降，爲畫像題詠的規模漸大，這種文學活動的存在，讓文人有機會透過題寫他人的寫眞圖，拉近彼此的社交距離，像主藉由題畫詩詞的乞求，在人際世界中找到自我定位與群體認同。雖然寫眞題畫詩詞，以酬贈性質居多，然而這些作品卻足以反映明清題畫文學的興盛，其背後隱藏的文化意涵，不可忽略。

明清文人肖像畫的內容，文人可依照自己理想方式入畫，關於個人肖像畫的類別，楊新曾在《明清肖像畫》一書中提及：

> 一種是只畫人物，不著背景，即使有之，也只有少量道具。畫家除了以人物頭部表現面貌特徵與個性之外，同時特別著重以肢體語言還說明問題。……第二種是帶有背景的個人肖像畫，或置之於廟堂，或置之於書齋，或置之於山林。……第三種情節性的個像畫，即描繪像主在從事某一件具體事情，以表現出其喜好與志向。……第四種是化妝像，一些文人學士喜歡將自己裝扮成道人衲子、漁夫田父。〔註4〕

當時文人肖像畫至少有四種表現方式，無論文人以何種姿態入畫，皆有自我展示的意味。不同的展示姿態，不僅影響觀看主體的審美觀照，亦決定題詠內容，因像主姿態的不同呈現不同詮釋與解讀。

---

〔註2〕根據明清的情況，肖像畫在當時有這樣的幾種類別：一是宮廷肖像，稱「殿堂眞容」，專爲帝王及貴族畫像；二是民間肖像，亦稱「壽相」。有的專畫祖宗遺容，稱「買太公」或稱「記眼」。作者係民間藝人，稱爲「畫像師」。也有介乎文人畫家與民間畫工之間的作品……；三是傳記肖像，畫歷史人物……；四是書齋肖像，大多是文人求畫的寫眞。王伯敏：〈明清的肖像畫〉，《藝術家》第31卷第182期，1990年7月，頁282。

〔註3〕毛文芳：《圖成行樂——明清文人畫像題詠析論》（臺北：台灣學生書局，2008年1月初版），頁54。

〔註4〕楊新主編：《明清肖像畫》（上海：上海科學技術出版社，2008年6月出版），頁21～22。

　　整體而言，陳維崧寫眞類的題畫詞，筆者根據詞作是否觸及畫作內容，作爲分類標準，歸納出以下兩類書寫方式：第一類，跳脫畫面──觀象生意；第二類，涉及畫面──巧構形似，茲就此二者討論之。

### （一）跳脫畫面──觀象生意

　　在觀畫行爲的前提下，詞人透過畫面（物象）的觀看展開自我聯想，賦予畫境更多自我的詮釋和意義。這類寫眞題畫詞，又可分爲三類：

　　第一類，藉畫抒情，以先敘事後抒情的方式呈現，作品如：〈減字木蘭花・題彭爰琴小像〉、〈念奴嬌・題顧螺舟小影〉、〈念奴嬌・題劉震修小像，即次原韻。〉、〈沁園春・題王山長小像〉、〈賀新郎・題孫赤崖小像，用曹顧庵學士韻。（圖中三孫繞側）〉等。上述作品，雖然皆以先敘事後抒情的方式書寫，符合「觀象生意」的審美觀照，不過仔細觀察，仍可發現這些作品在敘事與抒情內容上的差異性。例如〈減字木蘭花・題彭爰琴小像〉：

　　　　隋宮絲管，曾醉倡家紅玉椀。瘦馬蘆溝，又上燕姬賣酒樓。十
　　年一別，往事朦朧那可說。畫裏逢君，同把揚州月色分。〔註5〕
上闋透過往事回憶的追溯，直接點出陳維崧與彭爰琴昔日飲酒歡娛的場景，交代了兩人曾有的交誼〔註6〕。下闋，筆調一轉改由敘事轉爲抒情，昔日的回憶，勾起陳維崧對於人生聚散無常的感嘆。無奈人生相聚的短暫，一離別竟達十年之久，往事的記憶，不敵時間消逝，早已逐漸朦朧不清，如今再見，竟是「畫裏逢君，同把揚州月色分。」整首詞作，詞人藉由觀象生意，先以追述與畫主交誼開展，最後轉入抒發人生聚散無常的感嘆。

　　再看〈念奴嬌・題顧螺舟小影〉：

　　　　如此佳人，是王家養炬〔註7〕，謝家過末〔註8〕。三世貂蟬連北

〔註 5〕清・陳維崧：《迦陵詞全集》卷2，收錄在《陳迦陵詩文詞全集》（四部叢刊・初編・集部）（臺北：商務，1979年出版），頁365。

〔註 6〕《迦陵詞全集》卷18有〈念奴嬌・丁巳仲秋，廣陵寓中病瘰，不獲爲紅橋平山之遊，悵然有作，柬觀察金長眞先生並示豹人、穆倩、孝威、定九、鶴問、仙裳、蛟門、叔定、女受、仔園、龍眉、爰琴、扶晨、無言諸君〉清・陳維崧：《迦陵詞全集》卷18，收錄在《陳迦陵詩文詞全集》（四部叢刊・初編・集部）（臺北：商務，1979年出版），頁471。

〔註 7〕養、炬分別爲王筠和王泰的小字。《梁書》卷33：「王筠，字元禮，一字德柔，琅邪臨沂人。祖僧虔，齊司空簡穆公。父楫，太中大夫。筠幼警寤，七歲能屬文。年十六，爲《芍藥賦》，甚美。及長，清靜好學，與從兄泰齊名。陳郡謝覽，覽弟舉，亦有重譽，時人爲之語曰：『謝有覽舉，王有養炬。』炬是泰，

闕，年少束華釋褐〔註9〕。傅粉宮前，薰香殿側，顧盼眞英發。臨
春結綺，舊游似有瓜葛。　　而今零落堪憐，文園多病，贏得相如
渴。滿目關河愁恨極，衰草濃煙塗抹。醉矣堪呵，灰兮可溺，田也
供人奪。茫茫哀樂，四條絃子空撥。〔註10〕

作者從顧螺舟的年少起筆，「王家養炬、謝家過末」點出了顧氏原本的門第背景。
上片著重描寫顧螺舟年少英發的風姿與富饒的生活，下片側寫今日現狀，處境
的艱難，讓詞人轉而抒發對顧顧螺舟遭遇的同情。「醉矣堪呵，灰兮可溺，田也
供人奪」點出經歷家道中落後的顧氏，不僅潦倒淪落，地位卑微，就連生活亦
遭人欺奪。如此不幸的遭遇，使得陳維崧，感觸良多。整首詞，表面上雖然寫
顧螺舟落寞的處境，卻可在字裡行間，發現陳維崧的影子。正因爲陳維崧擁有
相同的人生體驗，因此，更能立足在顧氏的立場，發出「茫茫哀樂，四條絃子
空撥」的無奈之感。有別於〈減字木蘭花·題彭爰琴小像〉，作者在觀象的當下，
先從畫主昔日個人家世寫起，最後抒發個人對畫主家世遭遇的同情。

另外，又如〈沁園春·題王山長小像〉：

己卯之秋，余甫成童，流觀簡編。見諸省賢書，楚材最妙，於中
傑作，數子尤傳。舊雨石霞，金昆亦世，先後同吟杕杜篇。昭邱上，
只思君不見，君在誰邊？　　相逢各已華顚。算燕市、論交亦偶然。
嘆破硯枯琴，此間孤冷，豪絲脆管，別屋天妍。三尺生綃，一泓冰雪，
貌爾蕭疏老鄭虔。掀髯笑，笑人間何限，圖畫凌烟。〔註11〕

---

養即筠，並小字也。」（唐）姚思廉撰：《梁書》（台北：藝文印書館，1972
年出版），頁236。

〔註8〕封胡、過末：有一說是謝韶、謝淵的小名，亦有一說是謝韶、謝朗、謝玄、
謝淵四人的小名。昔日用來稱讚美兄弟子侄的話，比喻優秀子弟。《世說新語》
下卷〈賢媛〉：「一門叔父，則有阿大、中郎，群從兄弟，則有封胡、過末，
不意天壤之中，乃有王郎。」（南朝）劉義慶撰、劉孝標注：《世說新語》上
冊（北京：中華書局，1999年2月初版），頁437。

〔註9〕釋褐：新進士必在太學行釋褐禮，乃脫去布衣而換穿官服的一種儀式，後來
比喻做官或進士的及第授官。《揚子雲集·卷四·解嘲》：「夫上世之士，或解
縛而相，或釋褐而傅。」（漢）揚雄：《揚子雲集》，收錄於《景印文淵閣四庫
全書·集部（二）·別集類》第1063冊（台北：台灣商務印書館，1983年出
版），頁112。

〔註10〕清·陳維崧：《迦陵詞全集》卷17，收錄在《陳迦陵詩文詞全集》（四部叢刊·
初編·集部）（臺北：商務，1979年出版），頁461。

〔註11〕清·陳維崧：《迦陵詞全集》卷25，收錄在《陳迦陵詩文詞全集》（四部叢刊·
初編·集部）（臺北：商務，1979年出版），頁526。

根據陸勇強《陳維崧年譜》〔註12〕一書考證，康熙十七年（1678），陳維崧因友人宋德宜推薦，北上赴應鴻博試，當時王岱〔註13〕應鴻博來京，與陳維崧有來往。詞作一開始，陳維崧便以追憶法的方式，敘述自己昔日對於王山長的印象。己卯之秋，正逢志學之年的維崧，瀏覽諸省賢書中，尤對王岱文章，記憶猶深，「只思君不見，君在誰邊」一語道盡昔日對王岱之仰慕與相識之期盼。下闋，詞人感嘆兩人相逢已是華顛之年，不過，能在有限的人生中，偶然相識，儘管詞人有種相見恨晚的遺憾，但字裡行間，卻也表達自己對這段友誼的珍惜與安慰。

　　第二類，因畫敘事，即詞人在觀象的前提下，跳脫對畫面的直觀描寫，改而陳述與像主相關的生平事蹟、行為舉止、風姿、才華、性格、嗜好等，賦予畫面更多豐富的意義。此類作品如：〈西江月・題六和孫公樹捧書圖〉、〈滿江紅・梁溪顧梁汾舍人過訪，賦此以贈，兼題其小像。〉、〈滿江紅・題尤悔庵小影次韻二首〉、〈沁園春・題西溪釣者小像〉等。茲舉〈滿江紅・梁溪顧梁汾〔註14〕舍人過訪，賦此以贈，兼題其小像。〉：

　　　　二十年前，曾見汝、寶釵樓下。春二月、銅街十里，杏衫籠馬。
　　行處偏遭嬌鳥喚，看時誰讓珠簾挂。只沈腰、今也不宜秋，驚堪把。
　　　　且給個，金門假。好長就，旗亭價。記爐烟扇影，朝衣曾惹。
　　芍藥纏填妃子曲，琵琶又聽商船話。笑落花、和淚一般多，淋羅帕。

〔註15〕

這是一首為顧貞觀題像的作品，《清史列傳》卷70〈文苑一〉：「顧貞觀，字遠平，江蘇無錫人。康熙十一年舉人，官內閣中書。貞觀美風儀，才調清麗，文兼眾體。能詩，尤工樂府。所作《彈指詞》，聲傳海外，與陳維崧、朱彝尊

---

〔註12〕陸勇強：《陳維崧年譜》（北京：中國社會科學出版社，2006年9月初版），頁416。

〔註13〕《鶴徵錄》卷5：「王岱，字山長，號九青，湖南湘潭人。崇禎己卯舉人。授安鄉縣教諭，著有《可庵集》。富孫按，山長能詩文，兼工書畫。嶔崎歷落，以氣節自矜。發甫燥即名滿海內。」（清）李集輯：《鶴徵錄》收錄於《四庫未收書輯刊》第23冊（北京：北京出版社，2000年出版），頁608。

〔註14〕顧貞觀，字遠平，一字華封，號梁汾，能詩能文，尤工於詞，與陳維崧、朱彝尊並稱詞家三絕。梁鑒江：《陳維崧詞選注》（上海：上海古籍出版社，1990年9月初版），頁92。

〔註15〕清・陳維崧：《迦陵詞全集》卷12，收錄在《陳迦陵詩文詞全集》（四部叢刊・初編・集部）（臺北：商務，1979年出版），頁430。

稱詞家三絕云。」〔註16〕史書的記載，顯然在陳維崧這首題畫詞中，獲得相對應證。詞人首先以回溯、誇大的筆法，寫實地描摹年少時顧貞觀，受到婦女爭睹風采的情景，接著再以「只沈腰、今也不宜秋，驚堪把。」點出顧貞觀今日身體腰瘦的體態，此處「沈腰」乃借用「沈約瘦腰」〔註17〕的典故。下闋著重描寫其文學才能，除了稱讚顧貞觀在詩詞創作的優異表現外，亦具體刻劃顧貞觀內心敏銳且濃厚的感情。

再看〈滿江紅·題尤悔庵小影，次韻二首。〉之一：

快馬健兒，記當日、先生自許。誰信道、驊騮一蹶，長鳴憶主。淒切新詞楊柳月，悲涼雜劇梧桐雨。（悔庵工樂府。《梧桐雨》，元白仁甫所撰。）更北平、回首暮雲低，呼鷹處。（悔庵司李北平。）　　朝共市，難容與。山共水，聊延佇。且岑牟單絞，搔頭箕踞。千石硬弓千日酒，三條樺燭三撾鼓。正男兒、失路述生平，踦閭語。（踦閭而語，見《公羊》。）

〔註18〕

詞人以敘事口吻，首先描述尤侗官場上遭人打擊的經歷，「快馬健兒」〔註19〕是詞人對尤侗的比擬，藉此凸顯尤侗〔註20〕的年少才能，然如此才能，卻也

〔註16〕　清國史館原編：《清史列傳》第 9 冊卷 70〈文苑一〉（台北：中華書局，1962年 3 月出版），頁 42。

〔註17〕　《南史》卷 57〈沈約列傳〉：「初，約久處端揆，有志台司，論者咸謂爲宜。而帝終不用，乃求外出，又不見許。與徐勉素善，遂以書陳情於勉，言己老病，「百日數旬，革帶常應移孔；以手握臂，率計月小半分」。欲謝事，求歸老之秩。」（唐）李延壽：《南史》（台北：藝文印書館，1972 年出版），頁 654。

〔註18〕　清·陳維崧：《迦陵詞全集》卷 11，收錄在《陳迦陵詩文詞全集》（四部叢刊·初編·集部）（臺北：商務，1979 年出版），頁 423。

〔註19〕　健馬：北朝《折楊柳歌》其二：「健兒須快馬，快馬須健兒。蹕跋黃塵下，然後別雄雌。」化用其意。（蹕跋：象聲詞，馬奔馳時馬蹄擊地之聲。別雄雌：區別強弱。）周韶九選注：《陳維崧選集》（上海：上海古籍出版社，1994 年10 月初版），頁 57。

〔註20〕　《清史稿校註》卷 491 列傳 271〈文苑一〉：「尤侗，字展成，長州人。少補諸生，以貢謁選，除永平推官，守法不撓。坐捷旗丁鐫級。侗天才富贍，詩文多新警之思，雜以詼諧。每一篇出，傳誦遍人口。康西十八年，試鴻博列二等，授檢討，與修《明史》。居三年而歸。……著《西堂集》、《鶴棲堂集》，凡百餘卷。」國史館清史稿校注審查委員會：《清史稿校註》第 14 冊（新店：國史館，1990 年 2 月出版），頁 11150。尤悔庵（1618～1704）：名侗，字展成，晚號西堂老人，長洲人（今江蘇吳縣）人。清初文學家、戲曲家。……能詩詞及駢文，工戲曲、雜劇。周韶九：《陳維崧選集》（上海：上海古籍出版社，1994 年 10 月初版），頁 58。

不敵小人的打壓，被調降官職。《國朝先正事略・尤西堂先生事略》載：「侗以鄉貢除永平推官（掌理刑獄），坐撻旗丁（案）降調。」〔註21〕尤侗擔任直隸永平府推官其間，雖有所作為，然因州守惡意中傷，被指擅自責打旗丁刑可仕，遂被降職，歸家奉親，結束短暫的仕宦生涯。官場的不如意，讓尤侗將心力轉移至文學的創作上，「淒切新詞楊柳月，悲涼雜劇梧桐雨。」點出了尤侗在詩詞戲劇創作的成果。下闋，詞人承接上片續寫尤侗官場失意，表面上寫的雖然是尤侗寄情歌舞、樂、酒的灑脫，然而「正男兒失路述生平，踦閭語〔註22〕」，卻一語道盡尤侗官場挫折，彷彿亦為尤侗吐露了內心深處那份「身在江湖，心懷魏闕」的不遇之感。

　　第三類，託畫聯想，即詞人由畫面主體（觀象）聯想與像主不相關的事件，延伸出自我特殊的詮釋。如〈喜遷鶯・石濂和尚自粵東來梁園，為余畫小像，作天女散花圖，詞以謝之。〉：

> 月明珠館。有帝釋曇陀，身雲散滿。鮫國旌幢，鶿帆茄吹，萬疊雪傾銀濺。裝罷紅棉粵嶠，看足蒼楓梁苑。饒能事，儘微皴澹抹，黃深絳淺。　　籧衍。有一卷細膩凝脂，三尺松陵絹。少不如人，師須為我，畫出鬘絲禪板。旁侍湘娥窈窕，下立天魔賽產。人間苦，悵碧桃花謝，洞天歸晚。〔註23〕

石濂和尚，即釋大汕〔註 24〕。大汕有詩〈過毘陵哭陳其年太史〉：「憶昔與君良會日，君年三九我廿七。不期探古滯梁園，論文不讓因相識。」〔註25〕由此推測，兩人交誼結識可能在康熙二年。〈天女散花圖〉是釋大汕為陳維崧繪製的第一幅畫像，「天女散花」出自佛家用語，《維摩詰經・觀眾生品》曰：

〔註21〕（清）李元度：《國朝先正事略》卷39〈文苑〉（台北：文海出版社，1966年10月出版），頁1737。

〔註22〕踦閭語：謂兩人對立於門內外談心。《公羊傳》：「二大夫出，相與踦閭而語。」注：「閭，當道門，閉一扇，開一扇，一人在外，一人在內，曰踦閭。」周韶九：《陳維崧選集》（上海：上海古籍出版社，1994年10月初版），頁60。

〔註23〕清・陳維崧：《迦陵詞全集》卷22，收錄在《陳迦陵詩文詞全集》（四部叢刊・初編・集部）（臺北：商務，1979年出版），頁497。

〔註24〕清吳衡照《蓮子居詞話》卷1：「大汕，字石濂，江南人。又曾為先生作天女散花小像。」收入唐圭璋：《詞話叢編》第3冊（北京：中華書局，1986年11月初版），頁2404。

〔註25〕（清）釋大汕：《大汕離六堂集》卷4（台北：新文豐出版公司，2000年6月初版），頁91。

時維摩詰室，有一天女，見諸天人，聞所說法，便現其身，即以天華，散諸菩薩、大弟子上。華至諸菩薩，即皆墜落；至大弟子，便著不墜。一切弟子神力去華，不能令去。爾時，天女問舍利佛：「何故去華？」答曰：「此華不如法，是以去之。」天女曰：「勿謂此華爲不如法，所以者何？」是華無所分別，仁者自生分別想耳。若於佛法出家，有所分別，爲不如法；若無所分別，是則如法。觀諸菩薩，華不著者，已斷一切分別想故，譬如人畏時，非人得其便。如是弟子畏生死故，色、聲、香、味、觸得其便也。已離畏者，一切五欲，無能爲也。結習未盡，華著身耳；結習盡者，華不著也。〔註26〕

「天女散花」原本意指以維摩詰說法時，佛以天女散花考驗諸菩薩是否斷欲離畏，換言之，即佛法的最高境界，應是心無所執，一如天女散花，花落不沾身。在〈喜遷鶯〉中，觀看者陳維崧顯然未能了解佛法中天女散花的眞正意涵，因此，上片，一開始，詞人僅只描寫佛國神佛法物的華麗燦爛，下片則以調笑的口吻，向畫師提出要求：「師須爲我，畫出鬒絲禪板。旁侍湘娥窈窕，下立天魔騫產。」，將菩薩與天女的關係曖昧地敷染像主（其年）與湘娥（紫雲〔註27〕）的豔情色彩。〔註28〕整首詞作，在少了恭維、酬酢的包袱下，詞人反能以輕鬆的態度觀看畫作，相較於其他作品，心境與感受顯然有所差異，投射於詞中的意涵自然有所不同。

## （二）涉及畫面——巧構形似

即奠定在觀畫行爲的基礎上，詞人實寫畫面，重現物象形似之餘，有時偶爾融入敘事、抒情、自我想像等，賦予畫面更多意義。這類寫眞題畫詞，又可分爲三類：

---

〔註26〕 引自鳩摩羅什譯：《維摩詰所說經》，《大正新修大藏經》第14冊，〈觀眾生品〉，第7（台北：新文豐出版公司，1987年1月出版），頁547～548。

〔註27〕 （清）李斗《揚州畫舫錄》卷10：「徐紫雲，字雲卿，揚州人。冒辟疆家青童，儇巧善歌，與其年狎。」（清）李斗：《揚州畫舫錄》（台北：世界書局，1963年5月出版），頁223。紐琇《觚賸》卷2〈吳觚中〉：「其年未遇時，游於廣陵，冒襄愛其才，延至梅花別墅。有童名紫雲者，儇麗善歌，令其執役書堂。生一見神移，贈以佳句，並圖其像，裝爲卷帙，題曰雲郎小照。」（清）紐琇：《觚賸》（台北：文海出版社，1982年10月出版），頁40。

〔註28〕 毛文芳：《圖成行樂——明清文人畫像題詠析論》（台北：台灣學生書局，2008年1月初版），頁424。

　　第一類，單純詠畫，即詞人以重現畫境，強調物象摹寫為主。這類作品如：〈洞仙歌・題喬石林舍人桃源圖小照〉、〈鶴沖天・題鄒生巽含小像（像坐萬山梅花中，一童子煮茶於側。）〉茲舉〈洞仙歌・題喬石林〔註29〕舍人桃源圖小照〉：

　　　　漫郎單舸，壓半溪寒玉。流向秦人洞邊宿。漸前村、竹外一兩

　　三枝，斜羃歷，流水板橋茆屋。　　忽然奇絕處，極望花枝，盡亞

　　東風驕肌肉。萬樹滴胭脂，下映平坡，都不許、蘼蕪成綠。也莫問、

　　花紅種田人，只雞犬桑麻，迥離塵俗。〔註30〕

在這首作品中，詞人利用了視覺摹寫的技巧，對桃源圖的內部景色，做了最仔細的刻畫。一開始，詞人將焦點擺放在「漫郎單舸，壓半溪寒玉」，伴隨著船隻的漂流，目光逐漸轉移到「秦人洞邊宿」與「板橋茆屋」，具體呈現出一幅室外桃源景象。下闋，詞人觀畫視角則聚焦在空間的氛圍，首先以「忽然奇絕處，極望花枝，盡亞東風驕肌肉。」描寫春風繁花盛開的景象，再以「萬樹滴胭脂，下映平坡，都不許、蘼蕪成綠。」描寫萬樹裝染大地的蓬勃生機。整體而言，詞人隨著自我觀畫的視角遠近、左右位移變化，不僅將這幅桃源圖一覽無遺地重現在讀者眼前，讀者閱讀之餘，彷彿亦感受到在「雞犬桑麻」、「板橋茆屋」、「春意盎然」色筆下，那份遠離喧囂的寧靜。

　　再看〈鶴沖天・題鄒生巽含小像（像坐萬山梅花中，一童子煮茶於側。）〉：

　　　　寒崖綠染，石竇低於甗。極目總蕭林，堆蒼艷。更梅花作海，

　　綻香雪、飄千點。幽人巾自墊。趺坐苔陰，杏靄水明山店。　　瑤

　　翻碧瀲，澗底泉澄湛。童子潑茶光，連幽簞。翠花瓷注茗，花沸乳、

　　珠成紺。風情何澹澹。乍展吳綾，迥味略如橄欖。〔註31〕

有別於〈洞仙歌・題喬石林舍人桃源圖小照〉的觀畫方式，陳維崧在這首作

---

〔註29〕《鶴徵錄》卷1：「喬萊，字子靜，號石林。江南寶應人。明御史可聘子。康熙丁未進士，考授內閣中書。由禮部主事趙隨薦舉，授編修，官至翰林侍讀。著有《寶應志》、《使粵詩文》等集。（清）李集輯：《鶴徵錄》收錄於《四庫未收書輯刊》第23冊（北京：北京出版社，2000年出版），頁568。潘耒《遂初堂文集》卷19〈翰林侍讀喬君墓志銘〉稱其：「中蜚語罷歸。歸而裹足掩關，絕口不談世事。……甲戌春，奉旨來京居住……不半歲而病作，遂卒。」續修四庫全書編纂委員會編：《續修四庫全書・集部・別集類1418》（上海：上海古籍出版社，2002年3月出版），頁3。

〔註30〕清・陳維崧：《迦陵詞全集》卷10，收錄在《陳迦陵詩文詞全集》（四部叢刊・初編・集部）（臺北：商務，1979年出版），頁412。

〔註31〕清・陳維崧：《迦陵詞全集》卷10，收錄在《陳迦陵詩文詞全集》（四部叢刊・初編・集部）（臺北：商務，1979年出版），頁414。

品採取的審美觀照，乃是由上而下，由主角擴及到配角。上闋，詞人首先以「寒崖綠染，石竇低於甌。」寫畫面遠處上方的山崖石竇；其次，再以「更梅花作海，綻香雪、飄千點」，點出眼前所見梅花繁盛的畫面；最後，則以「幽人巾自墊。趺坐苔陰」，轉移至坐於萬山梅花下的主角。就觀畫的過程而言，陳維崧並非一開始即對畫中人物作描摹，反倒是利用了上下的位移方式，先寫周邊景色，而後才將畫面鏡頭逐漸聚焦到像主身上。下闋，詞人由主角轉移至配角，「童子潑茶光，連幽簞。翠花瓷注茗，花沸乳、珠成紺。」側寫一旁童子的煮茶行爲。整幅畫作，流露出一股澹澹優閒風情，讓身爲觀畫者的陳維崧，「乍展吳綾」之時，也深刻體會到「略如橄欖」回甘滋味。

第二類，詠畫兼敘事，即詞人摹寫畫面物象之餘，兼述與像主相關的態度、嗜好、行爲舉止、事蹟、生活經歷等，值得一提的是，這類作品，是陳維崧寫真題畫詞中比例最高的。這部分又可細分爲兩種：

其一，先詠畫後敘事，詞人針對畫面內容，先作摹況描述，再旁及與畫面相關的內容，如：〈浪淘沙·題園次收綸濯足圖〉、〈水調歌頭·題毛會侯戴笠垂竿小像〉、〈沁園春·題袁重其負母看花圖〉、〈滿庭芳·題徐武貽小像（武貽，文貞後人，椒峰，發仲母舅，舊許爲題像，今翁已沒，始追補成之。)〉、〈減字木蘭花·題山陰何奕美小像（奕美尊人侍御公，以忠節死。)〉、〈偸聲木蘭花·題關東席端伯小像〉等。先看〈浪淘沙·題園次收綸濯足圖〉：

> 艷瀨幾千堆，濺雪轟雷。巨鼇映日挾山來。舞鬣揚鬐爭跋浪，晝夜喧豗。　　濯足碧溪隈，一笑沿洄。龍窩蛟窟莫相猜。我有珊瑚竿不用，不是無才。〔註32〕

這是一首爲友人吳綺〔註33〕題畫之作，嘉慶《宜興縣志》卷8〈流寓〉：「吳綺……康熙十一年，來宜興訪陳維崧，與訂布衣昆弟之歡」〔註34〕從《迦陵詞全集》

---

〔註32〕 清·陳維崧：《迦陵詞全集》卷4，收錄在《陳迦陵詩文詞全集》（四部叢刊·初編·集部）（臺北：商務，1979年出版），頁377。

〔註33〕 《清史稿校註》卷491列傳271〈文苑一〉：「吳綺，字園次，江都人……順治十一年拔貢生，薦授中書舍人。奉詔譜楊繼盛樂府，遷兵部主事，即以繼盛官官之也。出知湖洲府，有吏能，人謂其多風力、尚節氣、饒豐趣，稱爲『三風太首』。未幾，罷歸。貧無田宅，購廢圃以居。有丏詩文者，以花木潤筆，因顔其圃曰種字林。著《林蕙堂集》。詞最有名，婦孺皆能習之，以有『把酒祝東風，種出雙紅豆』之句，又稱『紅豆詞人』。」國史館清史稿校注審查委員會：《清史稿校註》第14冊（新店：國史館，1990年2月出版），頁11152。

〔註34〕 （清）阮升基等修、寧楷等纂：嘉慶《宜興縣志》（二）卷8（台北：成文出

卷 12 有〈滿江紅・園次孥舟相訪與訂布衣昆弟之歡而去賦此記事〉可知，兩人交誼之實。作品一開始，詞人以畫面物象起筆，「瀲濎幾千堆，濺雪轟雷。」運用視覺、聽覺摹寫和譬喻手法，描寫浪花與濤聲之巨大，爲了凸顯眼前壯闊的聲勢，詞人接著用誇張筆法，以「巨鰲映日挾山來〔註 35〕。**舞鬣揚鬐爭跋浪，晝夜喧豗。**」形容晝夜波濤洶湧的景象。下闋，詞人筆鋒一轉，觀畫視角由洶湧的浪花，轉移至碧溪濯足的釣者，值得注意的是，此時陳維崧不再以第三人稱的口吻發言，反而用第一人稱的口吻將自我化身爲畫中釣者，說出「一笑沿洄。龍窩蛟窟莫相猜。我有珊瑚竿不用，不是無才。」字面上看似描寫釣者面對洶湧浪花時的鎮靜，然字裡行間隱約透露出自己有才未用的自負意味。

再看〈水調歌頭・題毛會侯戴笠垂竿小像〉：

> 水色綠如鴨，又似乍磨銅。靴紋細浪忽起，颯颯夾溪風。數里江村茆屋，一帶蘆汀蟹舍，下徧釣魚筒。雲作蔚藍纈，襯以晚霞紅。　　燃楚竹，炊香糯，五湖東。新來溪友，堪訝乃是大毛公。贏得眾師拍手，汝有金貂玉佩，詎是綠簑翁。笑起唱銅斗，餘響落蛟宮。〔註 36〕

面對友人毛際可〔註 37〕的寫眞畫作，一開始詞人即發揮了豐富的想像力，以「水色綠如鴨，又似乍磨銅。靴紋細浪忽起，颯颯夾溪風」的譬喻筆法，將眼前畫面綠水在溪風吹拂下，水面所起陣陣漣漪的景象，具體而細膩地刻劃

---

版社，1970 年出版），頁 375。

〔註35〕巨鰲、挾山：據列子・湯問記載：渤海之東有大壑，其中有五座山，五座山的根無所連著，常隨波往還。帝遣巨鰲十五舉首馱之，五座山才聳立在那裡。梁鑒江：《陳維崧詞選注》（上海：上海古籍出版社，1990 年 9 月初版），頁 35。

〔註36〕清・陳維崧：《迦陵詞全集》卷 14，收錄在《陳迦陵詩文詞全集》（四部叢刊・初編・集部）（臺北：商務，1979 年出版），頁 441。

〔註37〕《清史列傳》第 9 冊卷 70〈文苑一〉：「毛際可，字會侯，浙江遂安人。順治十五年進士，授河南彰德府推官，改知城固縣，調祥府。康熙十八年，舉博學鴻儒，罷歸。尋膺卓異，行取，賜袍服，以事去官。少負儁才，淹雅博聞，以文章名。……及歸，益致力爲古文。」國史館清史稿校注審查委員會：《清史稿校註》（新店：國史館，1990 年 2 月出版），頁 44。《湖海樓詩集》卷六戊午稿《冬夜同王惟夏、毛大可、允大、方雪岷飲毛會侯寓盧，分得衣字》清・陳維崧：《湖海樓詩集》卷 6，收錄在《陳迦陵詩文詞全集》（四部叢刊・初編・集部）（臺北：商務，1979 年出版），頁 310。

出來。接著詞人續寫溪水周遭景色，「數里江村茆屋，一帶蘆汀蟹舍，下徧釣魚筒。」點出了附近茅屋與水邊蘆汀下魚蟹悠游的景象。如此寧靜的畫面，在遠方雲帶與晚霞的陪襯伴隨下，似乎更顯美麗了。整體來說，陳維崧審美觀照的鏡頭乃由近至遠，由下至上。下闋，詞人改以敘事，此處「燃楚竹，炊香糯，五湖東。」乃化用范蠡泛舟五湖的典故〔註38〕，將畫中主角毛會侯比擬作范蠡，藉此形塑像主毛會侯悠閒、回歸自然的一面。全詞最後，「新來溪友堪訝，乃是大毛公。贏得眾師拍手，汝有金貂玉佩，詎是綠簑翁。」詞人一改正經的口吻，面對象主毛會侯的優閒裝扮，身爲友人的陳維崧不禁調侃了毛際可，如此輕鬆的筆調著實爲畫面增添不少趣味性。

又如〈沁園春・題袁重其負母看花圖〉：

> 吉貝沿街，枳殼叢闌，葵榴映墻。算三牲五鼎，貧家時缺，千紅萬紫，夏日方長。衣著斑斕，躬爲病僂，負得萱闈出北堂。藍輿少，笑相君之背，軟勝匡牀。　　筍籮藥塢徜徉。惹白髮、逢歡意轉傷。記早年歌鵲，花誰上鬢，中宵剌鳳，草盡縈腸。人說兒賢，天教娘健，描畫還憑顧長康。披圖羨，較看花上苑，事定誰強。〔註39〕

袁重其是明末清初的孝子，清王晫《今世說・卷一・德行》記載：

> 袁重其狀貌臒然，能讀書識字，好以禮義自維，不苟言笑。與四方賢士大夫交，言而有信。鄉里交歎爲善人。〔註40〕

其注載：

> 袁名駿，江南吳縣人。三歲而孤，母苦節垂六十年。駿日走四方，乞當世賢士大夫詩文以頌母。每歸，莊誦母傍，聲出金石。歲葺一卷裝褫之，積五十餘軸。陳徵君眉公首題其幀，曰：《霜哺篇》，海虞錢宗伯亦爲作《識字行》一章，其詞曰：「母能識節字，兒能識孝字。人生識字只兩個，何用三倉四部盈箱笥。」世之人遂無不

---

〔註38〕典故出自《國語》卷21〈越語下・范蠡乘輕舟以浮於五湖〉相傳范蠡在協助越王勾踐滅吳後，有感於大功之下，難以久居，可與勾踐共患難，卻難以同安樂，遂辭於王，乘扁舟，出三江，入五湖。（春秋）左丘明撰、韋昭注：《國語》下（台北：台灣商務印書館，1965年8月初版），頁238～239。
〔註39〕清・陳維崧：《迦陵詞全集》卷25，收錄在《陳迦陵詩文詞全集》（四部叢刊・初編・集部）（臺北：商務，1979年出版），頁522。
〔註40〕（清）王晫：《今世說》（北京：中華書局，1985年出版），頁10。

　　知有袁孝子者。〔註41〕

孝子袁駿，江南吳縣人。三歲而孤，由母親獨自扶養成人，爲表彰母親的貞節，四處向當世賢士大夫乞求詩文，當時許多文人紛紛爲其題詠，陳維崧亦不例外，寫下這首〈沁園春‧題袁重其負母看花圖〉。

　　在這首詞作，詞人從眼前畫面物象寫起，「吉貝沿街，枳殼叢闌，葵榴映墻」，將描寫鏡頭拉到室外，點出畫面上沿街木棉、枳殼盛開與葵榴映墻的美麗風景。在一片千紅萬紫的美好氣候下，審美眼光逐漸地轉移到像主身上，首先以「衣著斑斕」觀其穿著，其次再以「躬爲痀僂，負得萱闈出北堂」刻畫其行爲動作。然而，對於眼前所見，詞人並沒有直接稱讚袁重其負母看花的孝行，反倒以「藍輿少，笑相君之背，軟勝匡牀」另類口吻，調侃了像主一番。下闋，詞人主要描述袁子負母看花時的心境與自我觀畫感受，一開始，詞人發揮豐富的想像力，揣摩畫中袁子的心境，「惹白髮、逢歡意轉傷」，承上啓下，不僅側寫負母看花的袁重其想到母親白髮，由喜轉悲的心情起伏，另外也以「記早年歌鵠，花誰上鬢，中宵刺鳳，草盡縈腸。」開啓袁重其對於母親過往辛勞的回憶。雖然，這只是一種文學虛構的筆法，不過卻將袁子負母看花時的心情轉折，做了巧妙地鋪陳。全詞最後，詞人則以「人說兒賢，天教娘健，描畫還憑顧長康。披圖羨，較看花上苑，事定誰強。」說出了觀畫後的自我體會。整體而言，在虛實交錯筆法下，陳維崧成功地刻畫了袁重其的孝子形象。

　　其二，先敘事後寫景（詠畫），即詞人在觀畫的當下，先由畫面聯想相關事件，而後加以陳述，最後則以畫面摹寫做結。這類作品：如〈沁園春‧題徐禎起六十斑斕圖〉、〈四園竹‧題西陵陸薑思繞屋梅花圖像〉、〈杏花天‧題震修杏花小照〉、〈繞佛閣‧爲李武曾題長齋繡佛圖小像〉等。茲舉〈沁園春‧題徐禎起六十斑斕圖〉：

　　　　老友者誰，城北徐公，舞衣斑斕。有豆區一畝，藤花半架，晴
　　山萬疊，碧浪千灣。隱不求名，憂寧用老，竹戶蓬門盡日關。家庭
　　樂，喜龐眉矍鑠，皓首團圞。　　相從樵父漁蠻。只戲鼓歌樓恣往
　　還。笑鼎鼎朱門，幾人親在，番番黃髮，誰便身閒？何似貧家，蕭
　　然戲綵，六十兒從膝下頑。倖蹉跌，惹八旬堂上，莞爾開顏。〔註42〕

〔註41〕　（清）王晫：《今世說》（北京：中華書局，1985年出版），頁10。
〔註42〕　清‧陳維崧：《迦陵詞全集》卷25，收錄在《陳迦陵詩文詞全集》（四部叢刊‧
　　　　　初編‧集部）（臺北：商務，1979年出版），頁524。

上闋一開頭，詞人以「老友者誰，城北徐公」點出自己與像主的友誼關係。而這層的關係，亦導致陳維崧對於老友徐禛起近距離的認識。因此，詞人接著以「有豆區一畝，藤花半架，晴山萬疊，碧浪千灣。隱不求名，憂寧用老，竹戶蓬門盡日關。」近似敘事報導的筆法，介紹徐禛起的隱居生活。在陳維崧眼中，老友徐禛起，不僅是一個不求功名，生活簡單平淡之人，「家庭樂，喜龐眉矍鑠，皓首團圝。」更是點出了徐氏與父母親人和樂融融的景像。下闋，看到老友的悠閒與孝順，詞人不禁發出內心的感嘆，「笑鼎鼎朱門，幾人親在，番番黃髮，誰便身閒。」意指朱門大戶縱使享盡富貴，然而又有多少人能夠盡到孝養父母的責任呢？縱使老了，又有多少朱門願意捨棄慾望，享受這般天倫之樂呢？顯然在詞人心中，對這些朱門大戶，是有所嘲諷的。全詞最後，再度回到畫面的摹寫，除了對畫中年老徐禛起彩衣娛親作了概略描寫，也再次強調老友徐禛起難能可貴的孝親行為。

又如〈四園竹·題西陵陸蓋思繞屋梅花圖像〉：

> 西陵高士，小隱段橋東。十年酒聖，半世詩顛，千古文雄。銅將軍，麴道士，楮先生者，三君蹤跡時同。屋如蜂。　　屋頭無數冷香，籬門都浸其中。鎮日和煙和雨，點點欹斜，片片朦朧。杯在手，長側帽，林間一笛風。〔註43〕

詞人一開始，即對像主陸進有多面向的介紹，首先以「十年酒聖，半世詩顛，千古文雄。」刻畫眾所皆知的文學才華。嘉慶《餘杭縣志》卷 27〈文藝傳〉曾載：

> 陸進，字蓋思，余杭貢生，溫州府學訓導。詩古風以漢魏為法，近體以初盛唐為宗，尤持嚴於雅俗二字。繼「西泠十子」而起者，未能或之先也。蓋思家杭之別墅，與毛先舒、王丹麓輩友善，文采照耀兩浙。……著有《巢青閣集》。〔註44〕

根據此段紀錄，可見陸進在文學方面，確實有很大成就，與陳維崧的評價不謀而合。「銅將軍，麴道士，楮先生者，三君蹤跡時同。」寫其嗜好，此處「銅將軍、麴道士、楮先生者」〔註45〕乃運用典故和擬人手法，分別借指琵琶、

---

〔註43〕清·陳維崧：《迦陵詞全集》卷9，收錄在《陳迦陵詩文詞全集》（四部叢刊·初編·集部）（臺北：商務，1979 年出版），頁 524。

〔註44〕嘉慶《餘杭縣志》卷27，收錄於中國地方志集成——浙江府縣志輯⑤（上海：上海書店，1993 年出版），頁 967～968。

〔註45〕銅將軍：指琵琶。《吹劍續錄》載，蘇東坡問歌者：「我詞比柳耆柳何如？」

酒、紙三樣物品，進一步描寫陸進平時的休閒娛樂。下闋，詞人轉而將審美眼光拉回畫面內容，首先，以「屋如蜂。屋頭無數冷香，籬門都浸其中。」描寫梅花繞屋，屋裡內外充斥著撲鼻而來的香氣；其次，再以「鎮日和煙和雨，點點欹斜，片片朦朧。」寫出畫面煙雨濛朧的氣候。最後，則以「杯在手，長側帽，林間一笛風。」聚焦像主風姿。整體來說，陳維崧同時運用了視覺與味覺摹寫，先營造畫中梅花繞屋與煙雨濛朧的四周氛圍，而後再烘托出陸進風姿翩翩的文人形象。

再看〈杏花天・題震修杏花小照〉：

> 虎頭食肉通侯相。君本是、詞場飛將。紛紛餘子真廝養。自署五湖之長。　　慈恩寺、春從蝶釀。紅綾饊、餅如月樣。杏園指日鞭絲漾。鬧煞賣花深巷。〔註46〕

面對眼前畫作，詞人首先以「虎頭食肉通侯相」〔註47〕稱讚友人劉震修的相貌堂堂，具富貴之相，其次寫其文學才華，光緒《無錫金匱縣志》卷22〈文苑〉：「劉雷恒，字震修，以貢生為本府訓導，遷六安州。文行著大江南北間。弟霖恒，字沛元。時稱『二劉』。……風流文采，並為時所推。」〔註48〕由此可見，劉震修的文采深受當時肯定。下闋，詞人轉描寫畫面內容，「慈恩寺、春從蝶釀。」點出像主所處的地點與季節，在一片春暖花開、群蝶飛舞的環境裡，進行著賞花宴飲的活動。「杏園指日鞭絲漾，鬧煞賣花深巷」則是詞人對畫面景致的未來想像。相較於其他作品，礙於小令體制的關係，雖然這首作品，在像主的風姿或畫面景色，皆採取蜻蜓點水般的寫法，不過，藉由詞人重點式的審美觀照，卻意外使畫面呈現一種簡單而平凡的韻味。

第三類，詠畫兼抒情，即詞人摹寫畫面物象之餘，藉此抒發自己因畫而

---

歌者曰：「學士詞須關西大漢，抱銅琵琶，執鐵綽板，唱大江東去。」高佑釲評其年詞「銅軍鐵板，殘月曉風，兼長並擅。」麴道士：麴，通鞠。酒的擬稱。陸游《村居日飲酒對梅花醉則擁紙衾熟睡……》詩：「孤寂惟尋麴道士，一寒仍賴諸先生。」周韶九：《陳維崧選集》（上海：上海古籍出版社，1994年10月初版），頁62。

〔註46〕清・陳維崧：《迦陵詞全集》卷4，收錄在《陳迦陵詩文詞全集》（四部叢刊・初編・集部）（臺北：商務，1979年出版），頁377。

〔註47〕典故出自《後漢書》卷77〈班超列傳〉：「生燕頷虎頸，飛而食肉，此萬里侯相也。」（南朝）范曄：《後漢書》（台北：新陸書局，1964年1月初版），頁637。

〔註48〕（清）斐大中等修、秦緗等纂：《無錫金匱縣治》（二）（台北：成文出版社，1970年出版），頁383。

起的情感。這類作品,有〈沁園春‧題崇川范廉夫松下小像(友人女受長公)〉、〈蓮陂塘‧題龔節孫仿橘圖節(孫蘭陵人,卜居陽羨,羨東坡之爲人,故爲斯圖以明志。)〉兩首。先看〈沁園春‧題崇川范廉夫松下小像(友人女受長公)〉:

> 松下誰耶,玉貌臨風,于思于思。正濤翻翠鬣,支離拗鐵,雙凋黛甲,剝裂侵苔。韋偃皴成,畢宏畫就,戰壑幹霄未易才。因何故,卻嗒焉若喪,萬慮成灰。　　琅山紫颶喧豗。還記得君家往事來。有四海賓朋,極天甲第,滿堂絲管,夾水樓臺。如此兒郎,居然漂泊,范叔寒今至此哉。長安道,且欷歔話舊,懷抱誰開!〔註49〕

范廉夫乃陳維崧友人范女受之父,范氏本爲崇明望族,入清後家道中落。詞作一開始,詞人即以「松下誰耶,玉貌臨風,于思于思〔註50〕。」自問自答的方式,總覽像主的整體風姿。之後詞人進一步地從不同面向再現像主的外貌與表情,首先以「正濤翻翠鬣,支離拗鐵,雙凋黛甲,剝裂侵苔」誇張譬喻筆法,形容其鬍子與眉毛;其次則以「卻嗒焉若喪,萬慮成灰。」形容畫中像主失意沮喪的表情。下闋,詞人回溯范氏過往生活的豪闊,「還記得、君家往事來。有四海賓朋,極天甲第,滿堂絲管,夾水樓臺。」點出范廉夫昔日高朋滿座、滿堂絲竹的生活寫照,不過,這樣的景象,隨著滿清入關,有了轉變。這讓同爲落魄弟子的詞人,感同深受,最後不免也以「如此兒郎,居然漂泊,范叔寒今至此哉」,抒發自己對友人身世的同情與惋惜。

再看〈蓮陂塘‧題龔節孫〔註51〕仿橘圖〔註52〕(節孫蘭陵人,卜居陽羨,羨東坡之爲人,故爲斯圖以明志。)〉:

---

〔註49〕 清‧陳維崧:《迦陵詞全集》卷25,收錄在《陳迦陵詩文詞全集》(四部叢刊‧初編‧集部)(臺北:商務,1979年出版),頁525。

〔註50〕 于思:鬍鬚濃密的樣子。《左傳‧宣公二年》:「睅其目,皤其腹,棄甲而復。于思于思」。

〔註51〕 嘉慶《宜興縣志》卷8〈僑寓〉:「龔勝玉,字節孫,武進人,卜居宜興。慕蘇文忠爲人。作《仿橘圖》以明志。」(清)阮升基等修、寧楷等纂:嘉慶《宜興縣志》(二)卷8(台北:成文出版社,1970年出版),頁375。

〔註52〕 清王士禛撰、惠棟注:《漁洋精華錄訓纂》卷8引邵子湘《種橘圖序》:「東坡云:『吾性好種植,能手自接果,尤好栽橘。陽羨在洞庭上,橘栽至易得,欲買一小園,種三百本。屈原作《橘頌》,吾園若成,當作亭以楚頌名也。』然東坡園與亭竟未就也。龔子節孫移居陽羨,仿此繪圖,乞名人詩詞盈秩。」(清)王士禛撰、惠棟注:《漁洋精華錄訓纂》卷8下(台北:中華書局,1971年2月出版),頁6。

　　有蘭陵、寧馨年少，風前玉樹姚冶。縛茆樹柵東溪畔，正傍樊
川水榭。誰圖畫？畫秋後、雙柑百顆高低亞。寒香噀射。擬楚頌名
亭，追蹤坡老，此意儘瀟灑。　　人間世，總是蝸牛傳舍。休矜文
采儒雅。海田幾徧栽桑後，萬事虛舟飄瓦。蜀山下。有蘇子祠堂，
老木曾連把。如今盡也！便結得亭成，他年志遂，後日誰憐者？（余
邑蜀山下東坡書院內古木數株，皆幾百年物，今薊伐殆盡，偶感及
之。）〔註53〕

首二句「有蘭陵、寧馨年少，風前玉樹姚冶。」率先重現像主的翩翩風姿，
接著詞人將審美觀照的視角轉移至畫面配角，「縛茆樹柵東溪畔，正傍樊川
水榭」帶出了像主所處的周邊環境。「誰圖畫」三字，運用了懸疑的口吻，
一語道盡詞人觀畫時的疑惑，接著詞人進一步以「畫秋後、雙柑百顆高低
亞。寒香噀射。擬楚頌名亭，追蹤坡老，此意儘瀟灑。」描述畫中內容與
相關背景。換言之，仿橘圖乃是龔節孫在移居陽羨後，因仰慕東坡之曠達
胸襟，刻意模仿東坡種橘構亭而繪製而成。下闋，「人間世，總是蝸牛傳舍。
休矜文采儒雅。海田幾徧栽桑後，萬事虛舟飄瓦。」寫出了人事短暫、變
化無常的事實，昔日東坡的停留，與今日碩果僅存「蘇子、祠堂老木」，皆
已消失殆盡。而如此滄桑的變化，詞人在無能為力改變下，不免也有所感
慨了。

　　總結上述，對於陳維崧寫真題畫詞討論，大致可簡單歸納如以下表格：

| 類別 | 詞人的<br>審美觀照 | 詞作內涵 | 討論作品範例 |
|---|---|---|---|
| 寫真 | 跳脫畫面－<br>觀象生意 | 藉畫抒情 | 〈減字木蘭花・題彭爰琴小像〉、〈念奴嬌・題顧<br>螺舟小影〉、〈沁園春・題王山長小像〉 |
| | | 因畫敘事 | 〈滿江紅・梁溪顧梁汾舍人過訪，賦此以贈，兼<br>題其小像。〉、〈滿江紅・題尤悔庵小影，次韻<br>二首。〉 |
| | | 託畫聯想 | 〈喜遷鶯・石濂和尚自粵東來梁園，為余畫小<br>像，作天女散花圖，詞以謝之。〉 |

〔註53〕清・陳維崧：《迦陵詞全集》卷29，收錄在《陳迦陵詩文詞全集》（四部叢刊・
　　　初編・集部）（臺北：商務，1979年出版），頁552。

| 涉及畫面－巧構形似 | 單純詠畫 | 〈洞仙歌‧題喬石林舍人桃源圖小照〉、〈鶴沖天‧題鄒生巽含小像（像坐萬山梅花中，一童子煮茶於側。）〉 |
| --- | --- | --- |
| | 詠畫兼敘事（比例最高） | 〈浪淘沙‧題園次收綸濯足圖〉、〈水調歌頭‧題毛會侯戴笠垂竿小像〉、〈沁園春‧題袁重其負母看花圖〉、〈沁園春‧題徐禎起六十斑斕圖〉、〈四園竹‧題西陵陸蓋思繞屋梅花圖像〉、〈杏花天‧題震修杏花小照〉 |
| | 詠畫兼抒情 | 〈沁園春‧題崇川范廉夫松下小像（友人女受長公）〉、〈蓮陂塘‧題龔節孫仿橘圖節（孫蘭陵人，卜居陽羨，羨東坡之為人，故為斯圖以明志。）〉 |

　　整體而言，陳維崧寫眞題畫詞，詞人的審美觀照包含了「觀象生意」以及「巧構形似」兩大特色，此外這類作品大多數乃因人情酬贈所題，或因相識主動題詠，或受委託被動題詠，無論原因為何，此類作品的存在不僅證明當時寫眞風氣的盛行，也同時見證了陳維崧廣泛的社交生活。寫眞題畫詞，在明清傳統文人的社交範疇中，為像主與陳維崧，建構一條交流對話的管道，藉由題寫的社交行為，拉近彼此距離，建立社交活動。雖然，這類作品中所出現的題像人物，有的史料上並無詳細紀載，今日也難以見其畫作，不過，陳維崧寫眞題畫詞作的存在，卻也讓這些人物因此有機會重現世人眼前。如同衣若芬在〈北宋題人像畫詩〉所言：

　　　　在觀畫思人，緬懷其文學風采之際，題畫詩的作者其實也樹立了一種文學寫作的典範，藉著文字「轉譯」圖像，又將圖像「文學化」，使單純的人物畫像由於畫中主人被「偶像化」的結果，形成超越古今，惺惺相惜的抒情對象。〔註54〕

面對眼前的寫眞畫作，當圖像被文字轉譯時，題畫作者所看見的往往不在表面畫作，此時的作者，與畫中人物的關係，在人情酬贈的前提下，畫中人物被確立了良好形象。而圖像文學化的結果，讓人物畫像得以因題畫詩詞的介入而跨越古今時空限制，再現讀者面前時，亦對人物畫像保留完美的印象。

---

〔註54〕衣若芬：《觀看、敘述、審美──唐宋題畫文學論集》（台北：中央研究院文哲所，2004年6月初版），頁188。

## 二、仕女——霧裡看花〔註55〕、若明若暗

　　在陳維崧人像題畫詞中，仕女題畫詞的數量，僅次於寫眞題畫詞。對於題仕女畫作品，衣若芬在〈北宋題仕女畫詩析論〉一文曾云：

　　　　對作者而言，畫中人物可粗分爲「有名字」和「沒有名字」的兩種女人，所謂「有名字的女人」，就是登入歷史記載的女人，如王昭君、蘇蕙、楊貴妃等，她們的身份背景和出現在繪畫上的理由是可以辨識的，作者題寫時也容易找到切入點，歷史感懷和借古喻今是最常見也最便利的。反之，「沒有名字的女人」則較爲困難，在觀賞時爲了迴避女色，往往以「冷眼旁觀」的姿態，儘量不表露對畫中人的情感和關懷。我們也可以說：「有名字、有歷史的女人」是用

〔註55〕語出王國維《人間詞話》：「白石寫景之作，如『二十四橋仍在，波心蕩、冷月無聲。』『數峯清苦，商略黃昏雨。』『高樹晚蟬，說西風消息。』雖格韻高絕，然如霧裏看花，終隔一層。」王國維著、徐調孚校注：《校注人間詞話》（台北：頂淵文化，2001年6月初版），頁23。王國維在藝術直觀的前提下，提出作品「隔」與「不隔」的命題，王國維認爲作品中形象具體輪廓清晰、自然鮮明，能使人產生「語語都在目前」的眞切感受，即爲「不隔」；若形象模糊，如霧裡看花，阻礙觀感，即爲「隔」。這樣的主張，使得王國維認爲姜白石寫景之作，雖格韻高絕，卻無法讓讀者直接接收到作者的眞切感受，引發共鳴，屬有隔之作，有隔霧看花之憾。顯然這是王國維以讀者（鑑賞者）的身分切入，解讀姜白石作品時難以引發讀者共鳴感動而所做出評語。不過，此語倘若從文學創作者的角度思考，筆者認爲「霧裡看花」在創作者的審美過程中便有著正面意義，原因在於它可被視爲（創作者）審美主體與審美客體之間保持一定距離的審美觀照，而這樣的審美觀照與英國美學家布洛所言的「心理距離」觀點不謀而合。對此，童慶炳在〈換另一種眼光看世界·談審美心理距離〉曾云：「最早把『心理距離』作爲一種美學原理作爲一種美學原理提出來的是英國美學家、心裡家愛德華·布洛……布洛所規定的「心理距離」的概念，是指我們在觀看事物時，在事物與我們自己實際利害關係之間插入一段距離，使我們能換一種眼光去看世界。」童慶炳：《中國古代心裡詩學與美學》（台北：萬卷樓圖書，1994年8月初版），頁161。童慶炳在此文中進一步地引用布洛所舉「霧海航行」的例子，說明海霧之中，倘若船上的乘客能保持一種審美的心理距離觀照海霧時，便能看到海霧客觀上形成的美景。這個例子，也間接說明了在藝術審美的體驗歷程中，當創作者保有一定客觀心理距離觀照物體，超脫物體的功利羈絆時，便易於以另一種眼光發現審美客體之美。筆者在研究陳維崧「仕女題畫詞」過程中，經過對作品的深入觀察，發現作者陳維崧所採取皆是「霧裡看花」的審美觀照，不僅讓自己與審美客體畫中女子保持一定審美距離，亦使仕女類題畫詞中的畫中女子意外地產生了一層朦朧的美感。有鑑於此，筆者此處乃化用人間詞話「霧裡看花」一詞，借指陳維崧在創作仕女類題畫詞時所採取審美觀照。

不著重新認識的，因爲史書已經給予後人參考座標和價值判斷，如果詩人在題寫時流露情感，不是由於外在形相的美色刺激，而是其背後負載的歷史意義，是一種普遍的、客觀的、帶有思辨性質的情感。對畫中人美與醜的評價，不是針對個人，而是其對於歷史轉折的影響力。至於「無從解說」起的「沒有名字的女人」，我們只看到了籠統的頭部描寫，她的年齡、她的妝扮、她的喜怒哀樂七情六慾都不見，隱約於詩意中，只有「憂來無方的閒愁」和「若有所思」的相思……〔註56〕

這是衣若芬針對北宋題畫作者觀看仕女畫作時，所做的詳細解讀。簡而言之，當北宋題畫作者觀看對象爲歷史上熟知的女性時，作者題畫書寫的內容，往往受到人物既有歷史定位的影響；反之，若觀看對象，只是一般女子時，作者則多以冷眼旁觀的姿態，書寫畫中女子，少見作者的個人情感。不過這樣的論點，到了陳維崧身上，並非全然吻合，繼承之餘，亦有自己個人的詮釋。

陳維崧仕女題畫詞如：〈水調歌頭·題余氏女子繡西施浣紗圖，爲阮亭賦。〉、〈荊州亭·題扇上琵琶行圖〉、〈菩薩蠻·題青谿遺事畫冊，同鄒程邨、彭金栗、王阮亭、董文友賦八首。〉、〈行香子·爲李武曾題扇上美人，同弟緯雲賦。〉、〈海棠春·題美女圖爲閨人稱壽〉、〈多麗·爲李雲田、周小君、寶鐙題坐月浣花圖〉、〈沁園春·爲汪蛟門舍人題畫冊十二幀〉等等。茲舉以下作品討論之，先看〈水調歌頭·題余氏女子〔註57〕繡西施浣紗圖，爲阮亭賦。〉：

　　婀娜針神女，春晝繡西家。聞道若耶溪上，漾水漾明沙。爲憶吳宮情事，驀地養娘來至，羞臉暈朝霞。忙向屏山畔，背過鬢邊鴉。　　一春愁，三月雨，滿欄花。西施未嫁，當初情緒記些些。靠著繡牀又想，拈著鴛針又放，幽思渺無涯。一幅鮫綃也。錯認越溪紗。〔註58〕

---

〔註56〕衣若芬：《觀看、敘述、審美——唐宋題畫文學論集》（台北：中央研究院文哲所，2004年6月初版），頁251～252。

〔註57〕鄧之誠：《骨董瑣記》卷5：「清代女子工繡者，廣陵余氏女子韞珠，年甫笄，工仿宋繡，繡仙佛人物，曲盡其妙，不針神。嘗爲阮亭繡〈神女〉、〈洛神〉、〈浣紗〉諸圖，又爲西樵作〈須菩提像〉，皆極工。（清）鄧之誠：《骨董瑣記·續記·三記》（台北：大立出版社，1985年5月出版），頁152。

〔註58〕清·陳維崧：《迦陵詞全集》卷14，收錄在《陳迦陵詩文詞全集》（四部叢刊·初編·集部）（臺北：商務，1979年出版），頁437。

西施，原名夷光，春秋戰國時代出生於浙江諸暨苧蘿村。年少時西施常與女伴們在浦陽江邊浣紗。自從吳王夫差打敗越國，越王句踐臥薪嚐膽，密謀復國，欲以「美人計」誘惑吳王，四尋美女，得西施與鄭旦。西施為協助句踐，忍辱負重，犧牲小我，與鄭旦一起獻給吳王夫差，成為吳王最寵愛的妃子。〔註59〕吳國後來因此被句踐所滅。此首作品內容，詞人主要站在旁觀的角度，想像余氏繡西施浣紗圖的心境，一開始即以「婀娜針神女，春晝繡西家」首先稱讚余氏高超的繡畫功力以及點出創作繡畫的時間。接著，詞人筆鋒一轉，「聞道若耶溪上，淥水漾明沙。為憶吳宮情事，驀地養娘來至，羞臉暈朝霞。忙向屏山畔，背過鬢邊鴨。」是虛寫，也是詞人的再造想像。換言之，詞人大膽設想余氏繡畫之際，若有所思地憶起西施與吳王之情事，隨著婢女驟至，余氏驚嚇羞愧之餘，趕緊做出「忙向屏山畔，背過鬢邊鴨。」的行為反應。就常理判斷，余氏創作此圖時，詞人並不在場，因此，這段文字並非寫實，顯然只是詞人觀畫後，為豐富畫面意義，所採取的一種文學虛構筆法。下闋，透過詞人眼睛，進一步地想像余氏繡畫時的心境起伏，「一春愁，三月雨，滿欄花。西施未嫁，當初情緒記些些。」描述在春天三月繁花盛開、雨絲連綿的季節裡，繡畫的余氏不禁想起西施未嫁吳王前的心情，想到這，余氏不免有所感傷，「靠著繡牀又想，拈著鴛針又放」，暫時陷入了無盡飄渺的幽思中。有別於其他作品，詞人並不強調西施浣紗圖的內容，可以發現的是畫中「西施」的女子形象十分模糊，全篇反而將書寫重心擺在繡畫者——余氏女子身上，以旁觀者的角度，運用虛構的想像，揣摩創作者余氏繡畫的過程與心情寫照，可說是陳維崧仕女題畫詞中一首相當特殊的作品。

再看〈荊州亭・題扇上琵琶行圖〉：

> 苦竹黃蘆想像，湓浦潯陽怊悵。半幅小丹青，畫出東船西舫。
>
> 白傅青衫已在，商婦琵琶猶響。無限斷腸聲，只在行間紙上。
> 〔註60〕

---

〔註59〕《吳越春秋》卷9〈句踐陰謀外傳・句踐十二年〉：「十二年，越王謂大夫種曰：『孤聞吳王淫而好色，惑亂沈湎，不領政事，因此而謀，可乎？』種曰：『可破。夫吳王淫而好色，宰嚭佞以曳心，往獻美女，其必受之。惟王選擇美女二人而進之。』越王曰：『善。』乃使相者國中得苧蘿山鬻薪之女，曰西施、鄭旦。飾以羅穀，教以容步，習於土城，臨於都巷。三年學服而獻於吳。」（漢）趙曄：《吳越春秋》（台北：世界書局，1967 年 9 月再版），頁 249。

〔註60〕清・陳維崧：《迦陵詞全集》卷 3，收錄在《陳迦陵詩文詞全集》（四部叢刊・初編・集部）（臺北：商務，1979 年出版），頁 367。

〈琵琶行〉乃唐代詩人白居易寫過的著名詩篇，作於唐憲宗元和十一年（816），當時白居易四十五歲，任江州司馬〔註61〕，主要內容乃描寫自己與琵琶女邂逅相遇的過程，並藉此抒發自己與琵琶女同病相憐的不幸遭遇。從其題序可知，此作品乃針對此事而寫。面對眼前畫作，詞人首先化用琵琶行詩文，以「苦竹黃蘆想像。溢浦潯陽怊悵。」〔註62〕描述白居易貶謫潯陽後的困苦環境與不幸遭遇。簡單兩語交代畫作背景後，詞人將審美視角再度拉回畫面，雖然僅見「東船西舫」，不過，卻暗指白居易與歌女的相遇，此處歌女與白居易的形象並沒有太多著墨，皆一筆模糊帶過。下闋，「白傅青衫已在。商婦琵琶猶響。無限斷腸聲，只在行間紙上」是詞人的自我想像。換言之，詞人在觀畫過程中，無意識地突然短暫抽離現實世界，陷入一種如夢般的幻境，彷彿眼前真的看見白居易，真的聽見歌女的琵琶聲。而這樣的筆法，不僅使畫面頓時生動起來，最後「無限斷腸聲，只在行間紙上。」更為畫作增添無限想像。

　　整體來說，陳維崧針對歷史上熟悉女性進行觀看題寫的作品，僅上述兩首，大部分觀看題寫的主角多為不知名女子，如〈菩薩蠻·題青谿遺事畫冊〔註63〕，同鄒程邨、彭金栗、王阮亭、董文友賦八首。〉，從菩薩蠻八首內容來看，畫冊當寫仕女生活。以下茲舉二首為例：

　　　　銀河斜墜光如雪，碧虛淺浸天邊月。月色太嬋娟，行來剛並肩。　　闌干渾倚倦，小漾裙花茜。風細語難聞，亭亭雙璧人。（私語）〔註64〕

這是詞組中第三首作品，描寫兩個美人月下私語的情景。「銀河斜墜光如

---

〔註61〕元和十年，藩鎮李師道、王承宗遣人到長安刺殺宰相武元衡。白居易上疏請急補賊，以雪國恥，為執政者所惡，以莫須有的罪名貶江州司馬。梁鑒江選注：《中國歷代詩人選集⑭白居易詩選》（台北：遠流出版社，1988年7月初版），頁4。

〔註62〕〈琵琶行〉：「我從去年辭帝京，謫居臥病潯陽城。潯陽地僻無音樂，終歲不聞絲竹聲。住近溢江地低濕，黃蘆苦竹繞宅生。」梁鑒江選注：《中國歷代詩人選集⑭白居易詩選》（台北：遠流出版社，1988年7月初版），頁177。

〔註63〕青溪遺畫冊作者不詳。青溪，在江蘇南京市東北。溪九曲，淺玄武湖水，南與秦淮河相接。清溪一帶為南朝望族聚居之地（見京都記）。從菩薩蠻八首內容來看，畫冊當寫仕女生活。梁鑒江：《陳維崧詞選注》（上海：上海古籍出版社，1990年9月初版），頁33。

〔註64〕清·陳維崧：《迦陵詞全集》卷2，收錄在《陳迦陵詩文詞全集》（四部叢刊·初編·集部）（臺北：商務，1979年出版），頁360。

雪。碧虛淺浸天邊月。」點出了畫面時間與環境，在銀河斜墜、月色皎潔的夜晚裡，僅見兩位美人，並肩漫步而行，至於女子樣貌究竟如何，顯然並非陳維崧關心之事。下闋，詞人進一步以「闌干渾倚倦。小漾裙花茜。風細語難聞。」描寫兩人倚靠欄杆談話情景，此時晚風徐徐，微風漾起女子紅裙之餘，也將兩人細語對話的聲音吹散了。整首詞作，運用視覺摹寫，著重刻畫兩位女子當時所處的環境氛圍和人物情態，究竟兩人說些什麼內容呢？詞人最後則以「風細語難聞」委婉地帶過，為畫面保留更多的想像空間。

另外，又如：

> 梨花簌簌飛紅雪，狸奴夜撲氍毹月。物也解雄雌，教奴恣意窺。　　潛蹤殊未慣，猛被蕭郎看。羞走暈春潮，門邊落翠翹。（潛窺）〔註65〕

這是詞組中第七首作品，首句「梨花簌簌飛紅雪」點出了畫中女子身處的環境，在梨花漫天飛舞之際，這位女子卻意外發現「狸奴夜撲氍毹月」，面對眼前所見，不禁萌生春心，恣意潛窺。下片，著重刻畫女子潛窺遭人發現的反應，「潛蹤殊未慣。猛被蕭郎看。」兩句屬於因果關係，說明因自己不擅隱藏，導致於被人發現，字裡行間，表露出女子內心的懊惱。然這樣的後悔，似乎夾雜著更多的情緒，「羞走暈春潮，門邊落翠翹」，帶出了女子慌張之餘的羞愧。不難發現，整首詞作，女子的形貌仍舊忽略，所關注的盡是女子當下的行為舉止，不過，也因為這樣的文字鋪陳，因此更能將人性中難以克制的慾望以及女子不知所措心理狀態，刻畫地淋漓盡致。

又如〈行香子・為李武曾〔註66〕題扇上美人，同弟緯雲賦。〉：

> 煙樣羅裯。月樣銀鉤。人立處、風景全幽。誰將紈扇，細寫風流。
> 有一分水，一分墨，一分愁。　　天街似水，迢迢涼夜，十年前、事

---

〔註65〕 清・陳維崧：《迦陵詞全集》卷2，收錄在《陳迦陵詩文詞全集》（四部叢刊・初編・集部）（臺北：商務，1979年出版），頁360。

〔註66〕 《清史列傳》卷71〈文苑二〉：「李良年，字武曾，亦秀水人。諸生。生有儁才，與兄繩遠、弟符，並著詩名，時稱『三李』。……詩初學唐人，持格律甚嚴。……詞不喜北宋，愛姜堯章、吳君特，所作頗似之。古文長於議論，為長洲汪琬所推許。生平游踪遍天下，後至京師，舉博學鴻儒科，罷歸。……著有《秋錦山房集》。」清國史館原編：《清史列傳》第9冊（台北：中華書局，1962年3月初版），頁3。

上心頭。雙飄裙帶，曾伴新秋。在那家庭，那家院，那家樓。〔註67〕

首兩句以「煙樣羅襦。月樣銀鉤。」起筆，率先點出扇中美人所處的氛圍。接著，面對眼前所見，「誰將紈扇，細寫風流。」一語道出詞人內心的疑問，字裡行間，反映了作為一個觀畫主體，在面對陌生客體時，常有的心情寫照。「有一分水，一分墨，一分愁。」乃詞人展扇後的自我體會，而這樣的體會，亦成為下片內容的伏筆。下闋，詞人進而擴大自己想像，「天街似水，迢迢涼夜，十年前、事上心頭。雙飄裙帶，曾伴新秋。在那家庭，那家院，那家樓。」是詞人對畫中女子內心情感的揣摩。在詞人眼中，這位女子彷彿若有所思，心事重重，夜晚的涼意，勾起了女子對往事的回憶與孤獨。整體而言，陳維崧不強調扇中美人的外表形貌，反而著重側寫美人在幽靜氛圍中的孤寂感。除了首四句，是針對畫面氛圍書寫，其餘皆透過詞人自我感受，帶入豐富的想像力，讀來韻味無窮。

再看〈海棠春・題美女圖，為閨人稱壽。〉：

> 智瓊年小逢珍偶。多少事，燈前酒後。夜合自開花，搖動珠簾口。　　檀奴戲覓南朝手。圖倩女，為娘稱壽。一笑溜橫波，媚麼紅於酒。〔註68〕

從其題序，可知這是一首祝壽之作。上片作者首先描寫閨人嫁得良人、婚姻美滿的幸福姿態，在夫妻和樂的基礎上，作者接著以「檀奴戲覓南朝手，圖倩女、為娘稱壽」稱讚的口吻，道出美女圖的背景。此處「檀奴」化用潘岳的典故〔註69〕，潘岳小字檀奴，容貌姣好，風度翩翩，為當時眾多女子心嚮往的對象，後來借指對夫婿或喜歡的人之美稱。由此可見，美女圖的完成，隱藏著夫婿對閨人滿滿的愛意。整首詞作，在祝壽的前提下，陳維崧對於圖像女子樣貌與形象，並無過多描述，反而著重強調閨人覓得良緣與被受夫婿呵護的幸福感。

總結上述，對於陳維崧仕女題畫詞討論，簡單歸納如以下表格：

---

〔註67〕清・陳維崧：《迦陵詞全集》卷7，收錄在《陳迦陵詩文詞全集》（四部叢刊・初編・集部）（臺北：商務，1979年出版），頁395。

〔註68〕清・陳維崧：《迦陵詞全集》卷3，收錄在《陳迦陵詩文詞全集》（四部叢刊・初編・集部）（臺北：商務，1979年出版），頁368。

〔註69〕《世說新語》下卷〈容止〉：「潘岳妙有姿容，好神情。少時挾彈出洛陽道，婦人遇者，莫不連手共縈之。」（南朝）劉義慶撰、劉孝標注：《世說新語》上冊（北京：中華書局，1999年2月初版），頁385。

| 類別 | 詞人的<br>審美觀照 | 作品<br>題寫對象 | 討論作品範例 |
|---|---|---|---|
| 仕女 | 霧裡看花、<br>若明若暗 | 歷史熟悉女<br>子 | 〈水調歌頭・題余氏女子繡西施浣紗圖，爲阮亭<br>賦。〉、〈荊州亭・題扇上琵琶行圖〉 |
| | | 陌生不知名<br>女子 | 〈菩薩蠻・題青谿遺事畫冊，同鄒程邨、彭金栗、<br>王阮亭、董文友賦八首。〉、〈行香子・爲李武曾<br>題扇上美人，同弟緯雲賦。〉、〈海棠春・題美女<br>圖爲閨人稱壽〉 |

　　根據上述討論內容，關於陳維崧仕女題畫詞作，大致可歸納出以下四點重點：第一，詞人觀畫題寫的對象，可分爲「歷史人物」與「陌生不知名」兩類，其中又以「陌生不知名」的女子居多。第二，陳維崧觀畫對象無論是歷史人物或者陌生女子，陳維崧皆採取「霧裡看花、若明若暗」的審美觀照，使仕女題畫詞所呈現的畫中女子形貌模糊不清，顯現出另一種模糊美。第三，當詞人觀看題寫對象爲「歷史熟悉」女子時，如〈荊州亭・題扇上琵琶行圖〉、〈水調歌頭・題余氏女子繡西施浣紗圖，爲阮亭賦。〉雖然詞人在內容上仍不脫歷史定位影響，投射自己對畫中女子客觀關懷，不過，詞人卻巧妙運用虛構想像的筆法，或揣摩余氏繡畫過程與心情起伏，或融入琵琶女的斷腸聲，爲畫面增添不少豐富色彩。第四，當詞人觀看題寫的對象爲「陌生不知名」女子時，詞人維持一貫疏離的態度，融入自我的詮釋，隨著觀看對象的不同姿態與題畫的不同目的，擴大了各種題寫可能，或孤獨相思、或閒愁、或人物風姿、或側寫女子動作行爲或交代畫作背景的陳述等等，換言之，詞人在沒有歷史記憶的包袱下，詞作內容也呈現出多元的面貌。

## 三、民間傳說人物——虛幻奇詭、躍然紙上

　　在陳維崧人物題畫詞中，觀畫對象有些是民間傳說人物，這些人物的原型，多虛幻奇詭，通常來自民間或文人創作，隨著中國傳統文化的流變與文人的穿鑿附會，逐漸蛻變定型。換言之，這類題畫詞的對象部分便來自「詩意圖」〔註70〕的再現。現今作品有以下4首：〈高陽臺・題余氏女子繡高唐神

〔註70〕　所謂「詩意圖」，又稱「詩畫」、「詩圖」，是以詩文爲題材，表達詩文內涵的繪畫。「題詩意圖詩」，顧名思義，即是關於詩意圖的題詠。……「詩意圖」有特定的單一文學文本作依據，除了敘述文學作品的內容，並闡發其意涵與意趣，以達畫中物象與詩文情致交融之境。衣若芬：《觀看、敘述、審美——唐宋題畫文學論集》（台北：中央研究院文哲所，2004年6月初版），頁266。

女圖，爲阮亭賦。〉、〈多麗·題余氏女子繡陳思洛神圖，爲阮亭賦。〉、〈念奴嬌·戲題終葵畫（鍾馗，一名終葵。）〉、〈瀟湘逢故人慢·題余氏女子繡柳毅傳書圖，爲阮亭賦。〉先看〈多麗·題余氏女子繡陳思洛神〔註71〕圖，爲阮亭賦。〉：

> 問多情，今古誰堪雄長。也無如、曹家天子，西陵臺上虛帳。更傳聞、東阿子建，少年情緒駘蕩。水上明珠，波間翠羽，洛神一賦，神飛魂愴。只一事、家王薄行，誰對中郎將。恐他日、黃鬚兒子，亦起非望。　又翦出、輕雲態度，繡成流雪情狀。歡香閨、一雙纖手，比似文心誰瑜亮。便使當年，袁家新婦，自臨明鏡圖嬌樣。也還怕、傳神阿堵，宛轉須相讓。凝眸處、婀娜華容，千秋無恙。〔註72〕

〈陳思王洛神圖〉這幅繡畫，再現了曹植〈洛神賦〉的文學內容。首二句以「問多情，今古誰堪雄長。」懸問的口吻起筆，引人深思。接著「也無如、曹家天子，西陵臺上虛帳。」點出了詞人心中的答案。「更傳聞」三字，承上啓下，藉此烘托畫面主角——曹植的出場，「東阿子建，少年情緒駘蕩。水上明珠，波間翠羽，洛神一賦，神飛魂愴。」簡單幾語，娓娓道出畫作背景。換言之，〈洛神賦〉乃曹植途經洛水時，有感而作〔註73〕，內容描述自己與洛神相遇後一見傾心，此圖即重現兩人相遇的畫面。「只一事、家王薄行，誰對中郎將。恐他日、黃鬚兒子，亦起非望。」暗指曹植的失寵，根據歷史記載，曹操在世其間，對曹植的才能頗爲欣賞，原本打算將曹植立爲太子，但礙於曹植的任性而行，後改立曹丕爲太子。下闋，詞人筆鋒一轉，改而稱讚余氏女子的繡畫功力，「傳神阿堵」說明了余氏高超的繡畫技巧，不僅繡出畫中洛神逼眞模樣，亦以「凝眸處、婀娜華容，千秋無恙。」精準地再現了洛神的神情意態。整體而言，詞人觀畫之際，除了補充與畫面相關的歷史資料，另一方面也高度推崇了余氏的刺繡功力。

再看〈念奴嬌·戲題終葵畫（鍾馗，一名終葵。）〉：

〔註71〕 洛神，是指傳說中宓犧氏之女宓妃。相傳宓妃溺死於洛水，化爲洛水之神，謂之洛神。曹海東注譯、蕭麗華校閱：《新譯曹子建集》（台北：三民書局，2003 年 10 月出版），頁 55。

〔註72〕 清·陳維崧：《迦陵詞全集》卷 30，收錄在《陳迦陵詩文詞全集》（四部叢刊·初編·集部）（臺北：商務，1979 年出版），頁 588。

〔註73〕 〈洛神賦〉：「黃初三年，余朝京師，還濟洛川。古人有言，斯水之神名曰宓妃。感宋玉對楚王說神女之事，遂作斯賦。」曹海東注譯、蕭麗華校閱：《新譯曹子建集》，台北：三民書局，2003 年 10 月出版，頁 55。

誰將醉墨，潑長箋寫作，十分奇詭。觸鼻魋肩形狀寢，風刮鬢
毛攢蝟。空驛啼杉、頹崖嘯葛，目欲營天地。三閭呵壁，荒唐情態
如是。　　　休只破宅蹣跚，荒江狼犺，幽宵尋魑魅。鼎鼎試看朝市
上，何限揶揄之子。臥者爲尸，坐而成家，擇肉須來此。笑渠笨伯，
翻愁鬼以公戲。〔註74〕

這首作品主要針對鍾馗而寫，鍾馗〔註75〕是中國民間信仰中，素以役鬼爲人
尊敬的傳說人物。上闋詞中，詞人總覽畫面整體，潑墨的畫法，讓畫面呈現
奇詭隨性的風格。而這樣的風格，顯然十分吻合畫中主角鍾馗豪邁狂放的特
性。面對眼前畫作，詞人首先從鍾馗醜陋的外貌寫起，「觸鼻魋肩形狀寢，風
刮鬢毛攢蝟。」側寫鍾馗鼻、肩、鬢毛的樣貌；其次則以「目欲營天地。三
閭呵壁」形容犀利的眼神以及響亮的聲音。下闋，詞人一改以往對於鍾馗威
勢的印象，賦予鍾馗滑稽的性格，「幽宵尋魑魅。鼎鼎試看朝市上，何限揶揄
之子。臥者爲尸，坐而成家，擇肉須來此。」詞人以語帶幽默詼諧的口吻，
爲鍾馗塑造出維護人間安危，驅鬼、啖鬼的形象。全詞最後，詞人維持一貫
筆調，藉「笑渠笨伯，翻愁鬼以公戲。」大開鍾馗玩笑，呼應了題序「戲題」
二字。此首作品，徹底打破以往對鍾馗嚴肅印象的描寫，透過詞人輕鬆自然
的審美觀照，拉近鍾馗與讀者的距離。

再看〈瀟湘逢故人慢·題余氏女子繡柳毅傳書圖，爲阮亭賦。〉：

龍綃一幄，有靈芸針線，刺鳳描鸞。秋水漾波瀾。正洞庭歸客，
憔悴思還。牧羊龍女，恰相逢、雨鬢風鬟。看多少、沙明水碧，一
天愁緒漫漫。　　　卻又早，來橘浦，見兒家、綃宮璇闥生寒。貴主
下雲端。更箱開青玉，珀映紅盤。海天良夜，論恩情、可似人間？

---

〔註74〕清·陳維崧：《迦陵詞全集》卷18，收錄在《陳迦陵詩文詞全集》（四部叢刊·
　　　初編·集部）（臺北：商務，1979年出版），頁469。
〔註75〕鍾馗信仰的流行，至少在唐代初年即已存在。成書於唐中宗神龍二年（706）
　　　的韻書，王仁煦的切韻裡就有「鍾馗，神名」的記載。玄宗時代的大臣張說
　　　也曾寫過「謝賜鍾馗及歷日表」……胡萬川：《鍾馗神話與小說之研究》（台
　　　北：文史哲出版社，1980年5月初版），頁12。歷來文獻有關鍾馗故事的記
　　　載，以北宋年間沈括夢溪筆談補筆談爲最早，在補筆談所載的那篇故事中，
　　　說鍾馗是玄宗時代人，爲武舉不第的舉人，先後顯靈託夢於玄宗，爲玄宗驅
　　　殺了作祟致病的虛耗小鬼，玄宗夢醒之後病癒，即命吳道子畫鍾馗圖像，於
　　　歲除之際懸掛，因此日後家家祀奉鍾馗。胡萬川：《鍾馗神話與小說之研究》
　　　（台北：文史哲出版社，1980年5月初版），頁2。

繡到此、料應長歎，眉峰斜蹙湘山。〔註76〕

〈柳毅傳書〉是改編自唐傳奇〈柳毅傳〉的一部元雜劇作品，此幅繡畫乃再現柳毅傳書救龍女的過程。詞人首先將觀畫視線落在柳毅與龍女的相遇場景，「正洞庭歸客，憔悴思還。牧羊龍女，恰相逢、雨鬢風鬟〔註77〕。看多少、沙明水碧，一天愁緒漫漫。」委婉地點出落第後的柳毅歸途中與牧羊龍女邂逅，聞龍女婚姻不幸之事。下闋，詞人並未依循畫面脈絡，對柳毅如何傳書洞庭解救龍女的過程，有詳細介紹，反而僅以重點式筆法提點柳毅至龍宮、龍女下凡二事，「貴主下雲端。更箱開青玉，珀映紅盤。」暗指龍女對救命恩人柳毅念念不忘，知恩圖報，最後化爲人間女子，嫁給柳毅。對於龍女恩情相報，最後有情人終成眷屬的結局，詞人心有所感，想到世間人的薄情相待，最後不免也以「繡到此、料應長歎，眉峰斜蹙湘山」猜測繡畫者當時的心境。

總結上述，對於陳維崧民間傳說人物題畫詞討論，簡單歸納如以下表格：

| 類別 | 作品的審美特色 | 作品題寫對象 | 討論作品範例 |
|---|---|---|---|
| 民間傳說人物 | 虛幻奇詭、躍然紙上 | 陳思洛神圖、終葵畫、柳毅傳書圖 | 〈多麗‧題余氏女子繡陳思洛神圖，爲阮亭賦。〉、〈念奴嬌‧戲題終葵畫（鍾馗，一名終葵。）〉、〈瀟湘逢故人慢‧題余氏女子繡柳毅傳書圖，爲阮亭賦。〉 |

不難發現，儘管民間傳說人物題畫詞，是陳維崧人像題畫詞中數量最少的，不過詞人對於畫作背景重點式的補充，以及特殊的觀照書寫，卻讓這類作品，有別於寫眞與仕女題畫詞，爲中國傳統民俗文化留下了珍貴的傳承資料。其次，從作品的審美特色而言，陳維崧巧妙點染了文學文本中人物的虛幻奇詭，由文字到圖象，再從圖象創造出文字，經由層層轉譯下，使虛幻的傳說人物重新躍然紙上。

## 第二節　自然景觀類

陳維崧的題畫詞作中，除了人物題畫詞之外，亦有自然景觀題畫詞，值得關注。以下茲就「動植物」、「四時風景」作個別深入地討論。

---

〔註76〕清‧陳維崧：《迦陵詞全集》卷22，收錄在《陳迦陵詩文詞全集》（四部叢刊‧初編‧集部）（臺北：商務，1979年出版），頁499。
〔註77〕語出唐‧李朝威〈柳毅傳〉：「昨下第，閒驅涇水右涘，見大王愛女牧羊於野，風鬟雨鬢，所不忍視。」風鬟雨鬢乃形容女子頭髮蓬鬆散亂。

## 一、動植物——託物寄興、自然意象

在動植物題畫詞作中，從數量來看，動物類的作品遠不及植物類作品，僅有〈賀新郎·作家書竟題范龍仙書齋壁上蘆雁圖〉、〈歸田樂引·題王石穀晴郊散牧圖〉二首。首先茲舉〈賀新郎·作家書竟，題范龍仙書齋壁上蘆雁圖。〉：

> 漏悄裁書罷。繞廊行、偶然瞥見，壁間小畫。一派蘆花江岸上，白雁濛濛欲下。有飛且鳴而悲者。萬里重關歸夢杳，拍寒汀、絮盡傷心話。捱不了，淒涼夜。　　城頭戍鼓剛三打。正四壁、人聲都靜，月華如瀉。再向丹青移燭認，水墨陰陰入化。恍嚦嚦、枕稜窗罅。曾在孤舟逢此景，便畫圖、相對心猶怕。君莫向，高齋掛。〔註78〕

這是一首藉畫抒情的作品，范必英〔註79〕，又字龍仙，江蘇吳縣人，此首作品乃作者客舍吳縣時所作〔註80〕，「漏悄裁書罷」回溯了當時情況，夜裡書竟後起身繞廊而行，沒想到竟偶然瞥見壁間小畫。這段與蘆雁圖的不期而遇，讓詞人與畫作有了近距離的接觸，接著詞人轉寫當時畫中所見——岸邊汀洲的蘆花與白雁降落起飛，而「白雁」孤獨漂泊的自然意象，讓詞人不禁聯想自己離家多年，一股鄉愁不自覺湧上心頭。下闋詞中，詞人從畫面抽離出來，「城頭戍鼓剛三打。正四壁、人聲都靜」，紀錄了當時所處的時間與環境，寂靜的夜，似乎讓詞人更覺得感到寂寞了。「恍嚦嚦、枕稜窗罅，曾在孤舟逢此景」是詞人對於昔日記憶中場景的虛寫，畫作的一切，讓詞人產生似曾相識的錯覺，觀畫之餘，觸景傷情，只好以「君莫向，高齋掛」玩笑口吻向范龍仙提出無理的要求。字裡行間，隱約透露出詞人多年孤舟漂泊之悲苦。

---

〔註78〕清·陳維崧：《迦陵詞全集》卷26，收錄在《陳迦陵詩文詞全集》（四部叢刊·初編·集部）（臺北：商務，1979年出版），頁528。

〔註79〕民國《吳縣志》卷66《列傳四》：「范必英，字秀實，初名雲威。……順治丁酉舉順天鄉試，康熙己未以博學鴻詞徵授檢討，纂修《明史》。分纂事畢，即謝病歸。居鄉廉靜，罕至公府。家有萬卷樓，藏書豐富，日誦讀其間。凡禮樂刑政兵農水利之書及文章家源流高下，歷歷能指數。所為詩古文詞，綺麗雅馴。」吳秀之等修、曹允源等纂：民國《吳縣志》（三）（台北：成文出版社，1970年出版），頁1188。又《清人室名別稱字號索引》：「范必英字龍仙、秀實，自號芝蘭堂、杜圻山人、萬卷樓、野野翁等。楊廷福、楊同甫編：《清人室名別稱字號索引》（上海：上海古籍出版社，1988年出版），頁1193。

〔註80〕根據陸勇強《陳維崧年譜》一書考證，康熙四年秋，陳維崧於揚州客舍遇范必英。陸勇強：《陳維崧年譜》（北京：中國社會科學出版社，2006年9月初版），頁219。

至於植物題畫詞作，從題寫對象可分爲以下幾類：（一）梅花——〈沁園春‧題徐渭文鍾山梅花圖，同雲臣、南耕、京少賦〉、〈金明池‧臬署寒夜，展鵾紅女史梅花畫扇感賦。〉（二）牡丹花——〈菩薩蠻‧爲竹逸題徐渭文畫紫牡丹〉、〈百字令‧題徐晉遺表弟所畫牡丹圖，並以誌悼。（時正是花大放。）〉（三）歲寒圖——〈菩薩蠻‧吳門將歸，爲姜學在題歲寒圖。〉、〈阮郎歸‧爲靈雛題畫〉（四）其他——〈虞美人‧題徐渭文畫花卉翎毛便面（扇畫虞美人花卉蛺蝶）〉、〈采桑子‧題畫蘭小冊（蘭爲橫波夫人所繪）（共二首）〉、〈賀新郎‧題大司農五苗圖（梁蒼巖先生夢人貽宋繡一幅，長松千尺下苗五苗，是歲先生第五郎生，因名苗哥，戊午秋，先生招飲邸舍，苗哥出揖，屬爲此詞。）〉、〈齊天樂‧題松萱圖，爲姜西溟母夫人壽。〉限於篇幅，僅舉以下幾首析論之，先看〈沁園春‧題徐渭文鍾山梅花圖〔註81〕，同雲臣、南耕、京少賦。〉：

> 十萬瓊枝，矯若銀虯，翩如玉鯨。正困不勝煙，香浮南內，嬌偏怯雨，影落西清。夾暗亭臺，接天歌板，十四樓中樂太平。誰爭賞，有珠璫貴戚，玉佩公卿。　　如今潮打孤城。只商女船頭月自明。歎一夜啼鳥，落花有恨，五陵石馬，流水無聲。尋去疑無，看來似夢，一幅生綃淚寫成。攜此卷，伴水天閒話，江海餘生。〔註82〕

這是一首唱和之作，主要以畫面鍾山〔註83〕梅花盛況，寄託亡國的悲痛。上闋首三句，「十萬瓊枝，矯若銀虯，翩如玉鯨」描寫梅花盛開的景象，此處運用譬喻手法，「銀虯」、「玉鯨」用來比擬枝幹盤折飛舞。接著，詞人從不同角度細寫梅花，首先以「正困不勝煙」、「嬌偏怯雨」形容梅花瘦弱嬌羞的風韻；其次，「影落」、「香浮」化用林逋詠梅名句「疏影橫斜水清淺，暗香浮動月黃昏」，細寫花影與花香，此處的「南內」、「西清」〔註84〕借代鍾山附近的明朝

---

〔註81〕康熙十年（1671）間，徐渭文去南京，陳維崧有《贈徐渭文序》，囑這位「以詩文書畫自表異者」應一訪「畸人而隱於繪事」者如龔半千等，言外之意顯然，此遊有一弔故國之意。徐氏歸，成《鍾山梅花圖》，旋即在陽羨詞人間掀起一場題詠殆遍的憑弔活動。嚴迪昌編：《金元明清詞精選》（江蘇：江蘇古籍出版社，1992年12月出版），頁169。

〔註82〕清‧陳維崧：《迦陵詞全集》卷24，收錄在《陳迦陵詩文詞全集》（四部叢刊‧初編‧集部）（臺北：商務，1979年出版），頁518。

〔註83〕鍾山，又名紫金山，其西南麓即朱元璋「孝陵」所在處，明孝陵前有梅花山，所謂「十萬瓊枝」嬌嬈地。嚴迪昌：《陽羨詞派研究》（濟南：齊魯書社，1993年2月初版），頁127。

〔註84〕南內——宮禁稱爲大內。唐以大明宮爲東內，興慶宮爲南內，太極宮爲西內。此借指明朝南京的宮殿。南京爲明初首都，以後則爲陪都。西清——宮內遊

宮殿。詞人透過鍾山梅花的描寫，將時間拉回歷史——明初開國極盛時期，使鍾山梅花與明朝定都南京的歷史意象作更緊密的結合。彷彿時空回到開國之初，隨後詞人由宮殿轉移至秦淮河兩岸風景，「夾暗亭臺，接天歌板，十四樓〔註85〕中樂太平。」回溯明初秦淮河畔歌舞昇平的太平景象。「誰爭賞，有珠璫貴戚，玉佩公卿。」遙想當時王宮貴族爭相賞梅的盛況，字裡行間頗有暗諷誤國之意。下闋，「如今」二字，將時空拉回現在，並以「潮打空城」〔註86〕、「商女船頭自月明」〔註87〕的典故，暗示明朝的滅亡。亡國的事實，讓詞人不禁感嘆「一夜啼烏，落花有恨」、「五陵〔註88〕石馬，流水無聲」，將自己對於落花與亡國的恨意融為一體。全詞最後，詞人抒發自我觀畫感受，「尋去疑無，看來似夢」描述自己展畫觀看時，對於生發人事無常、興亡如夢的迷茫恍惚，在無力改變之餘，只好「攜此卷，伴水天閒話，江海餘生。」可想而知，亡國之後，陳維崧內心有多麼沉重。

又如〈金明池·梟署寒夜，展鵾紅女史梅花畫扇感賦。〉：

> 歷歷殘更，沉沉深院，坐冷官齋樺燭。簷雨滴、人聲漸悄，又廊外、茶響將熟。想外邊、片片瓊英，都解向、紅板橋南堆簇。悵何計尋香，無聊展畫，小檢齊紈零幅。　　遙憶粉娥調脂盝，恰和淚勻鉛，忍寒皴綠。簪花格、紅欹翠弱，沒骨繪、神全韻足。料霜毫、寫欲成時，襯纖月如銀，斜支臂玉。且吟弄空花，摩挲秋扇，也算探梅林麓。〔註89〕

---

宴之處。梁鑒江：《陳維崧詞選注》（上海：上海古籍出版社，1990年9月初版），頁146。

〔註85〕十四樓——明洪武年間南京官妓所居的十四座樓。計有：來賓、重譯、清江、石城、鶴名、醉仙、樂名、集賢、謳歌、輕煙、淡粉、梅妍、柳翠。梁鑒江：《陳維崧詞選注》（上海：上海古籍出版社，1990年9月初版），頁146。

〔註86〕潮打空城——語出劉禹錫〈石頭城〉詩：「山圍故國周遭在，潮打空城寂寞回。」這句襲用劉禹錫詩語，寄託作者的憑弔之情。梁鑒江：《陳維崧詞選注》（上海：上海古籍出版社，1990年9月初版），頁146。

〔註87〕商女——賣唱的歌女。這句化用杜牧〈泊秦淮〉詩：「煙籠寒水月籠沙，夜泊秦淮近酒家。商女不知亡國恨，隔江猶唱《後庭花》！」梁鑒江：《陳維崧詞選注》（上海：上海古籍出版社，1990年9月初版），頁146～147。

〔註88〕五陵——長陵、安陵、陽陵、茂陵、平陵。西漢五個皇帝的陵墓。在渭水北岸今咸陽市附近。此借指鍾山（紫金山）南麓獨龍阜玩珠峰下的明孝陵。梁鑒江：《陳維崧詞選注》（上海：上海古籍出版社，1990年9月初版），頁147。

〔註89〕清·陳維崧：《迦陵詞全集》卷29，收錄在《陳迦陵詩文詞全集》（四部叢刊·初編·集部）（臺北：商務，1979年出版），頁553。

這是一首詞人於夜晚觀扇畫有感，屬託物寄興的作品。上闋詞中，詞人明白點出所處的時間與周遭環境，殘更、深院、樺燭、雨滴、廊外、茶響、瓊英、紅板橋，構成了一股特殊的氛圍，讓身處其中的詞人，心情有了微妙的化學變化，惆悵無法外出賞梅之餘，姑且無聊展畫。下闋，詞人轉寫鵑紅畫扇梅花的丰姿，先以「簪花格、紅欹翠弱」寫其外貌，後以「沒骨繪、神全韻足」寫其神韻。龔靜照，字冰輪，號鵑紅，無錫人，自號永愁人。工詩，善畫，尤精於花卉。龔靜照的善畫，讓詞人展畫的當下，彷彿親眼看見了梅花，因此，儘管有著「吟弄空花，摩挲秋扇」的體悟，但卻讓詞人在惆悵的夜晚，得以感受「探梅林麓」的一絲安慰。

再看〈齊天樂‧題松萱圖，為姜西溟母夫人壽。〉：

> 憑誰細研吳綾滑，貞松皺來蒼窅。鬣可擎雲，濤偏沸雨，只伴疏梅衣縞。霜零雪嬌。兒著得書成，龍麟暗老。十載飄蓬，枝頭飛去翠禽小。　　鄉關悄然回首，小橋新月下，茅屋偏好。肱被輕分，江魚遠致，長祝歲寒相保。清愁未了。再添筆紅萱，欄邊斜裊。擬答春暉，此心慚寸草。〔註90〕

此首詞作，祝壽對象是姜宸英〔註91〕的母親。姜宸英為陳維崧於京城交遊的友人之一，除了這首作品，亦有〈賀新涼‧送姜西溟入都〉與〈賀新涼‧送西溟南歸，和容若韻〉，皆顯示了兩人交誼的事實。整首詞作，一開始以寫景入筆，詞人觀畫視角著重在貞松的蒼窅，並以雲、雨、霜雪加以襯托。自古以來，松即有長壽的象徵，因此，以松入畫祝賀長輩，深具意義。接著詞人由寫景轉為敘事，描寫姜母過往生活飄蓬與養兒的辛苦，在歲月摧殘下，如今已「龍麟暗老」，字裡行間娓娓道出姜母的堅貞與偉大。稱讚之餘，詞人又於下闋以「長祝歲寒相保」表達自己祝壽的心意，「再添筆紅萱，欄邊斜裊」，詞人最後再度將視角拉回畫面，古人以萱草與母親意象相互結合，「擬答春暉，此心慚寸草」一語道盡父母恩情深重，子女即使竭盡心意，也難以報答

---

〔註90〕清‧陳維崧：《迦陵詞全集》卷21，收錄在《陳迦陵詩文詞全集》（四部叢刊‧初編‧集部）（臺北：商務，1979年出版），頁491。

〔註91〕《清史稿校註》卷491列傳271〈文苑一〉：「姜宸英，字西溟，慈溪人。……績學工文辭，閎博雅健。累躓於有司，而名達禁中。聖祖目宸英及朱彝尊、嚴繩孫為海內三布衣。……久之，舉順天鄉試，三十六年成進士。……明年副（李）蟠典試順天，蟠被劾遣戍，宸英亦連坐。事未白，卒獄中。……著《湛園集》、《葦間集》。」國史館清史稿校注審查委員會：《清史稿校註》第14冊（新店：國史館，1990年2月出版），頁11164。

的深刻意涵。

又如〈采桑子・題畫蘭小冊（蘭爲橫波夫人〔註92〕所繪）〉之二：

> 後堂絲管親曾醉，衮遍箏琶。舞煞蠻靴。百幅紅蘭出內家。
>
> 左徒弟子今誰在？只有章華。淪落天涯，忍看靈均九畹華。

〔註93〕

上闋關注焦點擺放在畫者顧媚，首以「後堂絲管親曾醉，衮遍箏琶。舞煞蠻靴〔註94〕。」點出畫者顧媚的身分背景。顧媚乃秦淮名妓之一，由於才貌琴藝卓然出眾，當時名號十分響亮，被人首推爲「南曲第一」。接著，詞人進一步以「百幅紅蘭出內家」點出顧媚善畫蘭之事實。下闋，詞人由畫者轉移至屈原身上，此處陳維崧採取跳躍式的書寫筆法，藉由畫面主角——蘭花，聯想至屈原。蘭花自古被譽爲君子之花，其清幽高雅的特性，在文學中常與君子高風亮節的意象相互結合。因此，儘管陳維崧眼前所見是蘭花，但不禁聯想到以蘭自居的屈原，一想到屈原身世，詞人最後不禁心有所感地發出「左徒弟子今誰在？只有章華。淪落天涯，忍看靈均〔註95〕九畹〔註96〕華。」一方面是對今日像屈原如此愛國忠貞人才不復存在的惋惜，另一方面亦沉痛地表達出自己對屈原不幸貶謫遭遇的感嘆與同情。

總結上述，對於陳維崧動植物題畫詞討論，大致可簡單歸納如以下表格：

---

〔註92〕《板橋雜記・中卷》：「顧媚，字眉生，又名眉，莊妍靚雅，風度超群。鬢髮如雲，桃花滿面；弓彎纖小，腰支輕亞，通文史，善畫蘭，追步馬守眞，而姿容勝之，推爲南曲第一。」（清）余懷著：《板橋雜記》（北京：中華書局，1985 年出版），頁 8。《中國才女》：「顧橫波初名媚，又名眉，字眉生，又字智珠，別字眉莊，號橫波，江南上元（今江蘇江寧）人。」周宗盛：《中國才女》（台北：水牛圖書出版有限公司，1981 年 10 月初版），頁 326。

〔註93〕清・陳維崧：《迦陵詞全集》卷 2，收錄在《陳迦陵詩文詞全集》（四部叢刊・初編・集部）（臺北：商務，1979 年出版），頁 361。

〔註94〕蠻靴指舞鞋，引自唐・舒元輿〈贈李翱詩〉：「湘江舞罷忽成悲，便脫蠻靴出絳帷。」

〔註95〕此指屈原，屈原名平，字原。漢王逸《楚辭章句》：「言正平可法則者，莫過於天；養物均調者，莫神於地。高平曰『原』。故父伯庸名我爲『平』以法天，字我爲『原』以法地。」據此則「正則」指公正而有法則，是彄括「平」的含義；「靈均」指靈善而平均，是彄括「原」的含義。吳福助著：《楚辭註繹》（上冊）（台北：里仁書局，2007 年 3 月初版），頁 16。

〔註96〕〈離騷〉：「我既滋蘭之九畹兮，又樹蕙之百畝」吳福助著：《楚辭註繹》（上冊）（台北：里仁書局，2007 年 3 月初版），頁 29。

| 類別 | 詞人的審美情趣 | 作品題寫對象 | 討論作品範例 |
|------|--------------|-------------|-------------|
| 動植物 | 託物寄興、自然意象 | 蘆雁圖、梅花畫扇、鍾山梅花圖、松萱圖、畫蘭小冊 | 〈賀新郎・作家書竟，題范龍仙書齋壁上蘆雁圖。〉、〈金明池・桌署寒夜，展鵑紅女史梅花畫扇感賦。〉、〈沁園春・題徐渭文鍾山梅花圖，同雲臣、南耕、京少賦〉、〈齊天樂・題松萱圖，爲姜西溟母夫人壽。〉、〈采桑子・題畫蘭小冊（蘭爲橫波夫人所繪）〉 |

　　相較於人物題畫詞的數量，動植物類題畫詞所佔比例並不多。總結而言，陳維崧動植物題畫詞中，就數量而言，植物類題畫詞遠超過動物類；就詞人表現的審美情趣而言，主要反映出「託物寄興」與「自然意象〔註97〕」兩種特色。以「託物寄興」來說，當詞人受到畫中自然物象感發時，審美客體便成爲主觀詞人寄託抒情的對象，這類作品如〈賀新郎・作家書竟，題范龍仙書齋壁上蘆雁圖。〉、〈金明池・桌署寒夜，展鵑紅女史梅花畫扇感賦。〉、〈沁園春・題徐渭文鍾山梅花圖，同雲臣、南耕、京少賦〉、〈百字令・題徐晉遺表弟所畫牡丹圖，並以誌悼。（時正是花大放。）〉等等。以「自然意象」來說，詞人書寫客觀物象時，經由融入自己的主觀情感，賦予畫中動植物，不同意象，使這些動植物蘊含著更豐富的特殊意義。這類作品如〈齊天樂・題松萱圖，爲姜西溟母夫人壽。〉中「松萱」分別有「長壽、母親」的意象；〈賀新郎・作家書竟，題范龍仙書齋壁上蘆雁圖。〉中「白雁」有「孤獨漂泊遊子」意象；〈沁園春・題徐渭文鍾山梅花圖，同雲臣、南耕、京少賦〉中「鍾山梅花」有「明初歷史」的意象；〈采桑子・題畫蘭小冊（蘭爲橫波夫人所繪）〉中「蘭花」有「君子意象」等等。

## 二、四時風景——隨物宛轉、與心徘徊

　　在陳維崧題畫詞中，除了人物題畫詞與動植物題畫詞之外，亦有幾首屬於題寫四時風景的作品，其中對畫中景物的書寫，可以明顯一窺詞人「隨物宛轉、與心徘徊」的心物交感過程。梁・劉勰《文心雕龍・物色》：

〔註97〕袁行霈〈中國古典詩歌的意象〉：「物象是客觀的，它不依賴人的存在而存在，也不因人的喜怒哀樂發生變化。但是物象一旦進入詩人的構思，就帶上了詩人主觀的色彩。這時它要受到兩方面的加工：一方面，經過詩人審美經驗的淘洗與篩選，以符合詩人的美學理想與美學趣味；另一方面，又經過詩人思想感情的化合與點染，滲入詩人的人格和情趣。經過這兩方面加工的物象進入詩中就是意象。」袁行霈：《中國詩歌藝術研究》（台北：五南圖書出版公司，1989年5月初版），頁61。

　　詩人感物，聯類不窮；流連萬象之際，沉吟視聽之區。寫氣圖貌，即隨物以宛轉，屬采附聲，亦與心而徘徊。〔註98〕

〈物色篇〉內容主要講描寫景物，劉勰率先揭示了寫景過程中創作主體與客體的關係。物是指自然物象（審美客體），心則指創作思想活動（審美主體）。隨物宛轉乃創作者對於客觀世界的用心觀察。在體察物象的基礎上，轉入個人內心的深刻體驗，加以鍛鍊、改造，繼而產生詩情，此乃所謂與心徘徊。換言之，寫景是一種由「隨物以宛轉」到「與心徘徊」之創作歷程。

　　而這樣的過程，亦反映在陳維崧題寫四時風景作品中，如：〈歸田樂引・題春郊禊飲圖〉、〈念奴嬌・冬夜聽梧軒題王右丞初冬欲雪圖〉、〈望海潮・題馬貴陽畫冊〉、〈水調歌頭・題遠公畫洞山圖，送天石北上。〉、〈賀新郎・題郎官山雪霽圖，送家伯驦還八閩。〉、〈臨江仙・賦得「睡起宛然成獨笑，數聲漁笛在滄浪」，為園次題帳額畫。〉限於篇幅，茲舉以下幾首分析之，先看〈歸田樂引・題春郊禊飲〔註99〕圖〉：

　　　　粉墨真瀟灑。綠楊天、樓臺金碧，陣陣漰裙社。枰也茗椀也，竹也，絲也，掩映花叢柳綿下。　　風簾烟際挂。墙裏鶯啼鞦韆架。抱琴童子，穿過春山罅。詠者立飲者，弈者謳者，一幅龍眠西園畫。〔註100〕

在詞作一開始，詞人以總覽整體畫面的方式，一方面用「粉墨真瀟灑」五個字，肯定了整體畫作的藝術效果，另一方面「瀟灑」二字亦反映了詞人觸景而生的愉悅心情。心境的愉悅，影響了畫面景色的書寫（緣情寫景）〔註101〕。接著，詞人隨著視線的移動，將觀照鏡頭轉移到畫中其他景色。上闋，主要

〔註98〕劉勰著、周振甫注：《文心雕龍注釋》物色第四十六（台北：里仁書局，1984年5月出版），頁845。

〔註99〕古代以陰曆三月上旬巳日為上巳節，這一天，人們都習慣到水邊洗濯以驅除不祥。魏晉以後，改為三月三日。到了唐朝，這一天成為人們到水邊宴飲游春的節日。參考常建華：《歲時節日裡的中國》（北京：中華書局，2006年6月初版），頁93～101。

〔註100〕清・陳維崧：《迦陵詞全集》卷8，收錄在《陳迦陵詩文詞全集》（四部叢刊・初編・集部）（臺北：商務，1979年出版），頁399。

〔註101〕作者當時的心情比較激動，把激動的心情加到景物上去，喜悅時看一切景物都在喜悅，悲哀時看到一切景物都在悲哀。劉勰著、周振甫注：《文心雕龍注釋》物色第四十六（台北：里仁書局，1984年5月出版），頁851。

描寫春天郊外禊飲的景象,「綠楊天,樓臺金碧,陣陣湔裙杜。枰也茗椀也,竹也,絲也,掩映花叢柳綿下。」點出在綠意盎然的季節裡,樓台金碧林立,此時不僅有許多仕女欲往水邊酹酒洗濯,花叢楊柳下的各式宴飲活動更是熱鬧。下闋,詞人續寫其它美好春色,「墻裏鶯啼鞦韆架。抱琴童子,穿過春山罅。」紀錄春天裡的各種聲音,在鳥聲、琴聲的陪伴下也為這場春天禊飲的嘉年華增添不少熱鬧氣息。而這樣的熱鬧氣氛,感染了畫中宴飲聚會的文人,無論是詠者、立飲者、弈者、謳者,大家皆沉醉這美好的春色中。詞末,詞人面對眼前風景,不禁有感而發,將此畫作比擬作李公麟〔註102〕「西園雅集圖」〔註103〕,再次對畫作表達了讚嘆與推崇之情。

再看〈念奴嬌・冬夜聽梧軒題王右丞初冬欲雪圖〉:

> 炎天看此,便陰陰也覺、滿林飛雪。何況今宵風正吼,絕塞膠弓都折。冰裂龍堂,浚鋪貝闕,萬里關河結。長空黯澹,乾坤景色真別。　　安得盡敞瓊樓,早催縢六,一夜看親切。玉戲定知應不遠,料也無過來月。水墨繪皴,同雲暗釀,人意先清絕。只愁僵臥,怕他近恁時節。〔註104〕

此首作品乃針對王維〈初冬欲雪圖〉題寫而成,詞人打破畫面內容的靜態,運用豐富的想像力,渲染了畫作的動感與寒意。首三句「炎天看此,便陰陰也覺、滿林飛雪。」說明詞人當下觀畫的感受,儘管在炎熱天氣裡看畫,但內心卻可感受到畫面散發出來的寒意。接著,詞人藉由想像、誇飾的筆法,在景色的觀察上,融入主體觀畫的體驗,為有限畫面空間創造無限的意蘊。

---

〔註102〕李公麟(約公元1049～1106年),字伯時,號龍眠居士,安徽舒城人。……李公麟精楷書,遂以楷書功力作畫,他筆下出現的人物鞍馬形像,與以往的工匠作畫便有本質的區別。元・夏文彥稱他:「作畫多不設色,獨用澄心堂紙為之……筆法如雲行水流……當宋畫中第一,照映前古者也。」徐書城著:《中國繪畫斷代史——宋代繪畫》(北京:人民美術出版社,2004年出版),頁159～160。

〔註103〕北宋元祐二年(1087)英宗皇帝趙曙的駙馬、山水畫大家王詵在他汴梁的西園,邀蘇軾、蘇轍、黃庭堅、米芾、蔡肇、李公麟、李之儀、晁補之、張耒、秦觀、劉涇、陳景元、王欽臣、鄭嘉會、圓通大師主友十六位翰苑奇才在「寶繪堂」賞珍析異,宴歡之餘來到庭院的景象。事後人物畫大師李公麟描繪了這一盛況,由米芾題記,取名《西園雅集》。應一平:〈西園雅集圖簡介〉,《文博》第1期,2009年,頁24。

〔註104〕清・陳維崧:《迦陵詞全集》卷18,收錄在《陳迦陵詩文詞全集》(四部叢刊・初編・集部)(臺北:商務,1979年出版),頁468。

「何況今宵風正吼，絕塞膠弓都折。冰裂龍堂，浚鋪貝闕〔註105〕，萬里關河結。長空黯澹，乾坤景色真別。」刻畫風雪來臨前的景象，在寒冷的環境中，除冷風的吼叫聲，另外膠弓、龍堂、貝闕、關河，皆結凍受損，天地間呈現一片黯淡的景象。下闋，「安得盡敞瓊樓，早催滕六〔註106〕，一夜看親切。玉戲定知應不遠，料也無過來月。」面對眼前欲雪的畫作，詞人不禁有感而發，心想在這樣不穩定的氣候下，瓊樓豈敢盡敞呢？而雪神的催促，預料就快下雪了吧！整首詞作，不難發現詞人以自我聯想的方式，一方面營造初冬欲雪前的時空氛圍，另一方面亦寫出自己觀畫當下內心的切身感受。

再看〈望海潮‧題馬貴陽〔註107〕畫冊〉：

> 極北龍歸，江東馬渡，君臣建業偏安。天上無愁，宮中有慶，聲聲玉樹金蓮。點綴太平年。更尚書艷曲，丞相蠻箋。月夕花朝，那知王濬下樓船。　　華清月照闌干。悵多時粉本，流落人間。可惜當初，丹青妙手，如何不畫凌煙！風景極淒然。寫一行衰柳，幾處哀蟬。展卷沈吟，昏鴉蔓草故宮前。〔註108〕

上闋詞中，詞人首先藉畫冊回溯南明往事（觸景生情），以「極北龍歸，江東馬渡，君臣建業偏安。」起筆，「北歸」借指思宗之殉，「馬渡」則化用泥馬渡康王的典故〔註109〕，借指福王稱帝，意指南明政權偏安江南。有感於當時

---

〔註105〕語出《楚辭章句‧九歌‧東君》：「魚鱗屋兮龍堂，紫貝闕兮朱宮。」東漢王逸注：「言河伯所居，以魚鱗蓋屋，堂畫蛟龍之文，紫貝作闕，朱丹其宮，形容異制，甚鮮好也。」（東漢）王逸：《楚辭章句》（台北：藝文印書館，1974年4月初版），頁104。

〔註106〕意指雪神，語出宋‧王炎〈冬雪行〉：「且願扶桑枝上紅，日轂東來卻滕六」。

〔註107〕馬貴陽：指馬士英。明貴陽人，字瑤草。萬曆進士。燕京陷，士英以兵擁戴福王（朱由崧）入南京稱帝，建號弘光。官至東閣大學士，進太保。與阮大鋮相勾結，橫暴貪婪，朝廷腐敗。周邵九：《陳維崧選集》（上海：上海古籍出版社，1994年10月初版），頁136。

〔註108〕清‧陳維崧：《迦陵詞全集》卷23，收錄在《陳迦陵詩文詞全集》（四部叢刊‧初編‧集部）（臺北：商務，1979年出版），頁506。

〔註109〕宋徽宗第九子康王趙構原為金人的人質，後趁機脫逃，倦極而息於崔府君廟，夢見神人，告以金人追騎將至，宜速去，已在門外備馬等候。康王驚醒，門外果有一馬，便躍而南馳，日行七百里。渡河後，馬不再往前奔馳，下馬視之，竟然是一匹泥馬。後有「泥馬渡康王」的傳說。（明）余應鰲編：《新刻按鑑全像演義大宋中興岳王傳》（上）（台北：天一出版社，1985年出版），頁30～31。

帝王的荒淫無度，詞人接著以「天上無愁，宮中有慶，聲聲玉樹金蓮〔註110〕。點綴太平年。」倒敘手法，描寫當時福王過著耽溺聲色、毫無憂愁的太平生活。不僅君王，臣子更是如此，「更尚書艷曲，丞相蠻箋。」〔註111〕暗指臣子阮大鋮、馬士英從事傳奇與繪畫的創作，無心於國事。然而這段月夕花朝的平靜日子，隨著「王濬下樓船」〔註112〕的來臨，南明淪喪，走入歷史。下闋，詞人將時間拉回現在，回憶昔日歡樂「華清月照闌干。悵多時粉本，流落人間。」如今已人事全非，一想到此，身為明朝遺民的詞人，不禁感嘆「可惜當初，丹青妙手，如何不畫凌烟〔註113〕。」表面上雖然為馬士英的作品深感惋惜，不過，字裡行間，卻藉此諷刺馬士英的荒淫。全詞最後，回到畫作景物上——「風景極淒然。寫一行衰柳，幾處哀蟬。」淒然、衰柳、哀蟬都沾染了詞人沉痛的情緒，在無能為力的狀態下，最後只好「展卷沉吟」，深陷往事的沉思中。整體而言，有別於前者詞作，顯然詞人對畫冊內容著墨不多，反而強調於「隨物宛轉」後「與心徘徊」的自我感發。

又如〈賀新郎・題郎官山雪霽圖，送家伯驤還八閩〔註114〕〉：

> 閩嶠盤天際。悵連年、慢亭昔夢，枕邊頻製。搨得郎官山半幅，

---

〔註110〕 玉樹：指《玉樹後庭花曲》，為陳朝末帝叔寶所作。他耽於聲色，不理政事，終於亡國。因此，人們稱它為亡國之音。金蓮：《南史・齊東昏侯蕭寶卷紀》：「東昏侯鑿金為蓮花貼地，令潘妃行其上，曰：步步生蓮花也。」謂廢帝荒淫無度，以致國破身亡。周韶九：《陳維崧選集》（上海：上海古籍出版社，1994年10月初版），頁136。

〔註111〕 尚書：指阮大鋮。安徽懷寧人，字圓海，號百子山樵。馬士英秉政，大鋮官兵部尚書。艷曲：《纂要》：「古艷曲有北里、靡靡、陽阿之曲。這裡指阮大鋮所著《燕子箋》、《春燈謎》等傳奇。丞相：指馬士英。蠻箋：本指蜀箋，這裡指馬士英繪畫用的箋紙。」周韶九：《陳維崧選集》（上海：上海古籍出版社，1994年10月初版），頁136。

〔註112〕 王濬樓船：借指清兵破南京事。周韶九：《陳維崧選集》（上海：上海古籍出版社，1994年10月初版），頁136。

〔註113〕 凌煙：閣名，故址在今陝西長安縣。《唐書・太宗（李世民）紀》：「十七年（六四三）二月圖功臣（像）於凌煙閣。」這句借以諷刺馬士英。周韶九：《陳維崧選集》（上海：上海古籍出版社，1994年10月初版），頁136。

〔註114〕 八閩：福建省的別稱。北宋時，福建稱福建路，行政區劃為福、建、泉、漳、汀、南劍六州和邵武、興化二軍。南宋升建州為建寧府，福建因此包括一府五州二軍，共計八個同級行政單位，故稱為「八閩」。清代在福建設置閩浙總督和福建巡撫，下轄有福州、興化、泉州、漳州、延平、建寧、邵武、汀州八府。參考薩支山、陳國惠、元嬰等：《福建》（台北新店：人人出版股份有限公司，2008年5月初版），頁26～27。

目斷層崖雪霽。飛不透、鷓鴣聲裏。今日眞成歸計隱，漲蠻天、一片
南還騎。桄榔麵，家山味。　　　前灘喚団鄉音細。傍榕陰、晶丸萬顆，
依然斜綴。綠蠣房邊紅齒屐，喧笑應門童稚。誰暇訴、飄零情事！少
傾武夷君有信，也頭童、面皺騎鷺至。驚此別，幾年歲。〔註115〕

這首作品，乃在親人欲返福建時，贈別書寫。一開始，詞人從畫面景色寫起，「閩
嶠盤天際」寫出了郎官山盤旋、聳入天際的壯闊，「目斷」二字，間接反映出詞
人面對離別時的悲悽情緒，而眼前所見的「層崖」與「雪霽」，成了詞人聯想親
人即將返回八閩的事實。觸景生情後，詞人接著於下闋，轉入敘事抒情，回首
過去往事，彷彿歷歷在目，家伯少時對武夷的醉心，讓如今已是頭童面皺的斑
駁老人，依舊對此地有著深切的情感，駕騎南還。只是，親人離別畢竟是一件
令人傷心之事，加上古時交通不便的局限，見面誠屬不易，在如此深刻體悟後，
不免也讓詞人心有所感，最後發出「驚此別，幾年歲」的不捨感嘆。

　　總結上述，對於陳維崧四時風景題畫詞討論，大致可簡單歸納如以下表
格：

| 類別 | 詞人的審美觀照 | 作品題寫對象 | 討論作品範例 |
|---|---|---|---|
| 四時風景 | 隨物宛轉、與心徘徊 | 春郊禊飲圖、王右丞初冬欲雪圖、題馬貴陽畫冊、郎官山雪霽圖 | 〈歸田樂引・題春郊禊飲圖〉、〈念奴嬌・冬夜聽梧軒題王右丞初冬欲雪圖〉、〈望海潮・題馬貴陽畫冊〉〈賀新郎・題郎官山雪霽圖，送家伯騎還八閩。〉 |

　　陳維崧「四時風景」題畫詞作，從題材來看，有的描寫四時季節，如〈歸
田樂引・題春郊禊飲圖〉、〈念奴嬌・冬夜聽梧軒題王右丞初冬欲雪圖〉；有的描
寫自然風景，如〈水調歌頭・題遠公畫洞山圖送天石北上〉、〈賀新郎・題郎官
山雪霽圖，送家伯騎還八閩〉、〈望海潮・題馬貴陽畫冊〉、〈臨江仙・賦得「睡
起宛然成獨笑，數聲漁笛在滄浪」，爲園次題帳額畫。〉若從創作動機來看，或
因畫起興，如〈歸田樂引・題春郊禊飲圖〉、〈念奴嬌・冬夜聽梧軒題王右丞初
冬欲雪圖〉、〈望海潮・題馬貴陽畫冊〉；或爲送別酬贈而題寫，如〈水調歌頭・
題遠公畫洞山圖，送天石北上。〉、〈賀新郎・題郎官山雪霽圖，送家伯騎還八
閩〉；或賦題而作，如〈臨江仙・賦得「睡起宛然成獨笑，數聲漁笛在滄浪」，

〔註115〕清・陳維崧：《迦陵詞全集》卷27，收錄在《陳迦陵詩文詞全集》（四部叢刊・
　　初編・集部）（臺北：商務，1979年出版），頁536。

為園次題帳額畫。〉從詞人的審美觀照過程來看，陳維崧大體不離「隨物宛轉、與心徘徊」，觀畫寫景的同時，亦沾染了詞人當時的主體情感。

總結而論，這類題畫詞無論以何種姿態呈現，陳維崧透過文字的書寫，或使畫作更立體、或提高畫境、或雜夾著對故國的懷念與送別不捨的情感，觀看對話的同時，傳遞出獨特的自我詮釋。

## 第三節　詞畫關係

題畫文學乃以繪畫為對象題寫的文學作品，以繪畫與文學的本質而論，繪畫，主要由線條與色彩組合，僅能捕捉時空中片斷的場景，屬於呈現性的視覺符號；題畫作品，主要由語言文字組合，可陳述連續不間斷的時間，亦能運用聯想力，對審美客體（繪畫）進行各種補充，屬於論述性的符號。題畫文學的出現，讓原本兩個不相關的藝術範疇，有了越位跨界的可能。歷來不少學者對於題畫文學與繪畫的關係，提出相關論述，例如：

宋・晁說之《景迂生集》：

> 畫寫物外形，要物形不改，詩傳畫外意，貴有畫中態。〔註116〕

清・張式《畫譚》：

> 題畫須有映帶之致，題與畫相發，方不為羨文，乃是畫中之畫，畫外之意。〔註117〕

徐建融：

> 高明的題款，不脫不黏，似即似離，或從畫外說過來，或從畫中道進去，談言微中，使讀者從畫面有限的物象聯想更廣泛、深刻的蘊涵，體現畫中機鋒。〔註118〕

不難發現三人論述，皆已關注到題畫文學對於繪畫而言所扮演的特殊角色，而這種與繪畫的緊密聯結，亦使題畫作品與繪畫之間，產生了一種曖昧的關係，或為親密，或為抽離，可依賴亦可獨立。

題畫文學的創作，必然涉及了文字文本與圖像之間的處理，當圖像被觀看，以一種文字語碼轉譯輸出時，文字與圖像的切換、連接、斷裂，成為解構題畫文學時，另一個值得關注的重點。有鑑於此，本節將從創作角度，進

---

〔註116〕俞崑：《中國畫論類編》上冊（台北：華正書局，1984 年 10 月初版），頁 66。
〔註117〕于安瀾：《畫論叢刊》上冊（台北：華正書局，1984 年 10 月初版），頁 432。
〔註118〕徐建融：〈中國畫題款的美學意蘊試探〉，《朵雲》第九集，1985 年 12 月。

一步地論述陳維崧題畫詞的詞、畫關係處理。

## 一、詞、畫互相闡發

這類題畫詞作，詞人透過文字語碼，與眼前畫中的圖像，產生對話，詞作文本與畫作內容有直接明顯的關聯。大體而言，可再細分為兩類：

第一類，詞畫互涉，即詞中有畫、畫中有詞，這類作品，詞與畫的關係十分緊密，換言之，詞人在創作過程中，面對客體（繪畫）時，採取直觀的審美觀照，透過文字語碼輸出眼前的視覺圖像，除了引領讀者觀看畫中細節，並具體傳達畫作氛圍。例如〈鶴沖天・題鄒生巽含小像（像坐萬山梅花中，一童子煮茶於側。）〉、〈歸田樂引・題王石谷晴郊散牧圖〉、〈歸田樂引・題春郊禊飲圖〉、〈洞仙歌・題喬石林舍人桃源圖小照〉、〈菩薩蠻・題青谿遺事畫冊，同鄒程邨、彭金栗、王阮亭、董文友賦八首。〉等等。茲舉以下二首分析，先看〈鶴沖天・題鄒生巽含小像（像坐萬山梅花中，一童子煮茶於側）〉：

> 寒崖綠染，石竇低於甑。極目總蕭林，堆蒼艷。更梅花作海，
> 綻香雪、飄千點。幽人巾自墊。趺坐苔陰，杏靄水明山店。　瑤
> 翻碧灩，澗底泉澄湛。童子潑茶光，連幽簞。翠花瓷注茗，花沸乳、
> 珠成紺。風情何澹澹。乍展吳綾，迴味略如橄欖。〔註119〕

在這首作品中，詞人所採取的觀畫角度，主要包含兩個層次：由遠景、上景「寒崖綠染，石竇低於甑。極目總蕭林，堆蒼艷。」至近景、下景「更梅花作海，綻香雪、飄千點。幽人巾自墊。趺坐苔陰，杏靄水明山店。」由主角「幽人巾自墊。」擴及到配角「童子潑茶光」。隨著詞人視野的轉移變化，成功地捕捉畫面靜動交錯的悠閒平淡風情。

再看〈歸田樂引・題王石谷〔註120〕晴郊散牧〔註121〕圖〉：

〔註119〕清・陳維崧：《迦陵詞全集》卷10，收錄在《陳迦陵詩文詞全集》（四部叢刊・初編・集部）（臺北：商務，1979年出版），頁414。

〔註120〕王翬，字石谷，號耕煙散人、烏目山人，江蘇常熟人，……出身於繪畫世家，父親、叔父、祖父、曾祖父都是擅名一時的職業畫家，秉承家學，他自幼便顯露出繪畫方面的天賦。……王翬卓越的繪畫才能不但「深得上旨」，而且得到皇太子胤禎賜題「山水清暉」四字，王翬遂自號「清暉主人」。薛永年、杜娟著：《中國繪畫斷代史——清代繪畫》（北京：人民美術出版社，2004年出版），頁17～18。

〔註121〕散牧：把牲畜放到草地裏吃草和活動。周紹九：《陳維崧選集》（上海：上海古籍出版社，1994年10月初版），頁31。

散牧涼秋月。或樹根、痒而摩者,或飲寒湫窟。渡者人立者,啼者,鳴者,喜則相濡怒相齕。　　矜秋露毛骨。昂首森然如陵闕,綠崖被阪,虧蔽滿林樾。駝一塞馬七,豕牛羊百三十,牧笛一聲日西沒。〔註122〕

有別於上例,詞人在這首作品所採取的觀畫角度,大致可歸納爲三個面向,第一,總覽畫面「散牧涼秋月」→細寫各類牲畜舉止行爲「或樹根、痒而摩者,或飲寒湫窟。渡者人立者,啼者,鳴者,喜則相濡怒相齕〔註123〕。」→周邊風景「矜秋露毛骨。昂首森然如陵闕,綠崖被阪,虧蔽滿林樾。」→牲畜「駝一塞馬七,豕牛羊百三十」→日西沒「牧笛一聲日西沒」。第二,遠景「散牧涼秋月」→近景「或樹根、痒而摩者,或飲寒湫窟。渡者人立者,啼者,鳴者,喜則相濡怒相齕。」→遠景「矜秋露毛骨。昂首森然如陵闕,綠崖被阪,虧蔽滿林樾。」→近景「駝一塞馬七,豕牛羊百三十」→遠景「牧笛一聲日西沒」。第三,主角(牲畜)→配角(環繞牲畜四周的景色)→主角(牲畜)→配角(落日)。透過觀畫視線的不同變動,將畫作寧靜的時空氛圍,一覽無遺地呈現在讀者面前。

總結而論,在上述的兩首作品中,題畫詞內容即畫作的再現,儘管陳維崧所採取的觀畫視點不盡相同,但不可否認的是,兩首詞作陳維崧皆運用了北宋畫家郭熙畫論「三遠」〔註124〕法則中的「平遠」,透過遠近多變視點的轉換,爲兩首題畫詞作營造出平靜的氣氛。

第二類,詞畫互補,即補充擴充畫面沒有的內容,這類作品,有鑑於畫面侷限,詞人立足於畫面上,運用聯想方式,額外替畫面補充說明相關材料,使讀者於閱讀過程中,在文字與繪畫之間產生一種斷裂的錯覺,看見畫面中

---

〔註122〕清·陳維崧:《迦陵詞全集》卷8,收錄在《陳迦陵詩文詞全集》(四部叢刊·初編·集部)(臺北:商務,1979年出版),頁399。

〔註123〕化用《莊子·馬蹄篇》:「……夫馬,陸居則食草飲水,喜則交頸相靡,怒則分背相踢。」句意。黃錦鋐主編:《新譯莊子讀本》(台北:三民書局,1974年1月初版),頁133。

〔註124〕郭熙在《林泉高致集》:「山有三遠:自山下而仰山巔,謂之高遠;自山前而窺山后,謂之深遠;自近山而望遠山,謂之平遠。……高遠者明瞭,深遠者細碎,平遠者沖澹。」于安瀾編:《畫論叢刊(上)·林泉高致集》(台北:華正書局,1984年10月初版),頁23。關於郭熙提出「三遠」畫論的詳細論述與所產生的視覺效果,可參考王康:〈宋代郭熙《林泉高致》中的「三遠」論淺析〉,《太原師範學院學報》(社會科學版)第7卷第3期,2008年5月,頁119～121。

看不見、沒說出的內容。就陳維崧題畫詞而言，大致涵蓋以下六個面向：

其一，畫中像主生平事蹟。這類作品，大致以寫眞類作品爲主，包含了〈滿江紅‧題尤悔庵小影，次韻二首。〉、〈減字木蘭花‧題山陰何奕美小像（奕美尊人侍御公，以忠節死。）〉、〈西江月‧題六和孫公樹捧書圖公樹（伯觀先生孫。先生官舍人，賜書最多。）〉、〈江城子‧題鄒九揖像〉、〈鶴沖天‧題錢葆菂莼鮫小像，次原韻。〉、〈滿庭芳‧題徐武貽小像（武貽，文貞後人，椒峰，弢仲母舅，舊許爲題像，今翁已沒，始追補成之。）〉、〈念奴嬌‧題顧螺舟小影〉、〈沁園春‧爲高汝敬尊公季遠題像，並贈汝敬。（季遠，忠憲公季子。）〉、〈沁園春‧題竹逸小像（像在萬竿翠竹中）〉、〈賀新郎‧題孫赤崖小像，用曹顧庵學士韻。（圖中三孫繞側）〉……等等。茲舉以下二例詳述之：

> 快馬健兒，記當日、先生自許。誰信道、驊騮一蹶，長鳴憶主。

〈滿江紅‧題尤悔庵〔註125〕小影，次韻二首。〉

陳維崧以「**驊騮**〔註126〕**一蹶**」說明了尤侗早年的官場挫折，根據《悔庵年譜》載：

> 順治九年壬辰年，三十五歲，余至京師二月會試……五月授永平府推官。」〔註127〕

又載：

> 順治十三年丙申年，三十九歲……邢可仕以誣告反坐，予扶之初不自陳，爲投充也。後以事羈，州獄吏受其賄，得脫赴告刑部，部下府問狀，州守劉漢傑故中傷予者……私州守置勿問，而以予擅責投充，例應革職，啟心郎楊功力爭……改降二級。……二親年老，定省久缺吾，……買舟而南。〔註128〕

從這段史實可知，順治九年，懷才不遇的尤侗二月入京會試，五月授永平府

---

〔註125〕尤侗（1618～1704），字同人，展成，號悔庵、西堂。江蘇長洲（今蘇州）人。順治拔貢，康熙時授翰林院檢討。善戲曲，有雜劇〈讀離騷〉、〈弔琵琶〉、〈桃花源〉、〈黑白衛〉、〈清平調〉和傳奇〈鈞天樂〉。又能詩文，有鶴栖堂文集。劉大杰：《中國文學發展史》（台北：華正書局，2001 年 8 月出版），頁 1431。

〔註126〕「驊騮」指才華出眾之人，引自唐‧杜甫〈奉贈鮮于京兆二十韻〉：「驊騮開道路，鵰鶚離風塵。」

〔註127〕陳祖武選：《清初名儒年譜⑥——悔庵年譜》（北京：北京圖書館出版社，2006 年初版），頁 671。

〔註128〕陳祖武選：《清初名儒年譜⑥——悔庵年譜》（北京：北京圖書館出版社，2006 年初版），頁 680～681。

推官。任職期間,在順治十三年因州守惡意中傷,被指擅自責打旗丁刑可仕,後被降職,心灰意冷之餘,歸家奉親,結束短暫的仕宦生涯。

> 倏忽浮雲生宮殿,十九年、罰作長流客。纔出塞,鬢先白。〈賀新郎・題孫赤崖小像,用曹顧庵學士韻。(圖中三孫繞側)〉

根據陸勇強《陳維崧年譜》之考證〔註129〕,此首作品,乃陳維崧於康熙十五年(1676)於蘇州閶門再晤孫暘,爲題小像而完成。此處「十九年、罰作長流客。」乃指十九年前,即順治十五年(1658)孫暘受「科場案」〔註130〕之牽連,流徙尚陽堡一事,間接點出了孫暘昔日不幸的生平遭遇。

其二,文學才華、性格、嗜好。這類作品,例如:〈采桑子・題潘曉庵斗酒百篇小像〉、〈杏花天・題震修杏花小照〉、〈江城子・題鄒九揖像〉、〈四園竹・題西陵陸藎思繞屋梅花圖像〉、〈滿江紅・題尤悔庵小影,次韻二首。〉、〈滿江紅・梁溪顧梁汾舍人過訪,賦此以贈,兼題其小像。〉、〈綺羅香・題宋既庭小照(圖作長松竟幅)〉、〈沁園春・題西溪釣者小像〉……等等。茲舉以下二例說明之:

> 十年酒聖,半世詩顚,千古文雄。銅將軍,麴道士,楮先生者,三君蹤跡時同。〈四園竹・題西陵陸藎思繞屋梅花圖像〉

「半世詩顚,千古文雄」率先稱讚陸藎思的文學才華,嘉慶《餘杭縣志》卷27〈文藝傳〉曾載:

> 陸進,字藎思,余杭貢生,溫州府學訓導。詩古風以漢魏爲法,近體以初盛唐爲宗,尤持嚴於雅俗二字。繼「西泠十子」而起者,未能或之先也。藎思家杭之別墅,與毛先舒、王丹麓輩友善,文采照耀兩浙。……著有《巢青閣集》。〔註131〕

---

〔註129〕陸勇強:《陳維崧年譜》(北京:中國社會科學出版社,2006 年 9 月初版),頁 370。

〔註130〕孟森《心史叢刊初集・科場案》引《東華錄》云:「此案最先發者爲順天闈,其時爲順治十四年丁酉十月。給事中任克溥奏中式舉人陸其賢用銀三千兩,同科臣嚴貽吉送考官李振鄴、張我樸賄買得中。得旨,李振鄴、張我樸、嚴貽吉等五人與舉人田耜、郭作霖俱立斬,家產籍沒,父母兄弟俱流徙尚陽堡。舉人王樹德、陸慶曾、孫暘等二十餘人本定斬絞,十五年四月詔從寬免死,各責四十板,流尚陽堡,家產籍沒,妻子父母兄弟同流。……」馬祖熙編著:《陳維崧年譜》(上海:上海古籍出版社,2007 年 11 月初版),頁 47。

〔註131〕嘉慶《餘杭縣志》卷27,收錄於中國地方志集成——浙江府縣志輯⑤(上海:上海書店,1993 年出版),頁 967～968。

透過此段史實，可印證陸葢思在歷史上確實有相當文學成就，這一點，陳維崧亦給予很高的評價。「銅將軍，麴道士，楮先生者」〔註132〕主要寫陸葢思的嗜好，此處分別運用典故與擬人手法，借指琵琶、酒和紙三樣物品，除了描寫陸葢思平日的休閒娛樂，亦進一步烘托像中主人灑脫的翩翩風采。

> 焚香坐，俯衣暉傑閣，飽瞰清湖。　　多時興在乘桴。且一葦、蒼茫縱所如。〈沁園春·題西溪釣者小像〉

陳維崧透過豐富的聯想，以「焚香坐，俯衣暉傑閣，飽瞰清湖。」刻劃像中主人釣者悠閒坐看湖色的嗜好，而「多時興在乘桴。且一葦、蒼茫縱所如。」則進一步地說明釣者平日不受拘束，隨心所遇，乘一葦任其漂流。儘管陳維崧所描寫是釣者生平的行為舉動，但背後所塑造的卻是釣者怡然自得的生活態度與隨遇而安的性格。

　　陳維崧題畫詞中，人物題畫詞所佔數量最多，畫中主角人物或為熟識，或來自傳說，當詞人觀看之時，眼前的畫作，寫實與否已不重要，畫中人物形像的塑造，成為詞人關注的焦點，此時的詞人所見不再只是單純的一幅畫，而是畫中人物的吉光片羽。透過文字的換置，呈現記憶中人物的生平事蹟、文學才華、性格、嗜好，也為沉默的藝術形象賦予更具體的生命。

　　其三，勾勒與畫面內容相關的昔日回憶。這類作品包含〈減字木蘭花·題彭爰琴小像〉、〈滿江紅·梁溪顧梁汾舍人過訪，賦此以贈，兼題其小像。〉、〈滿庭芳·題徐武貽小像（武貽，文貞後人，椒峰，殁仲母舅，舊許為題像，今翁已沒，始追補成之。)〉、〈綺羅香·題宋既庭小照（圖作長松竟幅)〉、〈沁園春·題王山長小像〉、〈沁園春·題徐渭文鍾山梅花圖，同雲臣、南耕、京少賦。〉、〈菩薩蠻·為竹逸題徐渭文畫紫牡丹〉……等等。茲舉以下三例詳述之：

> 二十年前，曾見汝、寶釵樓下。春二月、銅街十里，杏衫籠馬。行處偏遭嬌鳥喚，看時誰讓珠簾挂。〈滿江紅·梁溪顧梁汾舍人過訪，賦此以贈，兼題其小像。〉

首句「二十年前，曾見汝、寶釵樓下。」實寫陳維崧多年前與象中主人顧梁

---

〔註132〕銅將軍：指琵琶。《吹劍續錄》載，蘇東坡問歌者：「我詞比柳耆卿何如？」歌者曰：「學士詞須關西大漢，抱銅琵琶，執鐵綽板，唱大江東去。」高佑釲評其年詞「銅軍鐵板，殘月曉風，兼長並擅。」麴道士：麴，通鞠，酒的擬稱。陸游《村居日飲酒對梅花醉則擁紙衾熟睡……》詩：「孤寂惟尋鞠道士，一寒仍賴楮先生。」周韶九：《陳維崧選集》（上海：上海古籍出版社，1994年10月初版），頁62。

汾的往事回憶，接著陳維崧進一步以誇大筆法詳述往事，「春二月、銅街十里，杏衫籠馬。行處偏遭嬌鳥喚，看時誰讓珠簾挂。」寫實地描摹當時顧梁汾行到處受到婦女爭睹風采的情形，間接烘托出像中主人顧梁汾〔註133〕所具有的風姿美儀。

> 己卯之秋，余甫成童，流觀簡編。見諸省賢書，楚材最妙，於
> 中傑作，數子尤傳。〈沁園春・題王山長小像〉

「己卯之秋，余甫成童，流觀簡編。」點出陳維崧的兒少回憶，根據陸勇強《臣維崧年譜》考證，「己卯之秋」陳維崧剛好 15 歲，志學之年的維崧，在瀏覽諸省賢書過程中，對於王岱〔註134〕文章，記憶猶深、觀感最佳。因此，詞作一開始，陳維崧便以追憶法的方式，除敘述自己昔日對於王山長的印象，亦間接點出王山長優異的文學才能。

> 夾暗亭臺，接天歌板，十四樓中樂太平。誰爭賞，有珠瓔貴戚，
> 玉佩公卿。〈沁園春・題徐渭文鍾山梅花圖，同雲臣、南耕、京少賦。〉

這段回憶，主要是陳維崧所虛構的場景，透過豐富的想像，將鍾山〔註135〕梅花與明朝定都南京的歷史巧妙結合，以「夾暗亭臺，接天歌板，十四樓〔註136〕中樂太平。」側寫秦淮河畔歌舞昇平的太平盛況。「誰爭賞，有珠瓔貴戚，玉佩公卿。」則運用提問筆法，遙想當時王宮貴族爭相賞梅的盛況，暗諷這些人的誤國。

上述內容，皆屬於詞人被畫喚醒的過往記憶，無論場景是實寫還是虛構，

---

〔註133〕顧貞觀，字遠平，一字華封，號梁汾，善詩能文，尤工於詞。梁鑒江：《陳維崧詞選注》（上海：上海古籍出版社，1990 年 9 月初版），頁 92。《清史列傳》卷 70〈文苑一〉：「顧貞觀，字遠平，江蘇無錫人。康熙十一年舉人，官內閣中書。貞觀美風儀，才調清麗，文兼眾體。」清國史館原編：《清史列傳》第 9 冊卷 70〈文苑一〉（台北：中華書局，1962 年 3 月出版），頁 42。

〔註134〕《鶴徵錄》卷 5：「王岱，字山長，號九青，湖南湘潭人。崇禎己卯舉人。授安鄉縣教諭，著有《可庵集》。富孫按，山長能詩文，兼工書畫。嶔崎歷落，以氣節自矜。發甫燥即名滿海內。」（清）李集輯：《鶴徵錄》收錄於《四庫未收書輯刊》第 23 冊（北京：北京出版社，2000 年出版），頁 608。

〔註135〕鍾山，又名紫金山，其西南麓即朱元璋「孝陵」所在處，明孝陵前有梅花山，所謂「十萬瓊枝」嬌嬈地。嚴迪昌：《陽羨詞派研究》（濟南：齊魯書社，1993 年 2 月初版），頁 127。

〔註136〕十四樓——明洪武年間南京官妓所居的十四座樓。計有：來賓、重譯、清江、石城、鶴名、醉仙、樂名、集賢、謳歌、輕煙、淡粉、梅妍、柳翠。梁鑒江：《陳維崧詞選注》（上海：上海古籍出版社，1990 年 9 月初版），頁 146。

皆反映出創作過程中,陳維崧有效地掌握自己與畫中內容的共鳴連接性,透過文字的輸出,讓過往的記憶訊息與現在並置,使作品跨越了畫面時空的侷限。

其四,繪畫本身背景或詞人觀畫時的背景。這類作品包含〈蓮陂塘・題龔節孫仿橘圖(節孫蘭陵人,卜居陽羨,羨東坡之爲人,故爲斯圖以明志。)〉、〈荊州亭・題扇上琵琶行圖〉、〈海棠春・題美女圖,爲閨人稱壽。〉、〈多麗・題余氏女子繡陳思洛神圖,爲阮亭賦。〉、〈賀新郎・作家書竟,題范龍仙書齋壁上蘆雁圖。〉、〈金明池・臬署寒夜,展鵑紅女史梅花畫扇感賦。〉、〈偷聲木蘭花・題范女受小像(昔年女受在舟中,隔舫有誤認爲余者,故及之。)〉……等等。茲舉以下三例詳述之:

> 畫秋後、雙柑百顆高低亞。寒香噀射。擬楚頌名亭,追蹤坡老,此意儘瀟灑。〈蓮陂塘・題龔節孫仿橘圖(節孫蘭陵人,卜居陽羨,羨東坡之爲人,故爲斯圖以明志。)〉

在這首作品中,陳維崧分別以「畫秋後、雙柑百顆高低亞。寒香噀射。」與「楚頌名亭,追蹤坡老,此意儘瀟灑。」說明仿橘圖內容與相關背景。根據清王士禎撰、惠棟注《漁洋精華錄訓纂》卷8引邵子湘《種橘圖序》:

> 東坡云:「吾性好種植,能手自接果,尤好栽橘。陽羨在洞庭上,橘栽至易得,欲買一小園,種三百本。屈原作《橘頌》,吾園若成,當作亭以楚頌名也。」然東坡園與亭竟未就也。龔子節孫移居陽羨,仿此繪圖,乞名人詩詞盈秩。〔註137〕

由此可知,龔節孫在移居陽羨後,因仰慕東坡之曠達胸襟,刻意模仿東坡種橘構亭而繪製「仿橘圖」,並藉由此圖向各名人乞求題詞。陳維崧透過「仿橘圖」相關背景的介紹,不僅烘托東坡精神對於龔節孫的影響,亦再次呼應詞序內容。

> 苦竹黃蘆想像,潯浦潯陽惆悵。〈荊州亭・題扇上琵琶行圖〉

〈琵琶行〉是唐代詩人白居易作於唐憲宗元和十一年(816)的著名詩篇,當時白居易四十五歲,任江州司馬〔註138〕,主要內容描寫自己與琵琶女邂逅相

---

〔註137〕 (清)王士禎撰、惠棟注:《漁洋精華錄訓纂》卷8下(台北:中華書局,1971年2月出版),頁6。

〔註138〕 元和十年,藩鎮李師道、王承宗遣人到長安刺殺宰相武元衡。白居易上疏請急捕賊,以雪國恥,爲執政者所惡,以莫須有的罪名貶江州司馬。梁鑒江選注:《中國歷代詩人選集⑭白居易詩選》(台北:遠流出版社,1988年7月初版),頁4。

遇的過程，並藉此抒發自己貶謫後與琵琶女同病相憐的不幸遭遇。此處陳維崧乃化用〈琵琶行〉的詩文，以「苦竹黃蘆」與「溢浦潯陽」〔註139〕借指白居易貶謫潯陽後的困苦環境與以及不幸生活，交代白居易創作〈琵琶行〉當時的背景〔註140〕。

> 歷歷殘更，沉沉深院，坐冷官齋樺燭。簷雨滴、人聲漸悄，又廊外、茶響將熟。想外邊、片片瓊英，都解向、紅板橋南堆簇。悵何計尋香，無聊展畫，小檢齊紈零幅。〈金明池·臬署寒夜，展鵑紅女史梅花畫扇感賦。〉

本首作品，陳維崧寫景起筆，明白點出當時身處的時空環境，以殘更、深院、樺燭、雨滴、廊外、茶響、瓊英、紅板橋的鋪陳，勾勒了特殊的氛圍，讓陳維崧心境上產生寂寞孤獨的反應。在悵然無法外出賞梅之餘，無聊展畫。從文句關係論之，前半部「歷歷殘更……紅板橋南堆簇」與後半部「悵何計尋香……小檢齊紈零幅」，彼此呈現因果關係，換言之，創作氛圍影響了陳維崧藉展畫的舉動一解寂寞惆悵的情緒。

藝術欣賞的過程中，畫作本身的故事或作者創作的背景，往往不易展現於一般觀眾眼前。陳維崧身為詞人與觀看者，擁有敏銳心思以及豐富文化知識，透過文字的描述補充，有時替畫作喚醒潛藏的歷史記憶，或寫實地記錄了自己創作的氛圍，使兩者因題畫詞的存在，有了被世人瞭解的機會。

其五，詞人主體的觀畫體悟（自我感受、稱讚畫者技巧）。此類作品包含〈念奴嬌·題顧螺舟小影〉、〈沁園春·題崇川范廉夫松下小像（友人女受長公）〉、〈蓮陂塘·題龔節孫仿橘圖（節孫蘭陵人，卜居陽羨，羨東坡之為人，故為斯圖以明志。）〉、〈沁園春·題袁重其負母看花圖〉、〈念奴嬌·戲題終葵畫（鍾馗，一名終葵。）〉、

---

〔註139〕〈琵琶行〉：「我從去年辭帝京，謫居臥病潯陽城。潯陽地僻無音樂，終歲不聞絲竹聲。住近湓江地低濕，黃蘆苦竹繞宅生。」梁鑒江選注：《中國歷代詩人選集⑭白居易詩選》（台北：遠流出版社，1988 年 7 月初版），頁 177。

〔註140〕〈琵琶行·並序〉：「元和十年，予左遷九江郡司馬。明年秋，送客湓浦口，聞舟中夜彈琵琶者。聽其音，錚錚然有京都聲。問其人，本長安倡女，嘗學琵琶于穆、曹二善才；年長色衰，委身為賈人婦。遂命酒，使快彈數曲，曲罷，憫然。自敘少小時歡樂事，今漂淪憔悴，轉徙于江湖間。予出官二年，恬然自安，感斯人言，是夕始覺有遷謫意。因為長句，歌以贈之。凡六百一十六言，命曰《琵琶行》。」梁鑒江選注：《中國歷代詩人選集⑭白居易詩選》（台北：遠流出版社，1988 年 7 月初版），頁 174。

〈瀟湘逢故人慢・題余氏女子繡柳毅傳書圖，為阮亭賦。〉、〈沁園春・題徐渭文鍾山梅花圖，同雲臣、南耕、京少賦。〉、〈金明池・臬署寒夜，展鵑紅女史梅花畫扇感賦。〉、〈百字令・題徐晉遺表弟所畫牡丹圖，並以誌悼。(時正是花大放。)〉、〈多麗・題余氏女子繡陳思洛神圖，為阮亭賦。〉等等。茲舉以下三例詳述之：

> 人間世，總是蝸牛傳舍。休矜文采儒雅。海田幾徧裁桑後，萬事虛舟飄瓦。蜀山下，有蘇子祠堂，老木曾連把。如今盡也！〈蓮陂塘・題龔節孫仿橘圖 (節孫蘭陵人，卜居陽羨，羨東坡之為人，故為斯圖以明志。)〉

面對人間世，陳維崧以「蝸牛傳舍」比喻人世的短暫停留，而這樣的深切體會，讓詞人進一步以「海田幾徧裁桑後，萬事虛舟飄瓦。」點出人世滄桑、變化無常的事實。昔日東坡停留〔註141〕，與今日碩果僅存「蘇子祠堂老木」，如今也已消失殆盡，字裡行間不免流露出自己無限的感慨。

> 更取名花，圖成粉本，惹殺狂蜂蝶。盈盈著紙，誤人幾度攀折。
> 〈百字令・題徐晉遺表弟所畫牡丹圖，並以誌悼。(時正是花大放。)〉

在這首作品中，陳維崧不直接稱讚畫家徐晉遺，反以「惹殺狂蜂蝶。盈盈著紙，誤人幾度攀折」的跨飾筆法，將畫家抽象的繪畫才華具體化，除了高度肯定徐晉遺優秀的繪畫功力，亦具象地表現了自己觀畫後的讚嘆。

> 簪花格、紅欹翠弱，沒骨繪、神全韻足。……且吟弄空花，摩挲秋扇，也算探梅林麓。〈金明池・臬署寒夜，展鵑紅女史梅花畫扇感賦。〉

陳維崧在展開扇上梅花後，先以「簪花格、紅欹翠弱」寫梅花的外貌，接著以「沒骨繪、神全韻足」寫其神韻，儘管陳維崧只是吟弄空花，但畫者的擅畫，卻讓詞人在看畫的當下，彷彿有了「探梅林麓」的感受，間接亦表達了自己對畫者繪畫技術的肯定。

題畫作品的完成，取決於觀看對象——繪畫，畫面內容與閱讀心境的

---

〔註141〕蘇軾〈楚頌帖〉：「吾來陽羨，船入荊溪，意思豁然，如惬平生之欲，逝將歸老，殆是前緣，逸少云：『我卒當以樂死。殆非虛語。吾性好種植，能手自接果木，尤好栽橘。』陽羨在洞庭上，柑桔栽至易得，當買一小園，種橘三百本。屈原作〈橘頌〉，吾園若成，當作一亭，名之曰『楚頌』。元豐七年十月二日書。」參考王翠芳：《陳維崧湖海樓詞研究》(高雄師範大學國文學系碩士論文，1997年)，頁26。

不同，影響了讀者觀後的不同感受。陳維崧題畫詞中，所反映的觀畫感受，或爲評論、或爲抒情、或爲讚嘆繪畫創作者的高超技術，無論以何種方式呈現，隨著詞人理解的深化，與畫作之間的情感交流，亦呈現多元豐富的面貌。

其六，畫面時空氛圍或畫者行爲的虛構想像。這類作品包含〈杏花天・題震修杏花小照〉、〈浪淘沙・題園次收綸濯足圖〉、〈沁園春・題汪舍人蛟門少壯三好圖〉、〈荊州亭・題扇上琵琶行圖〉、〈高陽臺・題余氏女子繡高唐神女圖，爲阮亭賦。〉、〈四園竹・題西陵陸蓋思繞屋梅花圖像〉……等等。茲舉以下三例詳述之：

> 屋頭無數冷香，籬門都浸其中。鎮日和煙和雨，點點欹斜，片
> 片朦朧。〈四園竹・題西陵陸蓋思繞屋梅花圖像〉

陳維崧以「屋頭無數冷香，籬門都浸其中。」虛構的筆法，幻想畫中梅花的香味，其次再以「鎮日和煙和雨，點點欹斜，片片朦朧。」營造出畫面煙雨濛龍的景色。透過嗅覺與視覺的交錯位移，創造了畫面氛圍的無限想像。

> 商婦琵琶猶響。無限斷腸聲，只在行間紙上。〈荊州亭・題扇上
> 琵琶行圖〉

對於眼前琵琶行圖，陳維崧透過琵琶女彈奏琴聲的聽覺想像，讓哀愁的樂聲具體地飄盪於船面上，流蕩於紙畫上，使讀者閱讀之時彷彿也聽見畫中商婦正訴說著無限愁緒。

> 繡閣停針，含情想像高唐。渚宮舊跡今何在，不分明、水殿雲
> 房。鬒蟬鬢、憶著行雲，恰費商量。〈高陽臺・題余氏女子繡高唐神
> 女圖，爲阮亭賦。〉

「繡閣停針，含情想像高唐。」是陳維崧對於繡畫者余氏女子繡畫行爲的虛構想像，照理來說，余氏女子繡畫時，陳維崧並不在場，因此，顯然此處只是詞人爲豐富畫面意義，而採取的文學虛構筆法。

繪畫是一種視覺性的圖像符號，有時空限制，然而，文字所能承載的內容卻是流動、豐富的。題畫文學的文字符碼讓原本的視覺圖像，不再只是固定的客體，各種因畫面而起的視覺、聽覺、嗅覺虛幻想像，皆可能成爲詞人豐富視覺圖像的材料。陳維崧題畫詞中，無論是畫面時空氛圍或對畫者行爲的虛構想像，其情境的營造，不僅得以窺見陳維崧對畫面穿透性的審美觀照，亦爲畫作增添不少想像空間。

## 二、詞、畫各自獨立

　　這類題畫詞作，詞與畫作內容完全沒有關聯性，換言之，詞人捨棄了畫作的的包袱，純粹就自我觀感，獨立創作。陳維崧這類作品並不多，諸如〈望海潮・題馬貴陽畫冊〉、〈菩薩蠻・吳門將歸，爲姜學在題歲寒圖。〉、〈臨江仙・賦得「睡起宛然成獨笑，數聲漁笛在滄浪」，爲園次題帳額畫。〉、〈喜遷鶯・石濂和尚自粵東來梁園，爲余畫小像，作天女散花圖，詞以謝之。〉、〈水調歌頭・題余氏女子繡西施浣紗圖，爲阮亭賦。〉等。茲舉〈望海潮・題馬貴陽畫冊〉爲例：

　　　　極北龍歸，江東馬渡，君臣建業偏安。天上無愁，宮中有慶，
　　聲聲玉樹金蓮。點綴太平年。更尚書艷曲，丞相蠻箋。月夕花朝，
　　那知王濬下樓船。　　華清月照闌干。悵多時粉本，流落人間。可
　　惜當初，丹青妙手，如何不畫凌烟！風景極淒然。寫一行衰柳，幾
　　處哀蟬。展卷沈吟，昏鴉蔓草故宮前。〔註142〕

整首作品，詞人鮮少提及畫冊內容，而大多針對畫者馬貴陽〔註143〕以及明初國政的荒蕪耽溺，作出沉痛的諷刺與感嘆。又如〈菩薩蠻・吳門將歸，爲姜學在〔註144〕題歲寒圖。〉：

　　　　瀕行不折閶門柳，殷勤只勸皋橋酒。笑指歲寒圖。交情如不如？
　　領君珍重意，樹乃猶如此。題罷上歸船，孤帆入暝烟。〔註145〕

從其題序可知，儘管這是一首針對〈歲寒圖〉而寫的作品，不過，整篇內容，完全沒有涉及〈歲寒圖〉中的主角——松、竹、梅，反到著言強調書寫離別之際，與友人姜學在的互動關係。在描述臨別時與友人姜學在的互動。「瀕行不折閶門柳。殷勤只勸皋橋酒。」點出了臨別之際，友人不以折柳相贈，反

---

〔註142〕清・陳維崧：《迦陵詞全集》卷23，收錄在《陳迦陵詩文詞全集》（四部叢刊・初編・集部）（臺北：商務，1979年出版），頁506。

〔註143〕馬貴陽：指馬士英。明貴陽人，字瑤草。萬曆進士。燕京陷，士英以兵擁戴福王（朱由崧）入南京稱帝，建號弘光。官至東閣大學士，進太保。與阮大鋮相勾結，橫暴貪婪，朝廷腐敗。周詔九：《陳維崧選集》（上海：上海古籍出版社，1994年10月初版），頁136。

〔註144〕《國朝耆獻類徵初編》471：「姜實節字學在，號鶴澗，藝圃。如農次子，僑居吳，工詩書畫，著有焚餘草。見國朝耆獻類徵四七一。」（清）李桓輯：《國朝耆獻類徵初編》第24冊（台北：文友書局，1966年10月初版），頁14000。

〔註145〕清・陳維崧：《迦陵詞全集》卷2，收錄在《陳迦陵詩文詞全集》（四部叢刊・初編・集部）（臺北：商務，1979年出版），頁361。

於皋橋殷勤勸酒，把酒言歡之際，接著友人以玩笑口吻向詞人提出爲畫題詞的邀請。下闋，面對友人熱情的舉動和邀請，詞人作出回應，「領君珍重意。樹乃猶如此。」〔註146〕除向友人表達珍重之意，並感嘆人事聚散的無常變化；「題罷上歸船，孤帆入暝烟」說明離別的事實，孤帆點出自己與友人離別之後的孤寂。換言之，整首詞作，跳脫畫面的論述，主要交代詞作的創作背景，表面上雖然寫的是友人相送的歡樂場面，不過，詞作背後卻隱藏了詞人內心的孤寂與落寞。

再看〈臨江仙・賦得「睡起宛然成獨笑，數聲漁笛在滄浪」，爲園次題帳額畫〉：

> 西塞山前無六月，半間草閣臨流。晚來都聚打魚舟。笛聲四起，劃碎一江秋。　　正值南柯初罷郡，槐陰螘戰剛休。兼天波浪打閒鷗。寄聲三老，今夜轉船頭。〔註147〕

「賦得」原借古人詩句命題作詩，科舉時代的試帖詩，由於詩題多取成句，因此題目之前均冠以「賦得」二字，後來被廣泛應用在應制之作及文人聚會分題創作。此首作品，從其題序判斷應該是陳維崧參與文人聚會時，在分題賦詩的狀況下，根據分得的題目「睡起宛然成獨笑，數聲漁笛在滄浪」〔註148〕書寫而成。全詞關注的對象並非帳額畫，反而緊扣分得的題目，呈現出夏日午後的怡然自得。又如〈水調歌頭・題余氏女子繡西施浣紗圖，爲阮亭賦。〉：

> 婀娜針神女，春晝繡西家。聞道若耶溪上，漾水漾明沙。爲憶吳宮情事，驀地養娘來至，羞臉暈朝霞。忙向屏山畔，背過鬢邊鴉。　　一春愁，三月雨，滿欄花。西施未嫁，當初情緒記些些。靠著繡牀又想，拈著鴛針又放，幽思渺無涯。一幅鮫綃也。錯認越溪紗。〔註149〕

---

〔註146〕化用《世說新語》上卷〈言語〉：「桓公北征經金城，見前爲琅邪時種柳，皆以十圍，慨然曰：『木猶如此，人何以堪！』攀枝執條，泫然流淚。」（南朝）劉義慶撰、劉孝標注：《世說新語》上冊（北京：中華書局，1999 年 2 月初版），頁 72。

〔註147〕清・陳維崧：《迦陵詞全集》卷 5，收錄在《陳迦陵詩文詞全集》（四部叢刊・初編・集部）（臺北：商務，1979 年出版），頁 384。

〔註148〕此詩句出自宋・蔡持正詩：「低屏瓦枕竹方床，手倦拋書午夢長，睡起宛然成獨笑，數聲漁笛在滄浪。」

〔註149〕清・陳維崧：《迦陵詞全集》卷 14，收錄在《陳迦陵詩文詞全集》（四部叢刊・初編・集部）（臺北：商務，1979 年出版），頁 437。

整首詞作內容，詞人關注的對象並非西施浣紗圖，反而將眼光轉移到繡畫者余氏女子的身上，詞人運用豐富的想像力，以文學虛構的筆法，大膽揣測余氏繡畫時的過程與心境上的起伏變化。

　　綜上所述，陳維崧對於題畫詞的詞畫處理，大體反映了「詞畫相互闡發」與「詞畫各自獨立」兩種特色，但數量而言，以前者居多。另一方面，當文字與圖像切換轉譯時，無論是詞畫互涉、詞畫互補，亦或詞畫獨立，陳維崧皆充分掌握獨特的自我觀照，自由地遊走於眞實、虛構之間，或直寫描摹，或發揮豐富想像，透過文字的包裝，爲客觀不語的畫面增添多重鮮明的意蘊，使其題畫詞作呈現既寫實又具穿透的多變面貌。

# 第四章　陳維崧題畫詞之創作特色

任何成功的文學藝術創作，皆需要內涵與表現的完美結合。有鑑於此，本節將討論陳維崧題畫詞的表現手法，期盼從「題序」、「修辭技巧」、「章法結構」三個面向，歸納出陳維崧題畫詞的創作特色。

## 第一節　善用題序

陳維崧每一首題畫詞作品，皆使用題序，其頻率之高，成為研究陳維崧作品時值得關注的特色。不過，詞中題序的使用，早在陳維崧之前便廣泛出現，以下便針對「題序」淵源以及「題序」在陳維崧詞中扮演的功能與出現的類型等相關議題，進一步地探討。

### 一、題序繼承

關於題序，施蟄存《詞學名詞釋義》曾云：

> 詞序其實就是詞題。寫得簡單點，不成文的，稱為詞題，如果用一段比較長的文字來說明作詞緣起，並略為說明詞意，這就稱為詞序。〔註1〕

題序乃是詞人創作詞作的過程中，有時候為補充說明詞義，往往會在詞牌外加上一些文字，文字簡短的，稱之為詞題，藉此提示詞的主旨內容；文字冗長的，稱之為詞序，藉此說明作詞緣起。兩者被後人合稱題序。

題序發展成為詞體的一部分，實非偶然，乃經歷一段演變過程，針對這點，不少學者皆有相關論述。如明・胡應麟《少室山房筆叢・卷 21・藝林學

---

〔註1〕施蟄存：《詞學名詞釋義》（北京：中華書局，1988 年 6 月初版），頁 95。

山三・醉公子》：

> 〈菩薩蠻〉稱唐世諸詞之祖，昔人著作最眾，乃無一曲與詞相合，
> 餘可類推。猶樂府然，題即詞曲之名也，聲調即詞曲之音節也……其
> 故蓋以唐人因詞製調，至宋時則因調填詞，故後人於詞名之下，往往
> 再附加題名，以醒眉目也。〔註2〕

清・陳廷焯《詞壇叢話》：

> 唐五代詞，皆無題，調即題也。宋人間有命題者，自增入閨情、
> 閨思、四時景等題，自《花庵》、《草堂》始，後遂相沿……〔註3〕

又如王易《中國詞曲史》：

> 五代宋初之詞，調下無題，其後填詞者始於調下附著作意，
> 啓此風者是東坡。《東坡集》中，幾全有題或小序。此爲詞之進步，
> 因著題則不能爲泛泛之詞，且使讀者易明其旨也。〔註4〕

詞體發展之初，題序尙未出現，當時填詞者多依照詞牌命意，詞牌相當於詞
題，詞牌和所詠的內容有密切關係。北宋初期，詞作另標題序仍不多，題序
使用的風氣，直到蘇軾，才蔚爲大盛〔註5〕。推究此種詞學現象，施蟄存作過
詳細分析：

> 唐五代至北宋初期的詞，都是小令，他們常用於酒樓歌館，爲
> 侑觴的歌詞。詞的內容不外乎閨情宮怨，別恨離愁，或賦詠四季景
> 物。文句簡短明白，詞意一看就知，自然用不到再加題目。以後，
> 詞的作用擴大，成爲文人學士抒情寫懷的一種新興文學形式，於是
> 詞的內容、意境和題材都繁複了。有時候光看詞的文句，還不知道
> 爲何而作，於是作者有必要加一個題目。〔註6〕

又趙曉嵐云：

---

〔註2〕收錄於楊家駱編：《讀書箚記叢刊》第2集《少室山房筆叢》（上冊）（台北：
世界書局，1963年4月初版），頁289。

〔註3〕收錄於唐圭璋：《詞話叢編》第4冊（北京：中華書局，1986年11月初版），
頁3740。

〔註4〕王易：《中國詞曲史》（台北：洪氏出版社，1981年1月初版），頁260。

〔註5〕宋詞較多地出現題序是從張先開始，張先存詞180首左右，有題序者共65
首……，詞序眞正成爲氣候，成爲眞正的古今一大轉移，當自蘇軾開始……，
《全宋詞》所收360餘首東坡樂府中，除220首短題外，有序者40首。趙曉
嵐：〈論宋詞小序〉，《文學遺產》第6期，2006年，頁41。

〔註6〕施蟄存：《詞學名詞釋義》（北京：中華書局，1988年6月初版），頁94。

　　　　詞的社交功能、娛樂功能和抒情功能是呈現動態變化的。在最
　　初，娛樂功能和社交功能重於抒情功能；到後來，抒情功能逐漸取
　　得首要地位，用胡適《詞選》所說，就是經歷了從「歌者之詞」到
　　「詩人之詞」的變化。這一逐漸的變化，既表現在詞的內容上，也
　　表現在詞的題序上……詩人之詞、士大夫之詞出現後，個人抒情功
　　能增強了，旁借餘文以補之可謂是必然之事。故長調之成，描述成
　　分爲多，是說明性的一種補充；而詞的題序之興，則是又一種「說
　　明」、「點醒」。〔註7〕

隨著詞體發展的演變，詞牌與內容關係逐漸疏遠，詞無論在內容或感情都更
爲複雜，僅從詞牌很難知曉詞意，加上詞體含蓄的美學意蘊與撲朔迷離的意
象使用，導致詞意隱晦難解。因此，後來詞人便開始在詞牌之外，加上文字，
借此說明詞意。

　　題序的使用，自東坡打開風氣後，廣泛流傳，到了清代，詞作中題序的
出現十分普遍。相較於清初其他詞家，陳維崧詞中題序的大量使用，儼然已
成爲詞作體製上重要的一部分，這一點，可從題畫詞得到相對應證。以下茲
就題畫詞題序的「類別」與「功能」兩方面，深入地討論。

## 二、題序類別

　　從類別上，陳維崧題畫詞題序的外在形式可分爲三種：

　　第一，有題無序。這類作品如〈偷聲木蘭花〉（畫師要寫蕭疏意）題曰：
「題關東席端伯小像」、〈四園竹〉（西陵高士）題曰：「題西陵陸蓋思繞屋梅
花圖像」、〈念奴嬌〉（丹青一幅）題曰：「題季端木小影」、〈沁園春〉（老友者
誰）題曰：「題徐禎起六十斑斕圖」、〈荊州亭〉（苦竹黃蘆想像）題曰：「題扇
上琵琶行圖」、〈歸田樂引〉（散牧涼秋月）題曰：「題王石谷晴郊散牧圖」等
等。這類題序，多半直接點出創作的主題，試舉〈歸田樂引・題王石谷晴郊
散牧圖〉詳述之：

　　　　散牧涼秋月。或樹根、痒而摩者，或飲寒湫窟。渡者人立者，
　　啼者，鳴者，喜則相濡怒相齕。　　矜秋露毛骨。昂首森然如陵闕。
　　綠崖被坂，麕蔽滿林樾。駝一塞馬七，豕牛羊百三十，牧笛一聲日
　　西沒。

---

〔註7〕趙曉嵐：〈論宋詞小序〉，《文學遺產》第 6 期，2006 年，頁 38～39。

這首詞中，題序為「題王石谷晴郊散牧圖」，屬於有題無序，以開門見山的方式向讀者點破作者觀畫創作的對象——「王石谷晴郊散牧圖」，如此一來當讀者根據此訊息理解詞作內容，即可迅速了解這首題畫詞的旨意。另一方面這類題序，也透露了當時詞、畫彼此交流的興盛風氣。

第二，無題有序。這類作品如〈滿江紅〉（二十年前）序曰：「梁溪顧梁汾舍人過訪，賦此以贈，兼題其小像。」、〈祝英臺近〉（紅絊轑）序曰：「題季柔木小影，兼誌別懷。」、〈念奴嬌〉（平生謾罵）序曰：「題劉震修小像，即次原韻。」、〈喜遷鶯〉（月明珠館）序曰：「石濂和尚自粵東來梁園，為余畫小像，作天女散花圖，詞以謝之。」、〈鶯啼序〉（一圖執卷）「蘭陵邵子湘有畫像五幀，一展書、一課耕、一垂竿、一游嶽、一蕉團，索余題詞，因賦此篇。」、〈菩薩蠻〉（流蘇小揭人初起）序曰：「題青谿遺事畫冊，同鄒程邨、彭金栗、王阮亭、董文友賦八首。」、〈行香子〉（煙樣羅裯）序曰：「為李武曾題扇上美人，同弟緯雲賦。」等等。這類題序，多半交代創作背景，試舉〈滿江紅〉（二十年前）序曰：

> 梁溪顧梁汾舍人過訪，賦此以贈，兼題其小像。

在這首作品中，雖然不見詞題，但是，陳維崧藉由短序，說明創作的背景——創作的原由以及主動贈與的對象，間接點出了陳維崧與顧梁汾交誼的事實。又如〈鶯啼序〉（一圖執卷）序曰：

> 蘭陵邵子湘有畫像五幀，一展書、一課耕、一垂竿、一游嶽、
> 一蕉團、索余題詞，因賦此篇。

相較於前例，根據題序內容，可知陳維崧這首題畫詞作，乃在文人社交儀式的場合中，受到畫家邵子湘的邀請，基於被動酬贈的理由，觀畫題詞。

第三，有題有序。這類作品如〈減字木蘭花〉（多年枯樹）題曰：「題山陰何奕美小像」，序曰：「奕美尊人侍御公，以忠節死。」、〈西江月〉（李白開原供奉）題曰：「題六和孫公樹捧書圖」，序曰：「公樹，伯觀先生孫。先生官舍人，賜書最多。」、〈花間虞美人〉（角弓硬劍黃金弝）題曰：「為廣陵何茹庵題像」序曰：「像在荷潭竹嶼間，旁有兩姬人侍。」、〈滿庭芳〉（碧篠千竿）題曰：「題徐武貽小像」序曰：「武貽，文貞後人，椒峰，弢仲母舅，舊許為題像，今翁已沒，始追補成之。」、〈沁園春〉（酒庫經堂）題曰：「題汪舍人蛟門少壯三好圖」序曰：「圖作擘姬挾箏琶度曲，擁書萬卷，數鴟夷貯酒其旁，圖上題詞甚多，豹人則欲開閣禁釀，于皇則欲焚硯燒書，二說紛然，余故作

此詞。」〈蓮陂塘〉（有蘭陵、寧馨年少）題曰：「題龔節孫仿橘圖」序曰：「節孫蘭陵人，卜居陽羨，羨東坡之為人，故為斯圖以明志。」等等。這類題序，詞序補充說明詞題，試舉〈蓮陂塘〉（有蘭陵、寧馨年少）：

> 題曰：「題龔節孫仿橘圖」序曰：「節孫蘭陵人，卜居陽羨，羨東坡之為人，故為斯圖以明志。」

詞題「題龔節孫仿橘圖」透露了陳維崧觀畫題詞的對象；詞序「節孫蘭陵人，卜居陽羨，羨東坡之為人，故為斯圖以明志。」則進一步補充畫中人物以及此畫的背景資料，以提供讀者完善的理解訊息。

## 三、題序功能

在功能上，其題序又可分為二類：

第一，提示詞作主旨。林順夫：「既然閱讀是一種歷時活動，而標題和序言又總是出現在詞之前，它們就能為讀者提供一個理解文本的總體提示。」〔註8〕這說明「題序」在某種功能上扮演了「提示詞作主旨」的關鍵角色。題畫詞的創作，主要針對眼前觀看的畫作書寫而成，詞作隨畫作的不同而有所改變，因此，為明確題畫詞的主旨，題序便成為詞作主旨最好的提示。這類作品，如：〈減字木蘭花〉（隋宮絲管）「題彭爰琴小像」、〈浪淘沙〉（艷潨幾千堆）「題園次收綸濯足圖」、〈水調歌頭〉「題毛會侯戴笠垂竿小像」、〈侍香金童〉（蕃馬平沙）「題閨秀畫扇，用湘瑟詞韻。」、〈念奴嬌〉（誰將醉墨）「戲題終葵畫（鍾馗，一名終葵。）」、〈歸田樂引〉（粉墨真瀟灑）「題春郊禊飲圖」、〈望海潮〉（極北龍歸）題曰：「題馬貴陽畫冊」、等等。這些作品，只要觀察題序，即可知題畫詞作的主旨。

第二，交代書寫動機。從其題序，不難發現陳維崧創作的動機，大致可分為以下幾類：

其一，題詠唱和。這類作品如：〈菩薩蠻〉（流蘇小揭人初起）「題青谿遺事畫冊，同鄒程邨、彭金栗、王阮亭、董文友賦八首。」、〈水調歌頭〉（婀娜針神女）「題余氏女子繡西施浣紗圖，為阮亭賦。」、〈高陽臺〉（巫峽妖姬）「題余氏女子繡高唐神女圖，為阮亭賦。」、〈瀟湘逢故人慢〉（龍綃一幄）「題余氏女子繡柳毅傳書圖，為阮亭賦。」、〈多麗〉（問多情）「題余氏女子繡陳思

---

〔註 8〕 林順夫：《中國抒情傳統的轉變——姜夔與南宋詞》（上海：上海古籍出版社，2006 年出版），頁 43。

洛神圖,為阮亭賦。」、〈沁園春〉(十萬瓊枝)「題徐渭文鍾山梅花圖,同雲臣、南耕、京少賦。」等,皆屬於為唱和他人而寫成的作品。

其二,人情酬贈。這類作品包括酬贈文人或畫家而寫,如:〈沁園春〉(屈指生平)「為雪持題像,即次原韻。(像作大雪中,數燕姬箏琶夾侍。)」、〈菩薩蠻〉(年少鬪酒紅欄下)「為竹逸題徐渭文畫紫牡丹」、〈沁園春〉(鬱金堂後相思樹)為汪蛟門舍人題畫冊十二幀、〈繞佛閣〉(冷篆雪研)「為李武曾題長齋繡佛圖小像」、〈阮郎歸〉(吳綾一幅滑如脂)「為靈雛題畫」、〈菩薩蠻〉(瀕行不折閶門柳)「吳門將歸,為姜學在題歲寒圖。」、〈臨江仙〉(西塞山前無六月)「賦得『睡起宛然成獨笑,數聲漁笛在滄浪』,為園次題帳額畫幅。」、〈多麗〉(問多情)「為李雲田、周小君寶鐙題坐月浣花圖」、〈喜遷鶯〉(月明珠館)「石濂和尚自粵東來梁園,為余畫小像,作天女散花圖,詞以謝之。」等等。另外,亦有在祝壽或送別時,為酬贈他人而寫成的作品,如:〈齊天樂〉(憑誰細研吳綾滑)「題松萱圖,為姜西溟母夫人壽。」、〈海棠春〉(智瓊年小逢珍偶)「題美女圖,為閨人稱壽。」、〈水調歌頭〉(何以贈行卷)「題遠公畫洞山圖,送天石北上。」〈賀新郎〉(閩嶠盤天際)「題郎官山雪霽圖,送家伯驪還八閩。」

其三,因畫起興。睹物興情,本是人之常情,畫作乃物之一類,當觀看者有機會接觸畫作時,觀看當下,亦使心思敏銳的詞人,容易產生情感變化,進而引發創作的可能。換言之,畫作可能成為觸發詞人情感的媒介,使詞人因感物而書寫。這類詞作如:〈賀新郎〉(漏悄裁書罷)「作家書竟,題范龍仙書齋壁上蘆雁圖。」、〈金明池〉(歷歷殘更)「臬署寒夜,展鵑紅女史梅花畫扇感賦。」、〈念奴嬌〉(炎天看此)「冬夜聽梧軒題王右丞初冬欲雪圖」。

陳維崧題畫詞的題序,無論以何種方式書寫,或簡單提示詞作主題,或交代創作動機,不僅補充詞作的背景,有助於讀者對於詞意的掌握,另一方面,亦為其題畫詞的社交性存在,提供最好的證據。換言之,相較於其他詞人,陳維崧題畫詞在題序方面所彰顯的酬贈與唱和色彩十分濃烈。

## 第二節　修辭豐富

《文心雕龍》:「夫綴文者情動而辭發;見文者批文以入情。」〔註9〕文辭

---

〔註 9〕劉勰著、周振甫注:《文心雕龍注釋》知音第四十八（台北：里仁書局,1984年5月出版）,頁888。

對於作者或讀者而言，都是扮演相當重要的角色。就創作者來說，先有情感的興起，然後訴諸於文字；就讀者而言，閱讀理解作品時，必須通過文辭的媒介，進入作者情思之中。是故，一篇成功的作品，除了有豐富的情感，文字的修辭技巧亦不可少。以下茲就陳維崧題畫詞所呈現的豐富修辭〔註 10〕，進一步深入討論。

## 一、譬喻──色彩鮮明、擬虛為實

　　譬喻是一種「借此喻彼」的修辭法，描寫事物或說明道理時，藉由聯想，選擇與它相似的對象作比喻，以具體說明抽象、以淺顯說明複雜，引起讀者共鳴。關於譬喻的分類各家說法不一，如宋・陳騤《文則》一書，將譬喻分為十類；夏宇眾《修辭學大綱》僅分為「顯比」、「隱比」兩類；一九九〇年浙江修辭研究會編著的《修辭方式例解詞典》則分為二十四類。〔註 11〕一般而言，譬喻〔註 12〕的常見類型，多以明喻、隱喻、略喻、借喻為主，以下茲就明喻、略喻、借喻分析陳維崧題畫詞中的譬喻手法。

### （一）明喻

　　凡本體、喻詞、喻體三者具備的譬喻叫作明喻，陳維崧題畫詞中，相較於其它譬喻類型，使用明喻的句子，數量最多，如以下數例：

　　　　乍展吳綾，迴味略如橄欖。〈鶴沖天・題鄒生巽含小像（像坐萬

山梅花中，一童子煮茶於側。）〉

本體為「迴味」，喻詞為「如」，喻體為「橄欖」，詞人在觀畫後，對於整體畫作所呈現的恬靜風格，特別有感，故以「橄欖」的回甘滋味，形容觀畫後的自我感受，將抽象的感受化為具體。

　　　　水色綠如鴨，又似乍磨銅。〈水調歌頭・題毛會侯戴笠垂竿小像〉

本體為「水色」，喻詞為「如」、「似」，喻體為「鴨」、「磨銅」，面對眼前畫作，

---

〔註 10〕參考黃慶萱：《修辭學》（台北：三民書局，2007 年 1 月出版）；李若鶯：《唐宋詞鑑賞通論》（高雄：復文圖書出版社，1996 年 9 月出版）。
〔註 11〕參考黃慶萱：《修辭學》（台北：三民書局，2007 年 1 月出版），頁 322～324。
〔註 12〕「譬喻」句式，是由「事物本體」和「譬喻語言」兩大部分構成。所謂「事物本體」，是所要說明的事物本身，簡稱「本體」。所謂「譬喻語言」，是譬喻說明此一事物本體的語言，又包括：「喻體」，拿來作比方的另一事物；「喻詞」是連接本體和喻體的語詞；有時更增添「喻旨」，把譬喻的意義所在也點出了。參考黃慶萱：《修辭學》（台北：三民書局，2007 年 1 月出版），頁 327。

詞人發揮豐富想像，首先將綠水，與「鴨」的體色作巧妙地結合，使水色的綠更爲生動鮮明；其次，又以「銅鏡」比擬水面平靜無波的狀態，具體而細膩地捕捉畫中寧靜氛圍。

> 彼君子兮，朗若玉山，爛若朝霞。〈沁園春‧爲高汝敬尊公季遠
> 題像，並贈汝敬。（季遠，忠憲公季子。）〉

本體爲「君子」，喻詞爲「若」，喻體爲「玉山」、「朝霞」，這是一首爲人題像的作品，免不了觸及人物面貌與形態的描寫。爲了凸顯像主的形象，詞人以玉山比喻像主高汝敬的形態，後以「朝霞」比喻像主紅潤的面貌。

> 銀河斜墜光如雪，碧盧淺浸天邊月。月色太嬋娟，行來剛並肩。
> 〈菩薩蠻‧題青谿遺事畫冊，同鄒程邨、彭金粟、王阮亭、董文友
> 賦八首。私語〔註13〕〉

本體爲「星光」，喻詞爲「若」，喻體爲「雪」，這首作品主要描寫美人月下私語的情景，詞人爲捕捉月夜天空的氛圍，遂將星光比擬爲白雪，藉此比喻皎潔如雪的星色。

> 十萬瓊枝，矯若銀虬，翩如玉鯨。〈沁園春‧題徐渭文鍾山梅花
> 圖，同雲臣、南耕、京少賦。〉

本體爲「十萬瓊枝」，喻詞爲「若」，喻體爲「銀虬」、「玉鯨」。瓊枝指梅花的枝幹，矯指蟠屈強健的姿態，虬指古代傳說中的有角的小龍〔註14〕，面對圖中山勢的起伏，詞人首先將山上盛開的梅林蜿蜒蟠屈之狀，以及梅樹枝幹橫斜作態，巧妙地比喻作「銀虬」。其次，再以「翩如玉鯨」形容梅花怒放，翩指輕盈飛躍的樣子，將梅朵怒放比擬作鯨之戲水，噴射浩瀚〔註15〕。換言之，此處詞人以「銀虬」、「玉鯨」動物，具體生動地側寫梅花圖中梅枝盤折飛舞、梅花盛開的姿態。

## （二）略喻

凡省略「喻詞」，只有「本體」、「喻體」，稱作「略喻」。例如：「少女心，海底針」，本體爲「少女心」，喻體爲「海底針」，喻詞「似」省略。陳維崧題畫詞作，使用略喻的句子，茲舉以下幾例說明：

---

〔註13〕私語爲〈菩薩蠻‧題青谿遺事畫冊，同鄒程邨、彭金粟、王阮亭、董文友賦
　　　八首〉中第三首的主題。
〔註14〕周韶九：《陳維崧選集》（上海：上海古籍出版社，1994年10月初版），頁146。
〔註15〕嚴迪昌：《金元明清詞精選》（江蘇：江蘇古籍出版社，1992年初版），頁168。

　　煙樣羅襠。月樣銀鉤。〈行香子‧爲李武曾題扇上美人，同弟緯
雲賦。〉

本體爲「羅襠」、「月樣」，喻體爲「煙樣」、「銀鉤」，喻詞「如」省略了。此
處以具體的「煙」、「銀鉤」分別形容美人身上的綾羅綢緞在夜光下所呈現的
朦朧美以及月如銀鉤的模樣。

　　詠者立飲者，弈者謳者，一幅龍眠西園畫。〈歸田樂引‧題春郊
禊飲圖〉

本體爲「詠者立飲者，奕者謳者」，喻體爲「一福龍眠西園畫」，喻詞「如」
省略了。此處將春郊禊飲圖，比喻成李公麟「西園雅集圖」〔註16〕，對畫作
表達出最大的推崇與讚賞。

## （三）借喻

　　凡將「本體」、「喻詞」省略，只剩下「喻體」的，即爲「借喻」。例如《論
語‧子罕》：「歲寒，然後知松柏後凋。」此處將本體「世亂然後知君子之守
正也」與喻詞「猶」省略，剩下喻體「歲寒，然後知松柏後凋。」主要借歲
寒松柏後凋，比喻亂世君子之守正。陳維崧題畫詞作，使用借喻的句子，列
舉如下：

　　快馬健兒，記當日、先生自許。〈滿江紅‧題尤悔庵小影，次韻
二首。〉

詞人以「健馬」〔註17〕比喻尤悔庵，本體「尤悔庵」和喻詞「如」皆省略，
僅剩喻體「快馬健兒」。

　　年少鬭酒紅欄下，一叢奼紫眞如畫。今日畫花王，依稀洛下
妝。　　徐熙眞逸品，淺暈葡萄錦。挂在賞花天，狂蜂兩處喧。〈菩
薩蠻‧爲竹逸題徐渭文畫紫牡丹〉

〔註16〕北宋元祐二年（1087）英宗皇帝趙曙的駙馬、山水畫大家王詵在他汴梁的西
　　　園，邀蘇軾、蘇轍、黃庭堅、米芾、蔡肇、李公麟、李之儀、晁補之、張耒、
　　　秦觀、劉涇、陳景元、王欽臣、鄭嘉會、圓通大師主友十六位翰苑奇才在「寶
　　　繪堂」賞珍析異，宴歡之餘來到庭院的景象。事後人物畫大師李公麟描繪了
　　　這一盛況，由米芾題記，取名《西園雅集》。應一平：〈西園雅集圖簡介〉，《文
　　　博》第1期，2009年，頁24。
〔註17〕健馬：北朝《折楊柳歌》其二：「健兒須快馬，快馬須健兒。蹕跋黃塵下，然
　　　後別雄雌。」化用其意。（蹕跋：象聲詞，馬奔馳時馬蹄擊地之聲。別雄雌：
　　　區別強弱。）周韶九選注：《陳維崧選集》（上海：上海古籍出版社，1994年
　　　10月初版），頁57。

此處本體「紫牡丹」與喻詞「如」，省略不寫。為了凸顯畫中主角紫牡丹的美艷動人，詞人將紫牡丹比擬作「葡萄」，側寫蜜蜂於牡丹周圍喧鬧飛舞的景象，生動形容紫牡丹的美艷之餘，也將紫牡丹抽象的神韻給具體化了。

> 婀娜針神女，春畫繡西家。〈水調歌頭‧題余氏女子繡西施浣紗圖，為阮亭賦。〉

本體「余氏女子」和喻詞「如」省略了，對於眼前畫作，詞人以「婀娜針神女」比喻余氏女子，藉「針神」具體稱讚余氏高超的繡畫技術。

> 擬答春暉，此心慚寸草。〈齊天樂‧題松萱圖，為姜西溟母夫人壽。〉

此處的春暉，將抽象的母愛具體比喻成春天的陽光；寸草，將子女比喻成小草，唐孟郊〈遊子吟〉：「誰言寸草心，報得三春暉。」此處意謂母親恩情深重，子女即使竭盡心意，亦難以報答。

> 艷澦幾千堆，濺雪轟雷。〈浪淘沙‧題圍次收綸濯足圖〉

本體「浪花」和「濤聲」，喻詞「如」省略不寫，僅剩喻體「濺雪」和「轟雷」，藉此形容噴濺的白浪與巨大的濤聲，具體生動創造出畫面視覺與聽覺的震撼感。

　　整體而言，不難發現，陳維崧在譬喻修辭的特色上，不僅對物體的色彩描繪十分貼切鮮明，另一方面，也巧妙地運用譬喻手法，將難以抽象描摹的對象：如畫者技術、母愛、觀畫感受、紫牡丹的神韻等，擬虛為實、化抽象為具體，生動的表現出來。

## 二、誇飾——氣盛豪放、筆力強勁

　　誇飾是指言語超越客觀事實的一種修辭法，主要在於凸顯所要表達的形象，或使情意更為鮮明。正所謂「因夸以成狀，沿飾而得奇也。」〔註 18〕藉由誇飾的運用，能化無形為有形，將難狀之物、難摹之情，具體呈現，讓讀者在閱讀之時留下深刻的感官印象。誇飾的對象，有空間的、時間的、物象的、人情的〔註 19〕，陳維崧題畫詞中，也運用了一些誇飾的修辭，茲舉以下例子說明：

---

〔註 18〕劉勰著、周振甫注：《文心雕龍注釋》誇飾第三十七（台北：里仁書局，1984年 5 月出版），頁 694。

〔註 19〕黃慶萱：《修辭學》（台北：三民書局，2007 年 1 月出版），頁 286。

## （一）時間

文學創作對於時間的誇飾運用，往往以誇飾的時間單位，試圖製造文學性張力。例如：

> 半世詩顛，千古文雄。〈四園竹·題西陵陸蓋思繞屋梅花圖像〉

> 凝眸處、婀娜華容，千秋無恙。〈多麗·題余氏女子繡陳思洛神圖，爲阮亭賦。〉

上述兩例均屬時間上的誇飾。第一例針對畫中主角陸蓋思，詞人以「半世」、「千古」時間性的恆長，點出對陸蓋思文學成就的長久肯定。第二例，面對眼前的「陳思洛神圖」，詞人以「千秋」指時間的恆久，藉此形容畫面女子——洛神華美婀娜的容姿，即使過了許久的時間，依舊栩栩如生，間接稱讚余氏女子高超的繡畫功力。

## （二）物象

針對眼前景物，受到觀看心境的影響，而產生對物象數量、形象的誇張聯想。例如：

> 更梅花作海，綻香雪、飄千點。〈鶴沖天·題鄒生巽舍小像（像坐萬山梅花中，一童子煮茶於側。）〉

> 萬樹滴胭脂，下映平坡，都不許、蘼蕪成綠。〈洞仙歌·題喬石林舍人桃源圖小照〉

> 灩澦幾千堆，濺雪轟雷。〈浪淘沙·題閔次收綸濯足圖〉

上述兩例均對物體採取數量上的誇飾，「梅花作海」詞人將畫中梅花綻放景象，比喻成花海；「綻香雪、飄千點」此處的「千」字乃虛數，表示數量之多。「萬樹滴胭脂」，詞人爲了描寫畫中蓬勃的生機，以「萬樹」之誇飾，形容大地的綠意盎然。至於末一例「灩澦〔註20〕幾千堆」，此處「千」字，描寫畫中地勢猶如千個灩澦堆（巨石）堆聚在水中，藉以形容畫中的地勢險阻眾多。再如：

> 更取名花，圖成粉本，惹殺狂蜂蝶。盈盈著紙，誤人幾度攀折。
> 〈百字令·題徐晉遺表弟所畫牡丹圖，並以誌悼。（時正是花大放。）〉

〔註20〕灩澦：灩澦堆。舊時爲長江三峽著名的險阻，是江心突起的巨石，在四川奉節縣東五公里瞿塘峽口。梁鑒江：《陳維崧詞選注》（上海：上海古籍出版社，1990年9月初版），頁34。

為了形容徐晉遺繪畫技術的高超，詞人不直接點明，反倒用「惹殺狂蜂蝶，蜂蝶著紙、誤人幾度攀折」的誇飾筆法，強調畫作的栩栩如生。

## （三）人情

凡是與人相關的誇飾，包括情感、外貌等。例如：

> 目欲營天地，三閭呵壁〈念奴嬌・戲題終葵畫（鍾馗，一名終葵。）〉

> 飲千鍾，筆如風。〈江城子・題鄒九揖像〉

> 一笑溜橫波，媚靨紅於酒。〈海棠春・題美女圖，為閏人稱壽。〉

上述數例，皆為詞人針對觀畫內容，作人情的誇飾形容。以第一例而言，詞人為塑造畫中鍾馗奇詭威勢的形象，首先以「目欲營天地」形容眼神之銳利，再以「三閭呵壁」形容聲音的豪放響亮。第二、第三例，則屬於人物動作的誇張想像，藉此鮮明畫中鄒九揖豪邁與美女嬌羞的一面。

陳維崧在誇飾的修辭上，無論是時間、物象還是人情方面，「千」或「萬」二字使用之頻繁，使得字裡行間不自覺流露出一股豪放的氣勢。此外，「濺」雪、「轟」雷、「惹殺」「狂」蜂蝶、「呵壁」、紅於「酒」等字詞的選用，也反映了陳維崧筆力強勁的一面。

# 三、摹況——視聽觸嗅、交相映發

對自己感受到的各種境況和情況，特別是其中的聲音、色彩、形狀、氣味、觸感等，恰如其實加以形容描述，叫作「摹況」。〔註21〕摹況的對象，包含視覺、嗅覺、味覺、聽覺、觸覺等，陳維崧題畫詞中，摹況的使用十分普遍，茲舉以下三例綜合說明之：

> 西陵高士，小隱段橋東。十年酒聖，半世詩顛，千古文雄。銅
> 將軍，麴道士，楮先生者，三君蹤跡時同。　　屋如蜂。屋頭無數
> 冷香，籬門都浸其中。鎮日和煙和雨，點點欹斜，片片朦朧。杯在
> 手，長側帽，林間一笛風。〈四園竹・題西陵陸藎思遶屋梅花圖像〉

在這首作品中，上闋部分著重敘事，介紹畫中主角——陸藎思，分別以「西陵高士，小隱段橋東。」點出身分，次以「十年酒聖，半世詩顛，千古文雄。」稱讚其文學才華，最後則以「銅將軍，麴道士，楮先生者，三君蹤跡時同。」介紹其休閒娛樂。下闋則由主角轉為寫景，摹寫畫中配角的四周景色——「屋

〔註21〕黃慶萱：《修辭學》（台北：三民書局，2007年1月出版），頁67。

如蜂。屋頭無數冷香，籬門都浸其中。」，主要運用視覺、嗅覺描寫梅花繞屋，屋內屋外梅香撲鼻的景象，而「冷」字的巧妙運用，不僅讓梅香的嗅覺，結合了觸覺感受，達到一種通感〔註22〕的渲染力，也進一步帶出畫面煙雨迷濛的寒意，點出梅花綻放的季節，並與「鎮日和煙和雨，點點敧斜，片片朦朧。」互相呼應。全詞最後，觀畫鏡頭則再度回到象主身上，側寫其安然自得的風姿。

　　詞人為豐富畫面內容，除了實寫畫面內容，有時會加入聲音的摹況，以營造畫作更為豐富的氛圍，其中一種情況即觀畫當下融入自我想像，虛構了畫面聲音的描寫，例如：

> 散牧涼秋月。或樹根、痒而摩者，或飲寒湫窟。渡者人立者，啼者，鳴者，喜則相濡怒相齕。　　矜秋露毛骨。昂首森然如陵闕，綠崖被阪，犒蔽滿林樾。駝一塞馬七，豕牛羊百三十，牧笛一聲日西沒。〈題王谷石晴郊散牧圖〉

整首作品著重寫景，採取視覺摹寫的筆法，針對畫面做三個面向的描述。首先以「散牧涼秋月」總覽畫面內容，其次以「或樹根、痒而摩者，或飲寒湫窟。」側寫牲畜姿態——或因痒而摩樹，或飲水於池中，各得其所。最後則以「渡者人立者，啼者，鳴者，喜則相濡怒相齕。」進一步細寫各類牲畜的不同動作與動物自然流露的性情。下闋轉寫四周景物，點出滿山遍地的綠意。結尾處「牧笛一聲日西沒」扮演著畫龍點睛的作用，雖然這只是作者的虛構幻想，不過隨著笛聲的劃破，直接打破了沉靜的畫面，也讓畫境因笛聲的出現別有一番韻味。

　　除此之外，也有就親身體驗而紀錄的聽覺摹況，即詞人在觀畫當下，具體紀錄當時所處環境的背景聲音，例如：

> 歷歷殘更，沉沉深院，坐冷官齋樺燭。簷雨滴、人聲漸悄，又廊外、茶響將熟。想外邊、片片瓊英，都解向、紅板橋南堆簇。悵

---

〔註22〕在日常經驗裏，視覺、聽覺、觸覺、嗅覺、味覺往往可以彼此打通或交通，眼、耳、舌、鼻、身各個官能的領域可以不分界限。顏色似乎會有溫度，聲音似乎會有形象，冷暖似乎會有重量，氣味似乎會有鋒芒。諸如此類在普通語言裏經常出現。譬如我們說「光亮」，也說「響亮」，把形容光輝的「亮」字轉移到聲響上去，……就彷彿是覺和聽覺在這一點上無分彼此。又譬如「熱鬧」和「冷靜」那兩個詞語也表示「熱」和「鬧」、「冷」和「靜」，在感覺上有通同一氣之處。錢鍾書：《七綴集・通感》（台北：書林出版社，1990年5月出版），頁67～68。

何計尋香，無聊展畫，小檢齊紈零幅。　遙憶粉娥調脂盞，恰和淚勻鉛，忍寒皴綠。簪花格、紅攲翠弱，沒骨繪、神全韻足。料霜毫、寫欲成時，襯纖月如銀，斜支臂玉。且吟弄空花，摩挲秋扇，也算探梅林麓。〈金明池・梟署寒夜，展鵑紅女史梅花畫扇感賦。〉

這是一首結合視覺、聽覺與觸覺摹寫的作品，詞人首寫創作當時的環境，殘更、深院、坐冷官齋、樺燭、簷雨滴、人聲漸悄、廊外、茶響將熟，在一連串的視覺與聽覺以及觸覺的巧妙鋪陳下，形成一股空間上的特殊氛圍。夜的沉靜與深沉院落陪襯下，雨滴、人聲、茶響聽來格外分明。此處殘更、深院、坐冷、雨彼此相互呼應，而雨夜的寒意讓未寐的詞人不僅在身體上感受到一股寒冷，內心上也產生化學變化，在惆悵無法外出賞梅只好寂寞展畫了。下闋則運用視覺、觸覺摹寫，轉寫扇上梅花丰姿之美好，其外貌神韻之逼真，讓詞人在摩挲秋扇後彷彿「探梅林麓」，暫獲一時安慰。

陳維崧在摹況使用，大致含括了視覺、聽覺、觸覺與嗅覺，透過隨機的方式將彼此安置於作品中，如〈四園竹・題西陵陸藎思繞屋梅花圖像〉乃結合視覺、嗅覺和觸覺；〈題王谷石晴郊散牧圖〉結合視覺與聽覺；〈金明池・梟署寒夜，展鵑紅女史梅花畫扇感賦。〉則結合視覺與聽覺、觸覺。正因為有了不同摹況安置，而讓詞境更能營造出如畫境般生動的時空氛圍。

## 四、用典——渾化貼切、巧於濃縮

梁・劉勰《文心雕龍》：

> 事類者，蓋文章之外，據事以類義，援古以證今者也。〔註23〕

陳弘治《詞學今論》：

> 詩詞中每有委屈之意，不能直達，乃引故實，藉以影喻，所謂用典是也。……天地間萬物，於蕃衍劇變之中，仍有因心同理同而不能不予以延用者；歷史上事跡，又有先後重演，如出一轍者。文章之作用，既足「恢萬里而無閡，通億載而為津」（陸機語），不受空間語時間之限制，則文學寫作上援引故實，實無可厚非。〔註24〕

文學創作中，凡引用昔日故實，來說明今日事的修辭方法，即為用典。在不

---

〔註23〕劉勰著、周振甫注：《文心雕龍注釋》事類第三十八（台北：里仁書局，1984年5月出版），頁705。

〔註24〕陳弘治：《詞學今論》（台北：文津出版社，1971年10月出版），頁226。

受時空限制的前提下，典故的巧妙運用，或驗證文章內容，或闡明事理、或寄託情感，無論扮演何種角色，皆避免了詞語累贅，除了豐富詩詞的內容，更傳達出委婉深遠的旨意，增添了文章的說服力。

　　陳維崧才學洋溢〔註 25〕，學養知識豐富，常常在詞作中使用大量典故，這一點亦可從其題畫詞得到應證。試舉數例如下：

## （一）語典

　　語典乃化用經史子集的詩文或古人常用的成語、俗語。例如：

　　　　絕妙文孫才調，翩翩王謝門風。〈西江月・題六和孫公樹捧書圖

　　（公樹，伯觀先生孫。先生官舍人，賜書最多。）〉

王謝乃六朝望族王氏和謝氏的合稱，此處引自唐劉禹錫〈烏衣巷〉詩句：「舊時王謝堂前燕，飛入尋常百姓家。」此借「王謝門風」意指孫公樹出身望族的家世背景。

　　　　銅將軍，麴道士，楮先生者，三君蹤跡時同。〈四園竹・題西陵

　　　陸蓋思繞屋梅花圖像〉

銅將軍指琵琶。《吹劍續錄》載，蘇東坡問歌者：「我詞比柳耆柳何如？」歌者曰：「學士詞須關西大漢，抱銅琵琶，執鐵綽板，唱大江東去。」〔註 26〕麴道士指酒，楮先生指用楮樹皮製的紙，此處截取宋陸游〈村居日飲酒對梅花醉則擁紙衾熟睡甚自適也〉詩句：「孤寂惟尋麴道士，一寒仍賴楮先生。」詞人藉「銅將軍，麴道士，楮先生」暗指陸進平時的休閒娛樂。

　　　　安得盡敲瓊樓，早催滕六，一夜看親切。〈念奴嬌・冬夜聽梧軒

　　　題王右丞初冬欲雪圖〉

滕六指雪神，引自宋王炎〈冬雪行〉詩句「且願扶桑枝上紅，日轂東來卻滕六。」此處除了用典，亦以擬人筆法賦予雪神生命力。

　　　　渡者人立者，啼者，鳴者，喜則相濡怒相齕。〈歸田樂引・題王

　　　石谷晴郊散牧圖〉

「喜則相濡怒相齕」一詞，「濡」指柔順相愛，「齕」指咬，此處乃化用《莊子・馬蹄篇》：「……夫馬，陸居則食草飲水，喜則交頸相靡，怒則分背相。」

---

〔註 25〕 王晫：《今世說・卷四・賞譽》：「陳名維崧，江南宜興人，美髭髯，氣衝而盛，神晬以和，才情意志，如江河之皓皓，莫可砥竭。」（清）王晫：《今世說》（北京：中華書局，1985 年出版），頁 45。

〔註 26〕 周韶九：《陳維崧選集》（上海：上海古籍出版社，1994 年 10 月初版），頁 62。

句意〔註27〕，詞人透過捕捉畫中牲畜彼此表現喜怒時的肢體行為，藉此刻畫散牧圖中各類牲畜所流露的自然本性。

> 香浮南內，嬌偏怯雨，影落西清。……如今潮打孤城。只商女船
> 頭月自明。〈沁園春·題徐渭文鍾山梅花圖，同雲臣、南耕、京少賦。〉

「香浮」、「影落」化用林逋詠梅名句「疏影橫斜水清淺，暗香浮動月黃昏」，藉此形容畫中的梅香與花影。潮打空城語出劉禹錫〈石頭城〉詩：「山圍故國周遭在，潮打空城寂寞回。」寄託詞人對故國的憑弔之情。商女指賣唱的歌女，乃化用杜牧〈泊秦淮〉詩：「煙籠寒水月籠沙，夜泊秦淮近酒家。商女不知亡國恨，隔江猶唱《後庭花》！」此處借指明朝覆亡。

> 燃楚竹，炊香糯，五湖東。〈水調歌頭·題毛會侯戴笠垂竿小像〉

「五湖東」引自唐杜牧〈題宣州開元寺水閣，閣下宛溪，夾溪居人〉詩句：「惆悵無因見范蠡，參差煙樹五湖東。」，相傳范蠡在協助越王勾踐滅吳後，有感於大功之下，難以久居，可與勾踐共患難，卻難以同安樂，遂辭於王，乘扁舟，出三江，入五湖。此處乃借范蠡泛舟五湖的典故，形塑畫中像主毛會侯悠閒、回歸自然的一面。

> 春筍報琴彈。〈菩薩蠻·題青谿遺事畫冊，同鄒程邨、彭金粟、
> 王阮亭、董文友賦八首。〉彈琴

春筍乃引自南唐李煜〈搗練子〉（雲鬢亂）詞句：「斜托香腮春筍懶，為誰和淚倚闌干。」形容畫中女子手指纖細美好。

> 檀奴戲覓南朝手。圖倩女、為娘稱壽。〈海棠春·題美女圖，為
> 閨人稱壽。〉

> 竹響似行人。檀郎迴顧頻。〈菩薩蠻·題青谿遺事畫冊，同鄒程
> 邨、彭金粟、王阮亭、董文友賦八首。〉讀書

「檀郎」、「檀奴」此處乃援用唐·韋莊〈江城子〉（恩重嬌多情易傷）詞句：「緩揭繡衾抽皓腕，移鳳枕，枕檀郎。」晉潘岳字檀奴，《世說新語》下卷〈容止〉：「潘岳妙有姿容，好神情。少時挾彈出洛陽道，婦人遇者，莫不連手共縈之。」〔註28〕可見潘岳面貌美好，風姿瀟灑，為當時婦女心儀的對象，後世故以「檀郎」作為婦女對夫婿或所喜歡的人之美稱。

---

〔註27〕黃錦鋐主編：《新譯莊子讀本》（台北：三民書局，1974 年 1 月初版），頁 133。
〔註28〕（南朝）劉義慶撰、劉孝標注：《世說新語》上冊（北京：中華書局，1999年 2 月初版），頁 385。

## （二）事典

事典乃引用昔日古人的歷史故事或古代事物入詩，例如：

> 而今零落堪憐，文園多病，贏得相如渴。〈念奴嬌・題顧螺舟小影〉

文園即為「司馬相如」，《史記》卷 117〈司馬相如列傳〉：

> 相如口吃而善著書。常有消渴〔註29〕疾。與卓氏婚，饒於財。其進仕宦，未嘗肯與公卿國家之事，稱病閒居，不慕官爵。常從上至長楊獵，是時天子方好自擊熊羆，馳逐野獸，相如上疏諫之。……拜為孝文園令。〔註30〕

藉由上述史事，可知此處詞人以文園多病，意指顧螺舟今日潦倒患病的不幸處境。

> 賢郎品更稱佳。只落日祠堂守暮鴉〔註31〕。向山頭荷差錘，……軒渠也，任韋平父子，兩代宣麻。〈沁園春・為高汝敬尊公季遠題像，並贈汝敬。（季遠，忠憲公季子。）〉

韋平是指西漢韋賢、韋玄成與平當、平晏父子。《漢書》卷 71〈雋疏于薛平彭列傳・平當〉：「漢興，唯韋平父子至宰相。」顏師古注：「韋謂韋賢也。」〔註32〕詞人借韋平父子相繼為相的典故，說明高汝敬（季遠）之子追隨高汝敬的腳步，亦過著簡樸自然生活。

> 人到南柯，一片松濤枕畔過。〈采桑子・為汪蛟門舍人題畫冊十二幀〉

> 正值南柯初罷郡，槐陰螳戰剛休。〈臨江仙・賦得「睡起宛然成獨笑，數聲漁笛在滄浪」，為園次題帳額畫。〉

---

〔註29〕《梁書・卷三十三・王僧孺傳》：「吾無昔人之才而有其病，癲眩屢動，消渴頻增。」此處消渴即今之糖尿病，主要症狀為易渴飲多。

〔註30〕瀧川龜太郎：《史記會注考證》（台北：藝文印書館，1972 年 2 月出版），頁 1225～1226。

〔註31〕陳維崧《迦陵詞全集》卷 9 有〈送入我門來・同龔仲震小飲高汝敬紅梅花下（高系忠憲公孫，所居即忠憲祠。）〉一詞，從其題序，可印證高汝敬之子亦追隨其腳步，過著不慕榮利的生活。清・陳維崧：《迦陵詞全集》卷 9，收錄在《陳迦陵詩文詞全集》（四部叢刊・初編・集部）（臺北：商務，1979 年出版），頁 406。

〔註32〕（漢）班固：《漢書》第 6 冊（台北：史學出版社，1974 年 5 月初版），頁 3051。

唐李公佐〈南柯太守傳〉﹝註33﹞敘述東平淳于棼做了一場夢，夢中被大槐國國王招爲駙馬，當了南柯郡太守，經歷人生窮通榮辱。夢醒後發現躺在大槐樹下，而一切的夢境均發生於樹旁之蟻穴。此處詞人皆以「南柯」之典，借指睡夢中。

> 領君珍重意。樹乃猶如此。〈菩薩蠻・吳門將歸爲姜學在題歲寒圖〉

《世說新語》上卷〈言語〉：「桓公北征經金城，見前爲琅邪時種柳，皆已十圍，慨然曰：『木猶如此，人何以堪！』攀枝執條，泫然流淚。」﹝註34﹞陳維崧面對與友人姜學在的分離，詞人除了向姜學在表示保重之意，亦感傷人世中難以預期的變化。

> 縱挾綾文三百，日給龍團鳳餅，曾似故園無。〈水調歌頭・題遠公畫洞山圖，送天石北上。〉

龍團鳳餅即龍鳳團茶，爲宋時貢茶，茶製成圓餅狀，上印龍鳳圖紋，或稱爲「龍鳳茶」。如《宣和北苑貢茶錄》：「宋太平興國初，特置龍鳳模，遣使即北苑造團茶，以別庶飲，龍鳳茶蓋始於此」。﹝註35﹞又宋徽宗《大觀茶論・序》：「本朝之興，歲修建溪之貢，龍團鳳餅名冠天下，婺源之品亦自此盛。」﹝註36﹞即可說明詞人借「龍團鳳餅」比喻上等好茶。

> 極北龍歸，江東馬渡，君臣建業偏安。……月夕花朝，那知王濬下樓船。〈望海潮・題馬貴陽畫冊〉

《岳王傳》﹝註37﹞載宋徽宗之子康王趙構原爲金的人質，後趁機脫逃，倦而息於崔府君廟，夢見神人，告以金人追騎將至，宜速去，且在門外備馬等候。康王驚醒，門外果有一馬，便躍而南馳，日行七百里。渡河後，馬不再往前奔馳，下馬視之，竟然是一匹泥馬。此處「馬渡」乃化用「泥馬渡康王」的典故，借指明福王稱帝，意指南明政權偏安江南。又《晉書》卷42〈王濬列傳〉：

﹝註33﹞（宋）李昉：《太平廣記》卷475〈昆蟲三・淳于棼〉（台北：新興書局，1973年1月出版），頁1826～1829。

﹝註34﹞（南朝）劉義慶撰、劉孝標注：《世說新語》上冊（北京：中華書局，1999年2月初版），頁72。

﹝註35﹞（宋）熊蕃：《宣和北苑貢茶錄》收錄在（明）陶宗儀：《說郛》卷60（台北：新興書局，1972年4月初版），頁915。

﹝註36﹞宋徽宗：《大觀茶論》收錄在（明）陶宗儀：《說郛》卷52（台北：新興書局，1972年4月初版），頁822。

﹝註37﹞（明）余應鰲編：《新刻按鑑全像演義大宋中興岳王傳》（上）（台北：天一出版社，1985年出版），頁30～31。

> 太康元年正月，濬發自成都，率巴東監軍、廣武將軍唐彬攻吳
> 丹陽，克之，擒其丹陽監盛紀。吳人於江險磧要害之處，並以鐵鎖
> 橫截之，又作鐵錐長丈餘，暗置江中，以逆距船。先是，羊祜獲吳
> 間諜，具知情狀。濬乃作大筏數十，亦方百餘步，縛草爲人，被甲
> 持杖，令善水者以筏先行，筏遇鐵錐，錐輒著筏去。又作火炬，長
> 十餘丈，大數十圍，灌以麻油，在船前，遇鎖，然炬燒之，須臾，
> 融液斷絕，於是船無所礙。〔註38〕

太康元年正月，晉武帝（司馬炎）命王濬出蜀伐吳，濬自成都出發，率巴東
監軍、廣武將軍唐彬攻打吳地丹陽，吳人在江流險要之處，以鐵鎖與鐵錐，
阻船前進。後來王濬便以火炬燒斷之，船順利抵達石頭城，吳主孫皓不敵乃
降。此處陳維崧「王濬下樓船」化用「王濬伐吳」的典故，借指清兵南下攻
破南京，南明淪喪。

> 只沈腰、今也不宜秋，驚堪把。〈滿江紅・梁溪顧梁汾舍人過訪，
> 賦此以贈，兼題其小像。〉

沈腰即爲沈約，沈約字休文，南朝梁武康人，《南史》卷57〈沈約列傳〉：

> 初，約久處端揆，有志台司，論者咸謂爲宜。而帝終不用，乃
> 求外出，又不見許。與徐勉素善，遂以書陳情於勉，言己老病，「百
> 日數旬，革帶常應移孔；以手握臂，率計月小半分。」欲謝事，求
> 歸老之秩。〔註39〕

根據史事可知沈約因病日瘦，後人遂以沈郎腰瘦，比喻一個人身體消瘦。如
南唐李煜〈破陣子・四十年來詞〉：「一旦歸爲臣虜，沈腰潘鬢銷磨。最是倉
皇辭廟日，教坊猶奏別離歌，垂淚對宮娥！」此處陳維崧亦借沈腰，形容顧
貞觀〔註40〕外表消瘦的體態。

> 徐君墓，未成挂劍，聊報秣陵書。〈滿庭芳・題徐武貽小像（武
> 貽，文貞後人，椒峰，發仲母舅，舊許爲題像，今翁已沒，始追補成之。）〉

---

〔註38〕（唐）房玄齡撰、吳士鑑、劉承幹同注：《晉書》（台北：藝文印書館，1972
　　　　年出版），頁581。
〔註39〕《南史》卷57〈沈約列傳〉：「初，約久處端揆，有志台司，論者咸謂爲宜。
　　　　而帝終不用，乃求外出，又不見許。與徐勉素善，遂以書陳情於勉，言己老
　　　　病，『百日數旬，革帶常應移孔；以手握臂，率計月小半分。』欲謝事，求歸
　　　　老之秩。」（唐）李延壽：《南史》（台北：藝文印書館，1972年出版），頁654。
〔註40〕顧貞觀，字遠平，一字華封，號梁汾，善詩能文，尤工於詞。梁鑒江：《陳維
　　　　崧詞選注》（上海：上海古籍出版社，1990年9月初版），頁92。

掛劍乃援用「季札掛劍」的典故，語出《史記・吳太伯世家》：「季札之初使，北過徐君。徐君好季札劍，口弗敢言。季札心知之，爲使上國，未獻。還至徐，徐君已死，於是乃解其寶劍，繫之徐君家樹而去。從者曰：『徐君已死，尚誰予乎？』季子曰：『不然。始吾心已許之，豈以死倍吾心哉！』」〔註41〕此處借指陳維崧不忘爲徐武貽題像的承諾。

　　整體來說，陳維崧在用典特色，主要包含兩個面向，第一是渾化貼切，陳維崧透過前人詩文中詞語的擷取，渾化無跡地融入自己作品中，如「滕六」、「麴道士」、「褚先生」、「香浮」、「潮打孤城」「五湖東」、「春筍」等等；第二是巧於濃縮，此類情形最普遍，陳維崧擅於大量引用歷史人物故事入詞，如司馬相如、趙構、季札、韋平父子、王濬、沈約等，並以濃縮簡短筆調，增減或抽換詞語，指涉要講述的事件。其次，陳維崧題畫詞用典的呈現，或以典寫景，或借典敘事、抒情，皆打破畫面原本固定的侷限性，藉由用典有時生動地傳達出畫作人物，有時則替畫面額外補充說明相關材料或作者情感。無論以何種方式呈現，典故的使用皆賦予畫面景象更豐富的意義。

# 第三節　章法多變

　　所謂「章法」，探討的是篇章內容的邏輯結構，也就是聯句成節（成群）、聯節成段、聯段成篇的關於內容材料之一種組織。〔註42〕簡單而言，章法是文章的組織結構，安排創作材料彼此之間邏輯關係的順序。詞的章法核心，大致可分爲「起拍」、「過片」、「煞尾」三個部分。宋・沈義父《樂府指迷》：「做大詞先須立間架，將事與意分定了，第一要起得好，中間只鋪敘，過處要清新，最緊是末句，須是有一好出場方妙。」〔註43〕由此可見，三者在詞作中所扮演的重要角色。以下將從這三方面著手，進一步深入地討論〔註44〕

---

〔註41〕瀧川龜太郎：《史記會注考證》（台北：藝文印書館，1972 年 2 月出版），頁527～528。

〔註42〕陳滿銘：《章法學綜論》（台北：萬卷樓，2003 年出版），頁33。

〔註43〕（宋）沈義父撰、蔡嵩雲箋釋：《樂府指迷箋釋》（台北：木鐸出版社，1987 年 7 月出版），頁84。

〔註44〕參考夏瞿禪：《唐宋詞欣賞》（台北：文津出版社，1983 年 10 月出版），頁66～73；陳振寰：《讀詞常識》（台北：國文天地，1990 年出版），頁149～164；李若鶯：《唐宋詞鑑賞通論》（高雄：復文圖書出版社，1996 年 9 月出版），頁252～283；陳弘治：《詞學今論》（台北：文津出版社，1971 年 10 月出版），頁164～177。

陳維崧題畫詞的謀篇結構。

# 一、起拍

　　陸輔之《詞旨》：「對句好可得，起句好難得。收拾全借出場。」〔註45〕
「起句」所扮演的角色，就如同電影揭幕的瞬間，決定了劇情往後的走向與
氛圍。因此，詞的開頭要像園林的門扉，使人一推開便能窺見佳景的一角，
但又不能一覽無餘，這樣才能引起一定要走進去、看下去的濃厚興趣。〔註46〕
陳維崧題畫詞作中，對於「開頭」的書寫，有以下幾種特色：

## （一）開門見山

　　這類作品，往往在詞作一開始，即以總覽方式直接點出畫作主角、內容
或觀畫體會，而後再細寫與畫相關的周邊內容，屬於演繹式寫法。首先，直
接點明畫作主角，如〈四園竹·題西陵陸葐思繞屋梅花圖像〉：

> 西陵高士，小隱段橋東。十年酒聖，半世詩顛，千古文雄。銅
> 將軍，麴道士，楮先生者，三君蹤跡時同。……

首句「西陵高士，小隱段橋東。」直接毫無修飾的點出畫中主角──陸葐的
身分，接著再用「十年酒聖，半世詩顛，千古文雄。」、「銅將軍，麴道士，
楮先生者，三君蹤跡時同。」一連串的誇飾、典故等寫作技巧，描摹像中主
人在「文學成就」、「休閒嗜好」的具體形象。類似作品，又如〈念奴嬌·題
顧螺舟小影〉：

> 如此佳人，是王家養炬，謝家過末。……而今零落堪憐，文園
> 多病，贏得相如渴。滿目關河愁恨極，衰草濃烟塗抹。醉矣堪呵，
> 灰兮可溺，田也供人奪。茫茫哀樂，四條絃子空撥。

首句「如此佳人，是王家養炬、謝家過末。」陳維崧率先點出像中主人顧螺
舟的家世背景，接著下闋以昔今對比的方式，抒發自我對顧螺舟家道中落的
同情。又如〈沁園春·題西溪釣者小像〉：

> 彼君子兮，自序生平，西溪釣徒。有柴門臨水，一羣鵝鴨，松
> 關負郭，四壁圖書，註易逍遙，彈琴廓落，屈指知非十載餘。（時釣
> 者年六十有九。）焚香坐，俯衣暉傑閣，飽瞰清湖。……

---

〔註45〕唐圭璋：《詞話叢編》第一冊（北京：中華書局，1986年11月初版），頁302。
〔註46〕陳振寰：《讀詞常識》（台北：國文天地，1990年3月出版），頁149。

首句「彼君子兮，自序生平，西溪釣徒。」以第三人稱的角度烘托畫中主角的身分——西溪釣者，接著再運用全知觀點，細部地「有柴門臨水，一羣鵝鴨，松關負郭，四壁圖書，註易逍遙，彈琴廓落，屈指知非十載餘。」介紹西溪釣者的平日生活與休閒。

另外亦有從畫中主角的形貌寫起，例如〈沁園春・爲高汝敬尊公季遠題像，並贈汝敬。（季遠，忠憲公季子。）〉：

> 彼君子兮，朗若玉山，爛若朝霞。歎三閭香草，忠臣有後，七
>
> 賢修竹，處士無家。書癖書淫，酒鎗茶董，滿院桐陰一帽斜。……

首句「彼君子兮，朗若玉山，爛若朝霞。」描繪出像中主人高汝敬高大的外在身形與紅潤的面貌，其次再簡略地介紹主人的生平事蹟與休閒娛樂。又如〈沁園春・題徐渭文鍾山梅花圖，同雲臣、南耕、京少賦。〉：

> 十萬瓊枝，矯若銀虯，翩如玉鯨。正困不勝煙，香浮南內，嬌
>
> 偏怯雨，影落西清。夾暗亭臺，接天歌板，十四樓中樂太平。……

首句以「十萬瓊枝，矯若銀虯，翩如玉鯨。」譬喻筆法總覽鍾山梅花圖中梅枝盤折飛舞、梅花盛開的姿態。而後再從「正困不勝煙」、「嬌偏怯雨」形容梅花之嬌羞瘦弱，並以「香浮」、「影落」細寫花香與花影。

其次，起句總括畫作內容或觀畫的體會，如〈歸田樂引・題王石谷晴郊散牧圖〉：

> 散牧涼秋月。或樹根、痒而摩者，或飲寒湫窟。渡者人立者，
>
> 嗁者，鳴者，喜則相濡怒相齕。……

首句「散牧涼秋月」開門見山式地粗略勾勒畫作內容，之後再將觀畫鏡頭拉近，有層次地以「或樹根、痒而摩者，或飲寒湫窟。」、「渡者人立者，嗁者，鳴者，喜則相濡怒相齕。」仔細刻畫牲畜的姿態、動作、自然本性。又如〈歸田樂引・題春郊禊飲圖〉：

> 粉墨眞瀟灑。綠楊天、樓臺金碧，陣陣湔裙社。枰也茗椀也，
>
> 竹也，絲也，掩映花叢柳綿下。……

首句「粉墨眞瀟灑」率先寫出了陳維崧觀畫後的讚賞，以此爲主軸，詞人再將視線轉移到春天禊飲的各種景象——花叢楊柳下的各式宴飲活動。

## （二）由景入手

這類作品，陳維崧主要就眼前畫作內容加以描寫，或交代時空背景、或

營造畫中的環境氛圍，先藉景鋪陳，而後帶出詞中抒情的部分。起句扮演交代時空背景，因景生情的作品，如〈金明池‧臬署寒夜，展鵑紅女史梅花畫扇感賦。〉：

> 歷歷殘更，沉沉深院，坐冷官齋樺燭。簷雨滴、人聲漸悄，又廊外、茶響將熟。想外邊、片片瓊英，都解向、紅板橋南堆簇。悵何計尋香，無聊展畫，小檢齊紈零幅。……

「歷歷殘更，沉沉深院，坐冷官齋樺燭。」率先交代了詞人展扇之前所處的時空背景，正因為這樣的空間氛圍，使得身處其中詞人，心情因惆悵而寂寞展畫。

相較於前者，陳維崧題畫詞中，起句單純地營造畫中空間氛圍的作品，數量較多，如：〈浪淘沙‧題園次收綸濯足圖〉：

> 艷瀨幾千堆，濺雪轟雷。巨黿映日挾山來。舞鬣揚鬐爭跋浪，晝夜喧豗。……

「艷瀨幾千堆，濺雪轟雷。」詞作一開始，陳維崧即就觀畫所見，寫出了畫中地勢險惡眾多以及磅礴氣勢的浪花，作為接下來描述晝夜波濤洶湧的伏筆。或如〈洞仙歌‧題喬石林舍人桃源圖小照〉：

> 漫郎單舸，壓半溪寒玉。流向秦人洞邊宿。漸前村、竹外一兩三枝，斜冪歷，流水板橋茆屋。……

首句「漫郎單舸，壓半溪寒玉。」陳維崧將目光鎖定在江面的單舸，其後則以層次性筆法細寫畫中景色，伴隨著船隻的漂流，映入眼簾有「秦人洞邊宿」與「板橋茆屋」，藉此烘托畫中室外桃源的氛圍。類似作品，又如以下幾例：

> 寒崖綠染，石竇低於甀。極目總蕭林，堆蒼艷。更梅花作海，綻香雪、飄千點。幽人巾自墊。趺坐苔陰，杳靄水明山店。……〈鶴沖天‧題鄒生巽含小像（像坐萬山梅花中，一童子煮茶於側。）〉

> 碧篠千竿，紅蘭一架，松濤韻雜笙竽。科頭箕踞，旁置小風爐。回首文貞舊業，淒涼絕、綠野荒蕪。……〈滿庭芳‧題徐武貽小像（武貽，文貞後人，椒峰，發仲母舅，舊許為題像，今翁已沒，始追補成之。）〉

> 水色綠如鴨，又似乍磨銅。靴紋細浪忽起，颯颯夾溪風。……燃楚竹，炊香糯，五湖東。新來溪友，堪訝乃是大毛公。……〈水調歌頭‧題毛會侯戴笠垂竿小像〉

在上述作品中，第一例，陳維崧先以「寒崖綠染，石竇低於甀。極目總蕭林，

堆蒼艷。更梅花作海，綻香雪、飄千點。」點出畫中背景，接著以「幽人巾自墊。趺坐苔陰，」烘托出畫中主角；第二例，陳維崧以「碧篠千竿，紅蘭一架，松濤韻雜笙竽。」點出畫面的景色與聲音，後以「科頭箕踞，旁置小風爐。」帶出主角；第三例，陳維崧亦從景色「水色綠如鴨，又似乍磨銅。靴紋細浪忽起，颯颯夾溪風。」作視覺聽覺上的摹寫，次而點出畫中主角——大毛公。可見陳維崧時常採取相同的書寫方式，不從像中主人起筆，反倒率先勾勒畫中主角身處的周邊景色，將畫面鏡頭先聚焦在景物（配角），而後才逐漸轉移至像中人物（主角）。

### （三）設問起筆

這類作品，無論陳維崧胸中是否有答案，皆以設問起筆，提出內心疑問，或引出下文，或製造懸念，引人深思。起句以發問引出下文的作品，如〈沁園春·題竹逸小像（像在萬竿翠竹中）〉：

> 誰伴先生？茗椀鑪薰，書鉛筆牀。……

首句「誰伴先生」，爲了塑造眼前像主的形象，陳維崧先設一問，目地是爲引出後面的「茗椀鑪薰，書鉛筆牀。」類似作品，又如以下數例：

> 老友者誰？城北徐公，舞衣斑斕。……〈沁園春·題徐禎起六
> 十斑斕圖〉

> 松下誰耶？玉貌臨風，于思于思。……〈沁園春·題崇川范廉
> 夫松下小像（友人女受長公）〉

> 問多情，今古誰堪雄長？也無如、曹家天子，西陵臺上虛帳。……
> 〈多麗·題余氏女子繡陳思洛神圖，爲阮亭賦。〉

上述三例中，陳維崧採取「提問」的書寫技巧，雖以疑問起筆，但心中早有定論，故意地將答案安排在問題之後，巧妙地導引出與像中主人的相關資訊。

另外，或以問句造成引人注意的效果，如以下兩例：

> 貌君者誰？尺幅經營，天機渺漫。……〈沁園春·題徐二玉小
> 像〉

> 誰將醉墨？潑長箋寫作、十分奇詭。……〈念奴嬌·戲題終葵
> 畫（鍾馗，一名終葵。）〉

與前面三例不同，上述兩例，陳維崧改採用「疑問」的筆法，一方面表現自己觀畫時對於畫家身分的猜測（心中不知道答案），另一方面亦營造出發人深

思、引人入勝的作用。

### （四）以敘事起

這類作品，陳維崧多半在觀畫後，聯想到與畫作相關之事，後以報導寫作的方式，加以陳述之。大致分為以下幾類：

第一類，描述像主生平事蹟、行為舉止、才華、性格、嗜好等或介紹畫作相關背景，如以下數例：

> 李白開元供奉，當年恩禮偏隆。賜書稠疊出深宮，玉軸牙籤鄭重。……〈西江月‧題六和孫公樹捧書圖〉

> 巫峽妖姬，章臺才子，賦成合斷人腸。……〈高陽臺‧題余氏女子繡高唐神女圖，為阮亭賦。〉

> 璧人年少，記臨風側帽、姿尤清絕。……〈百字令‧題徐晉遺表弟所畫牡丹圖，並以誌悼。(時正是花大放。)〉

> 漏悄裁書罷。繞廊行、偶然瞥見，壁間小畫。……〈賀新郎‧作家書竟，題范龍仙書齋壁上蘆雁圖。〉

在上述作品中，第一例乃借李白受寵典故，描述孫公樹受寵恩賜書之事；第二例指暗指昔日宋玉創作《神女賦》一事；第三例則描述徐晉遺年少時的翩翩風姿；第四例陳維崧回溯客舍吳縣時，與蘆雁圖偶遇之前，在深夜裡從事的創作活動。

第二類，陳維崧與畫作主角之間的往事回憶，如以下數例：

> 君挑獨夜江船火，隔舫有人呼似我。……〈偷聲木蘭花‧題范女受小像 (昔年女受在舟中，隔舫有誤認為余者，故及之。)〉

> 二十年前，曾見汝、寶釵樓下。……〈滿江紅‧梁溪顧梁汾舍人過訪，賦此以贈，兼題其小像。〉

> 昔夢都非，舊遊頻換，秋夜一燈吾汝。……〈綺羅香‧題宋既庭小照 (圖作長松竟幅)〉

> 隋宮絲管，曾醉倡家紅玉椀。……〈減字木蘭花‧題彭爰琴小像〉

> 己卯之秋，余甫成童，流觀簡編。……〈沁園春‧題王山長小像〉

年少鬭酒紅欄下，一叢姹紫真如畫。……〈菩薩蠻·為竹逸題
徐渭文畫紫牡丹〉

第一例交代題畫詞的創作背景，表明自己昔年與范女受隔舫偶遇；第二例點
明時間，回憶過往與顧梁汾相見的場景；第三例回憶與宋既庭交遊夜談之事；
第四例陳維崧回憶與彭爰琴過往歡娛酒樓之事；第五例陳述自己年少時閱讀
王岱作品的記憶；第六例回憶年少時對於紫牡丹的記憶。

第三類，觀畫後陳維崧陳述自己對畫家技術的讚嘆，如以下兩例：

丹青一幅，是西湖好手、戴蒼之筆。……〈念奴嬌·題季端木
小影〉

婀娜針神女，春畫繡西家。……〈水調歌頭·題余氏女子繡西
施浣紗圖，為阮亭賦。〉

第一例陳述自己觀畫後，將畫家比擬作戴蒼〔註47〕，賦予畫家崇高的肯定；
第二例則以「針神」之稱，肯定了余氏女子高超的繡畫技術。

## 二、過片

在體制上，詞與詩之間有所差異，詩無論長短，總是以一首為起迄，詞
則依詞調不同，而有分片（段）。有關詞的體制，吳熊和《唐宋詞通論》嘗言：

片，也就是「遍」。「遍」是個音樂名詞，唐宋時樂曲一段，叫
做一遍。……一遍就是詞調的一個樂段，同時一曲也稱一遍。〔註48〕

樂曲兩段而成一調的，稱為雙調。雙調是詞曲的基本形式，……
前段又稱上片或前闋，後段又稱下片或後闋。樂終曰闋，一闋也就
是一遍。雙調詞分上下片並非變為兩曲，而是由兩個樂段組成一曲。
〔註49〕

雙調詞後段的首句又稱為「過遍」，因為樂曲已換了一段，由前
遍進入後遍。過遍就在這中間起承前啟後的作用。〔註50〕

---

〔註47〕戴蒼，字葭湄，武林人，善寫照，得謝文侯三昧。（清）馮治堂纂輯：《國朝
畫識》（台北：廣文書局，1978年7月初版），卷13-4頁。
〔註48〕吳熊和：《唐宋詞通論》（杭州：浙江古籍出版社，1989年3月出版），頁53。
〔註49〕吳熊和：《唐宋詞通論》（杭州：浙江古籍出版社，1989年3月出版），頁55
～56。
〔註50〕吳熊和：《唐宋詞通論》（杭州：浙江古籍出版社，1989年3月出版），頁56。

又施議對《詞與音樂關係研究》指出：

> 詞中的片，相當於樂曲中的段。詞的體式，最短的為單調，只一
> 片（段），稍長者為雙疊（兩片）、三疊（三片）。……單調不分片外，
> 其餘大多分片：兩片或三片。其中，兩片最多，三片最少。〔註51〕

> 每一首詞分為數片，表示它是由幾個樂段組成的一個完整的樂
> 曲。一片結束，表示音樂上的暫停休止，而非全曲終了。片與片之
> 間，須有音樂上的過渡。雙調詞中上下兩片開頭，句法相同者，為
> 「無換頭」，下段樂曲為上段樂曲的重覆；句法不同者，為「換頭」，
> 由上段樂曲轉入下段樂曲。詞中的「換頭」又稱「過片」、「過遍」
> 或「過變」，「過」就是過渡，如同曲調中之過宮。〔註52〕

詞的體制，因詞調關係，而有分片的特色，詞中的片，即樂曲中的段。最短是單
調，只有一片（段），一般多分為兩片，但也有分為三片或四片。每一首詞若分
為數片，即表示它是由幾個樂段組成的一個完整的樂曲。多數詞作分為上下兩片
〔註53〕，上片、下片又稱為上闋、下闋，過片即下片的開頭部分。片與片之間的
關係，在音樂上是暫時休止而非全曲終了；在章法上是承讓過渡而非獨立一段，
因此，在上片到下片的「過片」中，須做到若斷若續，意脈相屬。〔註54〕

詞的過片，歷來深受詞學家、樂曲家的重視，宋・張炎《詞源》卷下制
曲：

> 做慢詞，看是甚題目，先擇曲名，然後命意；命意既了，思量
> 頭如何起，尾如何結，方始選韻，而後制曲。最是過片不要斷了曲
> 意，如姜白石詞云：「曲曲屏山，夜涼獨自甚情緒。」於過片則云：
> 「西窗又吹暗雨」。此則曲之意脈不斷矣。〔註55〕

---

〔註51〕 施議對：《詞與音樂關係研究》（北京：中國社會科學出版社，1985 年 7 月初
版），頁 194。

〔註52〕 施議對：《詞與音樂關係研究》（北京：中國社會科學出版社，1985 年 7 月初
版），頁 195。

〔註53〕 詞的一段叫一「片」，一片就是一遍，也就是說，音樂奏過一遍。樂奏一遍又
叫一「闋」，所以片又叫闋。夏瞿禪：《唐宋詞欣賞》（台北：文津出版社，1983
年 10 月出版），頁 66。

〔註54〕 李若鶯：《唐宋詞鑑賞通論》（高雄：復文圖書出版社，1996 年 9 月出版），頁
261。

〔註55〕 （宋）張炎撰、夏承燾校注：《詞源注》（台北：木鐸出版社，1987 年 7 月出
版），頁 13。

又宋‧沈義父《樂府指迷》曰：

> 過處多是自敘，若才高者，方能發起別意，然不可太野，走了
> 原意。〔註56〕

過片扮演連接上下片的關鍵角色，因此，過片無論以何種方式呈現，都必須具備承上啓下的作用，即使以能出新意爲工，但是一定要圍繞詞中的思想或感情，如此才不至於原意盡失。

陳維崧題畫詞在過片處，所採取的創作特色，大致可分爲以下幾類：

## （一）過片另詠它事它物

這類題畫作品，上下片強調的重點不同，可細分爲以下幾類：

第一類，上片著重詠畫，下片轉爲敘事。如以下兩例：

> 多年枯樹，屈鐵拘銅陰翠冱。野澗蕭林，閒坐幽人抱膝吟。
> 傳家碧血，怕聽子規啼夜月。莫便還鄉，霸國山川冷夕陽。〈減字木
> 蘭花‧題山陰何奕美小像（奕美尊人侍御公，以忠節死。）〉

上片著重描述像主姿態與畫面蕭瑟景色，過片處則以「傳家碧血，怕聽子規啼夜月。」轉寫像主的生平遭遇。

> 水色綠如鴨，又似乍磨銅。靴紋細浪忽起，颯颯夾溪風。數里
> 江村茆屋，一帶蘆汀蟹舍，下徧釣魚筒。雲作蔚藍纈，襯以晚霞紅。
> 燃楚竹，炊香糯，五湖東。新來溪友，堪訝乃是大毛公。贏得眾師
> 拍手，汝有金貂玉佩，詎是綠簑翁。笑起唱銅斗，餘響落蛟宮。〈水
> 調歌頭‧題毛會侯戴笠垂竿小像〉

上片以「雲作蔚藍纈，襯以晚霞紅。」總結畫面之景，過片則以「燃楚竹，炊香糯，五湖東。」轉寫像主毛會侯回歸自然的優閒。

第二類，上片下片皆爲敘事，但敘事內容不同。如以下數例：

> 李白開元供奉，當年恩禮偏隆。賜書稠疊出深宮，玉軸牙籤鄭
> 重。　　絕妙文孫才調，翩翩王謝門風。捧來亂帙悉當胸，月落華
> 清如夢。〈西江月‧題六和孫公樹捧書圖（公樹，伯觀先生孫。先生官舍
> 人，賜書最多。）〉

上片著重描寫孫公樹受寵恩賜書的事蹟，過片處則以「絕妙文孫才調，翩翩

---

〔註56〕（宋）沈義父撰、蔡嵩雲箋釋：《樂府指迷箋釋》（台北：木鐸出版社，1987
年7月出版），頁55。

王謝門風。」轉寫孫公樹的文學才華。

> 碧篠千竿，紅蘭一架，松濤韻雜笙竽。科頭箕踞，旁置小風爐。
> 回首文貞舊業，淒涼絕、綠野荒蕪。牢之好，家傳宅相，名已動京
> 都。　蹢躅。當日事，記曾撫掌，爲我披圖。擬閒題數語，貌爾
> 清癯。詎料山邱華屋，重來處、此諾還逋。徐君墓，未成挂劍，聊
> 報秣陵書。〈滿庭芳‧題徐武貽小像（武貽，文貞後人，椒峰，敉仲母舅，
> 舊許爲題像，今翁已沒，始追補成之。）〉

上片描述徐武貽過往的豐功偉業，過片處則以「蹢躅。當日事，記曾撫掌，
爲我披圖。」轉寫與像主昔日互動的回憶。

> 問多情，今古誰堪雄長。也無如、曹家天子，西陵臺上虛帳。
> 更傳聞、東阿子建，少年情緒駘蕩。水上明珠，波間翠羽，洛神一
> 賦，神飛魂愴。只一事、家王薄行，誰對中郎將。恐他日、黃鬚兒
> 子，亦起非望。　又颺出、輕雲態度，繡成流雪情狀。歎香閨、
> 一雙纖手，比似文心誰瑜亮。便使當年，袁家新婦，自臨明鏡圖嬌
> 樣。也還怕、傳神阿堵，宛轉須相讓。凝眸處、婀娜華容，千秋無
> 恙。〈多麗‧題余氏女子繡陳思洛神圖，爲阮亭賦。〉

上片著重介紹畫面的相關背景，過片處則以「又颺出、輕雲態度，繡成流雪
情狀。」轉移到繡者余氏女子身上，描寫其繡畫的功力。

> 漏悄裁書罷。繞廊行、偶然瞥見，壁間小畫。一派蘆花江岸上，
> 白雁濛濛欲下。有飛且鳴而悲者。萬里重關歸夢杳，拍寒汀、絮盡
> 傷心話。捱不了，淒涼夜。　城頭戍鼓剛三打。正四壁、人聲都
> 靜，月華如瀉。再向丹青移燭認，水墨陰陰入化。恍嗛嗻、枕稜窗
> 蟀。曾在孤舟逢此景，便畫圖、相對心猶怕。君莫向，高齋掛。〈賀
> 新郎‧作家書竟，題范龍仙書齋壁上蘆雁圖。〉

上片描述詞人與蘆雁圖的不期而遇，過片處跳脫畫面，以「城頭戍鼓剛三打。
正四壁、人聲都靜，月華如瀉。」紀錄當時的觀畫時間與四周環境。

第三類，上片敘事，下片詠畫。如以下兩例：

> 虎頭食肉通侯相。君本是、詞場飛將。紛紛餘子眞廝養。自署
> 五湖之長。　慈恩寺、春從蝶釀。紅綾饌、餅如月樣。杏園指日
> 鞭絲漾。鬧煞賣花深巷。〈杏花天‧題震修杏花小照〉

上片稱讚劉震修的文學才華，無人能比，過片處則以「慈恩寺、春從蝶釀。

紅綾讌、餅如月樣。」轉寫畫面景色與人物活動。

> 西陵高士，小隱段橋東。十年酒聖，半世詩顛，千古文雄。銅將軍，麴道士，楮先生者，三君蹤跡時同。　　屋如蜂。屋頭無數冷香，籬門都浸其中。鎮日和煙和雨，點點欹斜，片片朦朧。杯在手，長側帽，林間一笛風。〈四園竹・題西陵陸藎思繞屋梅花圖像〉

上片從不同面向介紹陸進的文學才華與休閒娛樂，過片處則以「屋如蜂。屋頭無數冷香，籬門都浸其中。」回到畫面景色。

### （二）上片結句引起下片

這類作品，過片連接上片結句而起，如以下數例：

> 誰伴先生，茗椀罏薰，書鉛筆牀。記慈恩釋褐，名喧三殿，定昆承傳，檄諭諸羌。萬里辭官，一身入畫，抽却朝簪換芰裳。琴樽外，更陰陰空翠，箇箇篔簹。　　竹郎閒與評量。論樑棟何須羨豫章。任截爲拄杖，躡他嵩華，劈成橫笛，吹出伊涼。根作龍拏，節如劍拔，誰許斑痕上苦篁。聞言喜，竹得風而笑，滿院笙簧。〈沁園春・題竹逸小像（像在萬竿翠竹中）〉

上片以「琴樽外，更陰陰空翠，箇箇篔簹。」結句，說明陪伴畫中像主的除了琴樽外，更有萬竿翠竹，過片處即以「竹郎閒與評量。論樑棟、何須羨豫章。」擬人筆法專寫竹，開啓下片。

> 苦竹黄蘆想像，湓浦潯陽惆悵。半幅小丹青，畫出東船西舫。白傅青衫已在，商婦琵琶猶響。無限斷腸聲，只在行間紙上。〈荊州亭・題扇上琵琶行圖〉

上片結尾「半幅小丹青，畫出東船西舫。」點出畫中東船西舫，過片則以「白傅青衫已在，商婦琵琶猶響。」點明船中主角。

> 璧人年少，記臨風側帽，姿尤清絕。曾在沈香亭畔醉，偷譜清平三闋。更取名花，圖成粉本，惹殺狂蜂蝶。盈盈著紙，誤人幾度攀折。　　今日畫可羞花，花偏入畫，一樣無分別。可惜空山埋玉樹，此恨只和花說。縱有丹青，也應塵土，拌了嬌紅色。花前一嘆，胭脂亂撲成雪。〈百字令・題徐晉遺表弟所畫牡丹圖，並以誌悼。（時正是花大放。）〉

上片以「盈盈著紙，誤人幾度攀折」結尾，稱讚徐晉遺畫功高超，畫作栩栩

如生，過片即以「今日畫可羞花，花偏入畫，一樣無分別。」凸顯眼前所見牡丹圖之逼真。

### （三）上下片文意今昔對比

這類題畫詞作品，過片扮演承上啓下的角色，利用昔今對比的方式，聯貫上下片文意。如以下數例：

> 隋宮絲管，曾醉倡家紅玉椀。瘦馬蘆溝，又上燕姬賣酒樓。
> 十年一別，往事朦朧那可說。畫裏逢君，同把揚州月色分。〈減字木
> 蘭花·題彭爰琴小像〉

上片追憶昔日與彭爰琴歡娛相聚的場景，過片處則以「十年一別，往事朦朧那可說。」帶出兩人分離後，人生聚散無常的感嘆。

> 如此佳人，是王家養炬，謝家過末。三世貂蟬連北闕，年少東
> 華釋褐。傅粉宮前，薰香殿側，顧盼眞英發。臨春結綺，舊游似有
> 瓜葛。　　而今零落堪憐，文園多病，贏得相如渴。滿目關河愁恨
> 極，衰草濃烟塗抹。醉矣堪呵，灰兮可溺，田也供人奪。茫茫哀樂，
> 四條絃子空撥。〈念奴嬌·題顧螺舟小影〉

上片著重描述顧螺舟年少世家富饒的背景，過片處則以「而今零落堪憐，文園多病，贏得相如渴。」點出今日的家道中落與不幸遭遇。

> 十萬瓊枝，矯若銀虬，翩如玉鯨。正困不勝烟，香浮南内，嬌
> 偏怯雨，影落西清。夾岸亭臺，接天歌板，十四樓中樂太平。誰爭
> 賞，有珠璫貴戚，玉佩公卿。　　如今潮打孤城。只商女船頭月自
> 明。歎一夜啼鳥，落花有恨，五陵石馬，流水無聲。尋去疑無，看
> 來似夢，一幅生綃淚寫成。攜此卷，伴水天閒話，江海餘生。〈沁園
> 春·題徐渭文鍾山梅花圖，同雲臣、南耕、京少賦。〉

上片回溯明開國時秦淮河畔歌舞昇平的太平景像，過片則以「如今潮打孤城，只商女船頭月自明。」將時空拉回到現在，暗指今日明朝的滅亡。

> 極北龍歸，江東馬渡，君臣建業偏安。天上無愁，宮中有慶，
> 聲聲玉樹金蓮。點綴太平年。更尚書艷曲，丞相蠻箋。月夕花朝，
> 那知王濬下樓船。　　華清月照闌干。悵多時粉本，流落人間。可
> 惜當初，丹青妙手，如何不畫凌烟！風景極淒然。寫一行衰柳，幾
> 處哀蟬。展卷沈吟，昏鴉蔓草故宮前。〈望海潮·題馬貴陽畫冊〉

上片主要以倒敘筆法，回憶南明偏安往事，過片處則以「華清月照闌干。悵多時粉本，流落人間。」暗指南明滅亡，人事已非的事實。

### （四）打破分片限制

這類題畫詞作品，上下片的界限混淆了，雖然表面上分片，但文意仍然聯貫為一體，難以分開。換言之，過片即扮演一座橋梁，聯貫上下文意。其中又可分為二類，第一類，就描寫畫面景色來說，如以下數例：

> 漫郎單舸，壓半溪寒玉。流向秦人洞邊宿。漸前村、竹外一兩三枝，斜冪歷，流水板橋茆屋。　　忽然奇絕處，極望花枝，盡亞東風騁肌肉。萬樹滴胭脂，下映平坡，都不許、薜蘿成綠。也莫問、花紅種田人，只雞犬桑麻，迴離塵俗。〈洞仙歌·題喬石林舍人桃源圖小照〉

一開始詞人從遠景寫起，隨著視角的移動，轉移到「漸前村、竹外一兩三枝，斜冪歷，流水板橋茆屋。」的開闊景色，過片處「忽然奇絕處，極望花枝，盡亞東風騁肌肉。」不僅承接著上片視覺摹寫的筆法，「忽然」二字，也使上下片文意更緊密連接，將詞人眼前所見的畫面，一氣呵成地呈現在讀者眼前。

> 如散牧涼秋月。或樹根、痒而摩者，或飲寒湫窟。渡者人立者，啼者，鳴者，喜則相濡怒相齕。　　矜秋露毛骨。昂首森然如陵闕。綠崖被坂，麕薆滿林樾。駝一塞馬七，豕牛羊百三十，牧笛一聲日西沒。〈歸田樂引·題王石谷晴郊散牧圖〉

起句「如散牧涼秋月」總覽畫面，其次以「或樹根、痒而摩者，或飲寒湫窟。渡者人立者，啼者，鳴者，喜則相濡怒相齕。」細寫各類牲畜的不同姿態以及彼此表現喜怒的肢體舉動。過片處「矜秋露毛骨。昂首森然如陵闕。」緊聯上片，續寫環繞餘牲畜四周的茂密林木與滿山的樹蔭。

> 吳綾一幅滑如脂，江南好畫師。長松幾樹碧離離，斜添斑竹枝。烟似水，雨如絲，梅花簾外垂。更題半闋斷腸詞，樊川杜牧之。〈阮郎歸·為靈雛題畫〉

一開始「吳綾一幅滑如脂，江南好畫師。」陳維崧首先對此幅畫作表達肯定之意，而後進一步地細寫畫面之景，「長松幾樹碧離離，斜添斑竹枝。」首先點明長松與翠竹的存在，過片處「烟似水，雨如絲，梅花簾外垂。」則承接上片，導引出畫中另一主角——梅花的出現。

　　第二類，就介紹畫作相關背景而言，如以下數例：

　　　　彼君子兮，自序生平，西溪釣徒。有柴門臨水，一羣鵝鴨，松
　　　關負郭，四壁圖書，註易逍遙，彈琴廓落，屈指知非十載餘。（時釣
　　　者年六十有九。）焚香坐，俯衣暉傑閣，飽瞰清湖。　　多時興在
　　　乘桴。且一葦蒼茫縱所如。看筆牀茶竈，沿流容與，漁莊蟹舍，夾
　　　浦縈紆。乍叩閒舷，或延新月，秋水長天碧似蘆。掀髯笑，笑人方
　　　夢鹿，我正觀魚。〈沁園春・題西溪釣者小像〉

上片主要介紹釣者居住環境、休閒娛樂，過片處仍以「多時興在乘桴。且一
葦、蒼茫縱所如。」續寫畫中釣者平日的幽閒生活。

　　　　龍綃一幄，有靈芸針線，刺鳳描鸞。秋水漾波瀾。正洞庭歸客，
　　　憔悴思還。牧羊龍女，恰相逢、雨鬢風鬟。看多少、沙明水碧，一
　　　天愁緒漫漫。　　卻又早，來橘浦，見兒家、綃宮璇闕生寒。貴主
　　　下雲端。更箱開青玉，珀映紅盤。海天良夜，論恩情、可似人間？
　　　繡到此、料應長歎，眉峰斜蹙湘山。〈瀟湘逢故人慢・題余氏女子繡
　　　柳毅傳書圖，爲阮亭賦。〉

上片著重描述柳毅與龍女邂逅相遇之事，過片處仍以「卻又早，來橘浦，
見兒家、綃宮璇闕生寒。」緊湊地續寫龍女下凡報答，使畫面的故事更爲
完整。

　　　　吉貝沿街，枳殼叢闌，葵榴映墻。算三牲五鼎，貧家時缺，千紅
　　　萬紫，夏日方長。衣著斑斕，躬爲疴傳，負得萱闈出北堂。藍輿少，
　　　笑相君之背，軟勝匡牀。　　筍籬藥塢徜徉。惹白髮、逢歡意轉傷。
　　　記早年歌鵠，花誰上鬢，中宵刺鳳，草盡縈腸。人說兒賢，天教娘健，
　　　描畫還憑顧長康。披圖羨，較看花上苑，事定誰強。〈沁園春・題袁
　　　重其負母看花圖〉

上片先由室外之景「吉貝沿街，枳殼叢闌，葵榴映墻。」起筆，其次再將鏡
頭轉移至像中主角——袁重其，分別以「衣著斑斕」和「躬爲疴傳，負得萱
闈出北堂。」描寫袁重其的外表穿著以及負母看花的肢體行爲。過片處「筍
籬藥塢徜徉。惹白髮、逢歡意轉傷。」不僅承接上片母子賞花的安閒自在，
並進一步側寫袁重其負母看花時，因「母親白髮」而由喜轉悲的起伏，開啓
了下片對於母親辛勞的回憶。

# 三、煞尾

詞的終了一韻，稱為「結拍」或「末拍」、「煞尾」，最末一句稱「結句」。
〔註57〕煞尾扮演總束全篇的角色，亦不可輕忽。清·李漁《窺詞管見》:「蓋
主司之取捨，全定於終篇之一刻，臨去秋波那一轉，未有不令人銷魂欲絕者
也。」〔註58〕足見詞結句的重要性。陳維崧題畫詞中，對於「煞尾」的處理，
有以下幾種特色:

## (一)以情作結

這類作品，多半是詞人在觀畫之後，抒發因畫而起的自我體會。例如〈念
奴嬌·題顧螺舟小影〉:

> 如此佳人，是王家養炬，謝家過末。三世貂蟬連北闕，年少束
> 華釋褐。傅粉宮前，薰香殿側，顧盼真英發。臨春結綺，舊游似有
> 瓜葛。　　而今零落堪憐，文園多病，贏得相如渴。滿目關河愁恨
> 極，衰草濃烟塗抹。醉矣堪呵，灰兮可溺，田也供人奪。茫茫哀樂，
> 四條絃子空撥。

上片寫顧螺舟昔日家世背景與年少英姿，下片則傳寫顧氏今日的潦倒淪落，
面對顧螺舟家道中落後的處境，同病相憐的詞人最後以「茫茫哀樂，四條絃
子空撥。」表達自己對於像主的同情與感嘆。又如〈金明池·梟署寒夜，展
鵑紅女史梅花畫扇感賦。〉:

> 歷歷殘更，沉沉深院，坐冷官齋樺燭。簷雨滴、人聲漸悄，又
> 廊外、茶響將熟。想外邊、片片瓊英，都解向、紅板橋南堆簇。悵
> 何計尋香，無聊展畫，小檢齊紈零幅。　　遙憶粉娥調脂盞，恰和
> 淚勻鉛，忍寒皴綠。簪花格、紅敧翠弱，沒骨繪、神全韻足。料霜
> 毫、寫欲成時，襯纖月如銀，斜支臂玉。且吟弄空花，摩挲秋扇，
> 也算探梅林麓。

上片描述觀畫當下所處的時空背景，下片寫扇上梅花之風韻，全詞最後則以
「且吟弄空花，摩挲秋扇，也算探梅林麓。」抒發自己惆悵無法外出賞梅展
扇後，所獲得的些許安慰。類似作品，或如以下數例:

---

〔註57〕李若鶯:《唐宋詞鑑賞通論》(高雄:復文圖書出版社，1996年9月出版)，頁
268。

〔註58〕唐圭璋:《詞話叢編》第一冊(北京:中華書局，1986年11月初版)，頁555。

　　有蘭陵、寧馨年少，風前玉樹姚冶。縛笻樹柵東溪畔，正傍樊川
水榭。誰圖畫？畫秋後、雙柑百顆高低亞。寒香噀射。擬楚頌名亭，
追蹤坡老，此意儘瀟灑。　　　人間世，總是蝸牛傳舍。休矜文采儒雅。
海田幾徧栽桑後，萬事虛舟飄瓦。蜀山下，有蘇子祠堂，老木曾連把。
如今盡也！便結得亭成，他年志遂，後日誰憐者？（余邑蜀山下東坡
書院內古木數株，皆幾百年物，今戩伐殆盡，偶感及之。）〈蓮陂塘‧
題龔節孫仿橘圖（節孫蘭陵人，卜居陽羨，羨東坡之為人，故為斯圖以明志。）〉

上片著重說明「龔節孫仿橘圖」的原由，下片則道出人事短暫的變化，全詞
最後以「便結得亭成，他年志遂，後日誰憐者？」感嘆人事滄桑的無常。

　　十萬瓊枝，矯若銀虯，翩如玉鯨。正因不勝烟，香浮南內，嬌
偏怯雨，影落西清。夾岸亭臺，接天歌板，十四樓中樂太平。誰爭
賞，有珠璫貴戚，玉佩公卿。　　　如今潮打孤城。只商女船頭月自
明。歎一夜啼鳥，落花有恨，五陵石馬，流水無聲。尋去疑無，看
來似夢，一幅生綃淚寫成。攜此卷，伴水天閒話，江海餘生。〈沁園
春‧題徐渭文鍾山梅花圖，同雲臣、南耕、京少賦。〉

上片寫昔日明朝歌舞昇平的盛世，下片轉寫明朝今日的滅亡，詞人面對眼前
的鍾山梅花圖，不禁想起明朝昔盛今衰的景況，無奈之餘，最後只得以「攜
此卷，伴水天閒話，江海餘生。」表達內心最深沉的哀痛。

　　龍綃一幄，有靈芸針線，刺鳳描鸞。秋水漾波瀾。正洞庭歸客，
憔悴思還。牧羊龍女，恰相逢、雨鬢風鬟。看多少、沙明水碧，一
天愁緒漫漫。　　　卻又早，來橘浦，見兒家、綃宮璇闥生寒。貴主
下雲端。更箱開青玉，珀映紅盤。海天良夜，論恩情、可似人間？
繡到此、料應長歎，眉峰斜蹙湘山。〈瀟湘逢故人慢‧題余氏女子繡
柳毅傳書圖，為阮亭賦。〉

上片簡略介紹了柳毅與龍女邂逅一事，下片則續寫柳毅至龍宮、龍女下凡報
恩，全詞最後對於龍女的恩情相報，相較於人間的薄情相待，陳維崧則以「繡
到此、料應長歎，眉峰斜蹙湘山。」大膽猜測繡畫者余氏女子心境，抒發自
己當時的觀畫體會。

## （二）以景作結

　　這類題畫作品，結尾以景做結，其中又可分為實景和虛景兩類，第一類，

以實景結，詞人運用視覺摩寫，具體呈現畫作內容，例如〈西江月・題六和孫公樹捧書圖（公樹，伯觀先生孫。先生官舍人，賜書最多。）〉、〈四園竹・題西陵陸蓋思繞屋梅花圖像〉、〈繞佛閣・爲李武曾題長齋繡佛圖小像〉、〈多麗・題余氏女子繡陳思洛神圖，爲阮亭賦〉、〈沁園春・題徐禎起六十斑斕圖〉、〈歸田樂引・題王石谷晴郊散牧圖〉、〈歸田樂引・題春郊禊飲圖〉等等，詞作最後，皆將觀畫鏡頭再度拉回畫面內容。茲舉以下二例詳述之：

> 李白開元供奉，當年恩禮偏隆。賜書稠疊出深宮，玉軸牙籤鄭
> 重。　　絕妙文孫才調，翩翩王謝門風。捧來亂帙悉當胸，月落華
> 清如夢。〈西江月・題六和孫公樹捧書圖（公樹，伯觀先生孫。先生官舍
> 人，賜書最多。）〉

此首作品，採取敘事兼寫景的筆法，上片率先以李白之典故，點出公樹先生受寵賜書的生平事蹟，過片處則「翩翩王謝門風」稱讚像中主人的文學才華，最後，陳維崧將觀畫的鏡頭定格在「捧來亂帙悉當胸，月落華清如夢。」不但點出像中主人的肢體行爲，亦緊扣題目主旨，爲像主塑造了良好的形象。

> 西陵高士，小隱段橋東。十年酒聖，半世詩顛，千古文雄。銅
> 將軍，麴道士，楮先生者，三君蹤跡時同。　　屋如蜂。屋頭無數
> 冷香，籬門都浸其中。鎮日和煙和雨，點點欹斜，片片朦朧。杯在
> 手，長側帽，林間一笛風。〈四園竹・題西陵陸蓋思繞屋梅花圖像〉

上片主要敘事，先以「西陵高士，小隱段橋東。」點出像主身分，其次「十年酒聖，半世詩顛，千古文雄。銅將軍，麴道士，楮先生者，三君蹤跡時同。」續寫陸蓋思優秀的文學才華與休閒娛樂。下片轉而寫景，「屋如蜂。屋頭無數冷香，籬門都浸其中。鎮日和煙和雨，點點欹斜，片片朦朧。」寫出像主所處的四周環境，最後回到「杯在手，長側帽，林間一笛風。」陸蓋思的裝扮，藉此襯托出像中主人優閒安然自在的風姿。

第二類，以虛景結，詞人爲豐富詞作意義，發揮想像的能力，虛構畫面上原本沒有的內容，例如〈杏花天・題震修杏花小照〉：

> 虎頭食肉通侯相。君本是、詞場飛將。紛紛餘子眞廝養。自署
> 五湖之長。　　慈恩寺、春從蝶釀。紅綾饀、餅如月樣。杏園指日
> 鞭絲漾。鬧煞賣花深巷。

上片重點擺在對像主劉震修的描寫，先以「虎頭食肉通侯相」讚美其像貌堂堂，具富貴之相，次以「詞場飛將」寫其文學才華，下片轉寫畫面內容，點

出像中主人身處的地點、季節與賞花宴飲的活動。整首作品，最後以「杏園
指日鞭絲漾，鬧煞賣花深巷。」作結，由「指日」二字可知，此乃陳維崧賦
予畫面想像，虛構了畫中杏園未來預期可見的熱鬧風景。又如〈行香子‧為
李武曾題扇上美人，同弟緯雲賦。〉：

> 煙樣羅裯。月樣銀鉤。人立處，風景全幽。誰將紈扇，細寫風
> 流。有一分水，一分墨，一分愁。　　天街似水，迢迢涼夜，十年
> 前、事上心頭。雙飄裙帶，曾伴新秋。在那家庭，那家院，那家樓。

上片以「煙樣羅裯。月樣銀鉤」起筆，點出扇中美人所處的氛圍，「誰將紈扇，
細寫風流。有一分水，一分墨，一分愁。」則是陳維崧展扇後的自我疑問與
體會，而如此淡淡的愁緒，亦讓陳維崧擴大自我想像，大膽揣摩畫中女子的
內心情感，成為下片的重點。全詞雖以「在那家庭，那家院，那家樓。」虛
景作結，但有別於上者，景中含情，不僅寄託了扇上美人的孤單寂寥，亦為
畫面製造了無限的想像。

### （三）以事作結

　　這類題畫作品，以描述一件事情或一個動作作結，例如〈減字木蘭花‧
題彭爰琴小像〉、〈沁園春‧為高汝敬尊公季遠題像，並贈汝敬。（季遠，忠憲公
季子。）〉、〈賀新郎‧作家書竟，題范龍仙書齋壁上蘆雁圖。〉、〈賀新郎‧題大
司農五苗圖（梁蒼巖先生夢人貽宋繡一幅，長松千尺下芘五苗，是歲先生第五郎生，因名苗
哥，戊午秋，先生招飲邸舍，苗哥出揖，屬為此詞。）〉、〈沁園春‧題竹逸小像（像在萬
竿翠竹中）〉、〈沁園春‧題西溪釣者小像〉、〈祝英臺近‧題季柔木小影，兼誌別
懷。〉、〈菩薩蠻‧吳門將歸，為姜學在題歲寒圖。〉、〈滿庭芳‧題徐武貽小
像（武貽，文貞後人，椒峰，發仲母舅，舊許為題像，今翁已沒，始追補成之。）〉、〈洞仙
歌‧題喬石林舍人桃源圖小照〉等等。茲舉以下四例詳述之：

> 隋宮絲管，曾醉倡家紅玉椀。瘦馬蘆溝，又上燕姬賣酒樓。
> 十年一別，往事朦朧那可說。畫裏逢君，同把揚州月色分。〈減字木
> 蘭花‧題彭爰琴小像〉

上闋藉由往事回憶的筆法，交代昔日的飲酒歡娛，下闋轉為抒情，無奈人生
相聚之短暫，記憶早已不敵時間消逝，朦朧不清。陳維崧最後以「畫裏逢君，
同把揚州月色分。」點出自己與友人闊別多年的事實與無限感慨。

> 漏悄裁書罷。繞廊行、偶然瞥見，壁間小畫。一派蘆花江岸上，

白雁濛濛欲下。有飛且鳴而悲者。萬里重關歸夢杳，拍寒汀、絮盡
傷心話。捱不了，淒涼夜。　　城頭戍鼓剛三打。正四壁、人聲都
靜，月華如瀉。再向丹青移燭認，水墨陰陰入化。恍嚓喇、枕稜窗
蘽。曾在孤舟逢此景，便畫圖、相對心猶怕。君莫向，高齋掛。〈賀
新郎・作家書竟，題范龍仙書齋壁上蘆雁圖。〉

上闋回溯了自己與蘆雁圖不期而遇的經過，透過對畫中內容的觀照，聯想至
多年的漂泊及對家鄉的思念，下闋則轉寫觀畫當時所處的時空氛圍，夜的寂
靜讓陳維崧更感受到自己的寂寞，觀畫之餘，最後只好以「君莫向，高齋掛。」
玩笑口吻向友人范龍仙提出無理的要求，巧妙地反映出詞人多年孤舟飄泊，
害怕觸景傷情的微妙心理。

瀕行不折閶門柳，殷勤只勸皋橋酒。笑指歲寒圖，交情如不如？
領君珍重意，樹乃猶如此。題罷上歸船，孤帆入暝烟。〈菩薩蠻・吳
門將歸，為姜學在題歲寒圖。〉

整首作品，完全沒有觸及〈歲寒圖〉的內容，而將重心擺放在臨別前夕與友
人姜學在的互動。上闋說明友人殷勤勸酒以及向陳維崧提出為畫題詞的邀
請，下闋除向友人表達珍重，並感嘆聚散無常，全詞最後以「題罷上歸船，
孤帆入暝烟。」結尾，除了表達自己對友人的大方題詞酬贈，亦隱藏了陳維
崧與友人離別後心境的孤寂。

誰伴先生，茗椀鑪薰，書鉛筆牀。記慈恩釋褐，名喧三殿，定
昆承傳，橄諭諸羌。萬里辭官，一身入畫，抽却朝簪換芰裳。琴樽
外，更陰陰空翠，箇箇筼簹。　　竹郎閒與評量。論樑棟何須羨豫
章。任截為拄杖，躡他嵩華，劈成橫笛，吹出伊涼。根作龍拏，節
如劍拔，誰許斑痕上苦篁。聞言喜，竹得風而笑，滿院笙簧。〈沁園
春・題竹逸小像（像在萬竿翠竹中）〉

上闋主要寫第一主角，側寫像中主人竹逸的休閒娛樂以及生平事蹟，下闋轉
寫畫面的另一配角——竹子，陳維崧透過擬人的筆法，不僅賦予竹生命力，
更巧妙地寫出竹的多向功能，結句則以「聞言喜，竹得風而笑，滿院笙簧。」
形容竹子隨風吹拂，發出的聲響。

# 第五章　結　論

　　題畫詞是中國題畫文學中特殊的類型，屬於繪畫與文學的結合。受到題畫詩影響，題畫詞隨著宋詞的出現，也開始嶄露頭角，最早在宋代出現，清朝達到高峰〔註1〕，現今詞集中，不少清代文人皆曾留下不少的題畫詞作，無論是自題而作，亦或他題而寫，皆展現了獨特的藝術蘊涵與時代特色。身為明末清初的詞人陳維崧，終其一生詞作豐富，留下95首題畫詞作。陳維崧題畫詞有別於文人自題的審美觀照，不僅展現了當代的文化意義，亦窺見了作者個性化的審美觀照、審美情趣，與創作的審美特色、表現手法。本章將先整理回顧各章研究概要，最後再凸顯研究陳維崧題畫詞之創獲。

## 第一節　陳維崧題畫詞之藝術體現

　　陳維崧身處於明、清交替之際，明末政治的混亂，在滿清入關後，暫時獲得穩定。清人為有效控制知識分子的思想，採取高壓與懷柔的政策，當時詩文賈禍時有所聞，許多遺民文人為求避禍，逐漸將自我情感寄託於詞體，詞成為當時文人另一種情感抒發的隱密窗口。詞體在重獲文人重視下，清詞復興，為陳維崧題畫詞提供了良好的創作環境。而身為遺民的陳維崧，在歷經家國的淪喪後，過著飄泊離散的生活，流寓的足跡遍及洛陽、河南、商丘、京師、蘇、杭、揚、南京、鎮江、太倉等地。這樣的生命經歷，亦使陳維崧在社交場合中結交不少文人畫家，加上自身創作的優勢，更有機會透過為畫題詠唱和或題詠酬贈的社交儀式，奠定自己與他人的互動對話，拉近與他者距離同時，並與他人產生情感的交流。

---

〔註1〕馬興榮：〈論題畫詞〉，《揚州師專學報》第四期，1997年12月，頁13。

　　陳維崧題畫詞，以他題爲主，根據題序與詞作內容，可分爲二類：

　　第一，人物類，其中包含寫眞、仕女、民間傳說人物，三者之中，又以寫眞題畫詞，作品數量最多。寫眞題畫詞，主要呈現兩種書寫方式，一是跳脫畫面，即觀象生意，或藉畫抒情，或因畫敘事，或托畫聯想，補充畫面未有的內容；二是涉及畫面，即巧構形似，或單純詠畫，或詠畫兼敘事（比例最高），或詠畫兼抒情，寫景之餘賦予畫面更多可能。寫眞題畫詞不僅反映了明清文人寫照風氣的盛行與陳維崧廣泛社交網絡，畫中像主也因爲陳維崧題詞的流傳，得以跨越時空，保留完美形象，重現世人眼前。仕女題畫詞，觀照題寫對象可分爲歷史人物與陌生不知名者，其中作品數量又以「後者」居多。無論畫中女子是歷史人物還是陌生人物，陳維崧皆維持一貫「霧裡看花、若明若暗」的審美觀照，跳脫南朝對女子外在的物化描摹，反以一種較模糊不清方式書寫，使仕女題畫詞中的畫中女子呈現出一種模糊美感。此外陳維崧巧妙地或融入畫面的虛構聯想，或寫女子的相思閒愁，或局部側寫女子的風姿行爲，或交代畫作背景，呈現多元重點式的觀照面貌。民間傳說人物題畫詞，陳維崧觀照的對象，或來自民間傳說或來自文人穿鑿創作，透過畫作背景的相關補充，圖像文學化的轉譯下，不僅爲民間文學留下相當珍貴的傳承資料，同時也使虛幻奇詭的傳說人物重新躍然紙上。

　　第二，自然景觀類，其中又細分爲動植物與四時風景題畫詞。首先在動植物題畫詞中，植物類數量明顯超過動物類，藉由畫中動植物所扮演的角色，或爲詞人寄託抒情的對象，或賦予畫中動植物，不同意象，使這些動植物蘊含著更豐富的特殊意義。其次在四時風景題畫詞中，詞人大體不離「隨物宛轉、與心徘徊」的審美觀照，或賦題而作，或因畫起興，或送別酬贈，隨著題寫動機不同，或使畫作立體、或提高畫境、或借畫抒情，展現多變的自我詮釋。兩類作品中，陳維崧在詞畫關係的處理上，不外呈現「詞畫相互闡發」與「詞畫各自獨立」兩種方式，其中前者的作品數量又遠超過後者。但無論以何種方式呈現，陳維崧皆充分掌握文字語碼轉譯，遊走於文學的寫實與虛構中，爲靜止不語的畫作，賦予多重複雜的韻味。

　　陳維崧題畫詞，展現了清代文人不同於自題的獨特詮釋，其創作特色有以下幾點：第一點，善用題序，或簡單提示詞作主題，或交代創作動機，對於補充詞作、掌握詞意，扮演相當重要的角色。第二點，修辭豐富，或以巧

妙譬喻，使畫面色彩鮮明，化抽象為具體；或以視聽觸嗅等的感官交相映發，紀錄觀畫背景、營造畫作氛圍；或誇飾聯想，呈現豪放強勁的氣勢；或渾化貼切、巧妙濃縮典故，為畫面人物創造出深遠豐富的旨意。第三點，章法多變，起拍，或開門見山、或由景入手、或設問起筆、或以敘事起；過片，或另詠它事、或引起下片、或今昔對比、或聯貫文意；煞尾，或以情作結、或以景作結、或以事作結。

## 第二節　研究陳維崧題畫詞之創獲

　　本論文在前人的基礎上，對陳維崧題畫詞進行一系列時空因緣、題材內涵、創作特色的分析討論後，以下筆者將歸納陳維崧題畫詞所呈現的文化意義與特色，以凸顯本論文之研究創獲。

### 一、文化意義

　　任何文學題材的存在，往往離不開當時文化的影響。從陳維崧題畫詞作，亦可窺見雙重的文化意義，主要包含二個方面：

　　第一點，明清文人寫真風氣流行。陳維崧題畫詞作品中，寫真題畫詞的數量超過整體的 1／3，比例之高，反映了當時文人委請畫家描繪肖像畫之普遍，明清世俗化的結果導致個人意識抬頭，使得寫真畫像成為一種象徵個人魅力的媒介。這類畫像的存在，不僅讓明清文士得以用最理想的姿態，在眾人面前展現自我面貌，另一方面，作為接受者的觀看個體，亦能以此為溝通媒介，拉近彼此距離，與像主進行社會性的人際互動。而這股流行，後來隨著帶入社交場合，延伸發展出以文人畫像題詠交誼酬贈的文化景觀。

　　第二點，中國傳統文人的社交活動。陳維崧題畫詞主要以應酬之作為主，此種現象反映了中國傳統文士常見的社交方式——「題詠唱和」與「題詠酬贈」。自古以來，宴集雅聚、送別已是十分普遍的現象，知識分子透過聚會、送別的參與，或帶著娛樂性質地題詠唱和畫作，或為建立人際網路的題詠酬贈畫作，或受傳統禮教的濡化，題畫賦詞為人祝壽、送別。無論以何種方式存在，這些象徵友誼的行為，都為題畫詞建構了一個生存發展的空間，使其在詞體復興的清代，成為中國傳統文人社交酬酢下的特殊產物。

## 二、特色

根據上述研究概要，筆者認為陳維崧題畫詞之特色，大致可歸納出以下三點：

第一點，陳維崧題畫詞應酬之作較多。在針對「陳維崧題畫詞」作時空因緣、題材內容與創作特色三方面的分析，根據分析結果，得以窺見無論是書寫動機或數量，酬贈題寫的作品遠超過自發性題寫的作品。對此，筆者在觀察作品內容後，推究其原因，認為陳維崧的文人身分與生平經歷佔了重要的關鍵因素。首先，就作者身分而言，雖然，陳維崧本身不擅繪畫，但從小家庭教養環境的薰陶，培養了詞人先天書畫鑑賞的能力，加上文學創作的才華，皆大幅增加為人觀畫酬贈題詞的機會。這成為其題畫詞的最大特色，相較於其他文人畫家，自畫自題的題畫詞，顯然有很大明顯的差異。其次，就作者生平經歷而言，自家國淪喪後，即展開多年的流寓生活，這樣的經歷，使得陳維崧增加參與各種社交場合的機會，一生結識不少文人與畫家，擴展了自己的人際交遊，為其題畫詞增加了酬贈題寫的社交可能。

第二點，陳維崧兩種觀畫題寫模式。陳維崧題畫詞作，以應酬之作居多，這樣的創作背景，間接影響了陳維崧創作的態度。在人情酬酢的背景下，無論是人物類或自然景觀類題畫作品，詞人通常選擇一種若即若離的態度，進行觀看。換言之，陳維崧觀畫書寫時畫與我的關係呈現兩種模式，其一，我在畫外，畫我兩隔（畫中無我）：此時的主體作者常立足在第三者的角度，對繪畫作客觀的觀察，此時我（作者）在畫外，呈現主客對立的狀態，題畫詞中看不到審美主體的影子。其二，以我觀畫，我在畫內：題畫詞中看見審美主體的影子，亦謂藉畫抒情。也就是說在客觀書寫之餘，融入了或因畫而引發對象主的同情，自我身世之慨，或抒發歷史興亡的感傷、人世無常的無奈，或者是勾勒與畫面相關的昔日回憶。總結而論，他題應酬的特性，讓陳維崧多半保持一種若即若離的觀畫態度，因此，使得陳維崧無法像文人畫家一般，能對自畫自題的作品，保持一種親密的自我觀照。

第三點，陳維崧題畫詞之內容與文學價值。大體而論，陳維崧題畫詞的內容主要包含七個層面：或再現畫面，或藉畫抒情，或稱讚畫師，或評價畫技，或拓展畫境，或因畫敘事，或藉題聯想。不難發現，陳維崧幾乎不涉及畫論的探討，關於這點，筆者認為與陳維崧的文學才能、題畫詞的社交性與詞的體裁有極大關聯。陳維崧出身名門世家，從小在父兄和師長的藝術文學

薰陶下，雖然奠定了良好的文學能力與書畫鑑賞基礎，不過，文學駕馭的能
力與才華，顯然大於對於繪畫理論的了解，也因如此，導致無法像文人畫家
在自畫自題的作品中，率性地闡述自我的畫論見解。其次，題畫詞的社交特
質，限制了繪畫理論的生存空間，由於陳維崧題畫詞主要以應酬之作為主，
因畫起興主動題寫的作品很少，因此，在人情恭維酬酢的包袱下，自然減少
自我對畫論的發表機會。此外，加上詞體本身抒情功能與長短不一的句式，
並不適合用來闡述畫論。因此，在陳維崧題畫詞中，僅能看見詠畫、敘事、
抒情的成分，而這也凸顯了題畫詩詞本質上的差別。再者，從其題畫詞的文
學價值論之，陳維崧，身為陽羨詞派領袖，在有詞論而無畫論的情況下，仍
以獨特的審美觀照，創作 95 首的題畫詞。雖然這些作品的文學成就，不如陳
維崧其他詞作受到後人關注，然而，陳維崧陽羨詞派領袖的特殊身分，亦使
得這類作品，對清代題畫詞的發展，產生舉足輕重的影響，因此，其題畫詞
的文學價值，仍舊不可抹滅。

　　題畫文學，隨著時間的改變，近年來雖然已逐漸受到關注，但仍有許多
值得開發之處，本論文在前人的基礎上，以陳維崧題畫詞為研究對象，儘管
陳維崧沒有像文人畫家兼具多重身分，題畫詞作也無兼具自題他題的多樣
性，然而，陳維崧題畫詞卻反映了清代題畫文學的一種邊緣特色以及他題應
酬的走向，不可否認其存在。期盼藉由此論文，能夠彌補現今研究之不足，
同時也讓後人對陳維崧題畫詞與清代題畫文化有更進一步認識，如同衣若芬
所言：「『看見』那『看不見』的，『說出』那『沒說出』的，便是題畫文學研
究的智性之樂。」〔註2〕

---

〔註 2〕 衣若芬：《觀看、敘述、審美──唐宋題畫文學論集》（台北：中央研究院文
　　　　哲所，2004 年 6 月），頁 26。

# 參考書目

## 壹、專書

### 一、古籍文獻（按作者朝代排列）

#### （一）陳維崧著作

1. （清）陳維崧：《陳迦陵詩文詞全集》，康熙二十八年患立堂本《四部叢刊初編縮本》，台北：台灣商務印書館，1967 年。

2. （清）陳維崧：《湖海樓全集》，乾隆六十年浩然堂本，中央研究院傅斯年圖書館藏。

3. （清）陳維崧：《湖海樓全集》，清光緒十九年弇山署刊本，國家圖書館藏。

4. （清）陳維崧：《湖海樓詞集》，四部備要集部，台北：中華書局，1966 年。

5. （清）陳維崧：《陳迦陵文集》，四部叢刊初編集部，台北：台灣商務印書館，1979 年。

#### （二）史料地志

1. （春秋）左丘明撰、韋昭注：《國語》，台北：台灣商務印書館，1965 年8 月初版。

2. （漢）趙曄：《吳越春秋》，台北：世界書局，1967 年9 月再版。

3. （漢）班固：《漢書》第6 冊，台北：史學出版社，1974 年5 月初版。

4. （唐）李延壽：《南史》，台北：藝文印書館，1972 年出版。

5. （唐）姚思廉：《梁書》，台北：藝文印書館，1972 年出版。

6. （唐）房玄齡撰、吳士鑑、劉承幹同注：《晉書》，台北：藝文印書館，1972 年出版。

7. （南朝）范曄：《後漢書》，台北：新陸書局，1964 年 1 月初版。

8. （宋）張敦頤：《六朝事蹟編類》（上），北京：中華書局，1985 年初版。

9. （明）陳善等撰：《萬曆杭州府志》，載於《浙江省杭州府志（五）》，台北：成文書局，1983 年 3 月初版。

10. （明）陳威修，顧清纂：《正德松江府志》，載於《天一閣藏明代方志選刊》續編，上海：上海書店，1990 年初版。

11. （明）蔡昇撰、王鏊重修：《震澤編》，載於《四庫全書存目叢書》史部．地理類 228 冊，台南：莊嚴文化事業有限公司，1996 年 8 月出版。

12. （清）高宗敕撰：《大清世祖章（順治）皇帝實錄（一）》，臺北：台灣華文書局，1964 年 1 月出版。

13. （清）高宗敕撰：《大清世祖章（順治）皇帝實錄（三）》，臺北：台灣華文書局，1964 年 1 月初版。

14. （清）高宗敕撰：《大清聖祖仁（康熙）皇帝實錄（一）》，臺北：台灣華文書局，1964 年 1 月初版。

15. （清）高宗敕撰：《大清聖祖仁（康熙）皇帝實錄（三）》，臺北：台灣華文書局，1964 年 1 月初版。

16. （清）高宗敕撰：《大清聖祖仁（康熙）皇帝實錄（六）》，臺北：台灣華文書局，1964 年 1 月出版。

17. （清）李元度：《國朝先正事略》，台北：文海出版社，1966 年 10 月出版。

18. （清）李桓輯：《國朝耆獻類徵初編》第 24 冊，台北：文友書局，1966 年 10 月初版。

19. （清）阮升基等修、寧楷等纂：嘉慶《宜興縣志》（二），台北：成文出版社，1970 年出版。

20. （清）斐大中等修、秦緗等纂：《無錫金匱縣治》（二），台北：成文出版社，1970 年出版。

21. （清）錢儀吉等撰：《清代碑傳全集．碑傳集》，上海：上海古籍出版社，1987 年 11 月初版。

22. （清）馮治堂：《國朝畫識》，台北：廣文書局，1978 年 7 月初版。

23. （清）于琨修、陳玉纂：《康熙常州府志》，載於《中國地方志集成——江蘇府縣志輯㊱》，上海：江蘇古籍出版社，1991 年 6 月出版。

24. （清）張吉安修、朱文藻纂：嘉慶《餘杭縣志》卷 27，收錄於中國地方志集成——浙江府縣志輯（5），上海：上海書店，1993 年出版。

## （三）詩詞集、詞論詞話及其文藝批評

1. （南朝）劉勰著、周振甫注：《文心雕龍注釋》，台北：里仁書局，1984年5月出版。

2. （宋）沈義父撰、蔡嵩雲箋釋：《樂府指迷箋釋》，台北：木鐸出版社，1987年7月出版。

3. （宋）張炎撰、夏承燾校注：《詞源注》，台北：木鐸出版社，1987年7月出版。

4. （明）胡應麟：《詩藪》，臺北：廣文書局，1973年9月初版。

5. （清）釋大汕：《大汕離六堂集》，台北：新文豐出版公司，2000年6月初版。

6. （清）俞琰：《詳註分類歷代詠物詩選》，臺北：廣文書局，1968年出版。

7. （清）王士禎撰、惠棟注：《漁洋精華錄訓纂》，台北：中華書局，1971年2月出版。

8. （清）王國維著、徐調孚校注：《校注人間詞話》，台北：頂淵文化，2001年6月初版。

## （四）其他

1. （漢）王逸：《楚辭章句》，台北：藝文印書館，1974年4月初版。

2. （漢）揚雄：《揚子雲集》，收錄於《景印文淵閣四庫全書‧集部（二）‧別集類》第1063冊，台北：台灣商務印書館，1983年出版。

3. （南朝）江淹：《江文通集》，台北：台灣商務印書館印行，1975年11月初版。

4. （南朝）劉義慶撰、劉孝標注：《世說新語》（全二冊）北京：中華書局，1999年2月初版。

5. （南北朝）鳩摩羅什譯：《維摩詰所說經》，收錄於《大正新修大藏經》第14冊，台北：新文豐出版公司，1987年1月出版。

6. （宋）高承撰、李果訂：《事物紀原》，台北：台灣商務印書館，1971年4月出版。

7. （宋）李昉：《太平廣記》，台北：新興書局，1973年1月出版。

8. （宋）劉道醇：《聖朝名畫評》，台北：中央圖書館，1974年8月初版。

9. （明）張岱：《陶庵夢憶》，台北：台灣開明書店，1972年3月再版。

10. （明）陶宗儀：《說郛》，台北：新興書局，1972年4月初版。

11. （明）胡應麟：《少室山房筆叢》（上冊），台北：世界書局，1963年4月初版。

12. （明）陳子龍：《安雅堂稿》（上），台北：偉文圖書出版社，1977年9月初版。

13. （明）余應鰲編：《新刻按鑑全像演義大宋中興岳王傳》（上），台北：天一出版社，1985 年出版。

14. （清）李斗：《揚州畫舫錄》，台北：世界書局，1963 年 5 月出版。

15. （清）焦循：《易餘籥錄》，臺北：文海，1967 年出版。

16. （清）王士禛：《居易錄》，台北：新興書局，1977 年出版。

17. （清）紐琇：《觚賸》，台北：文海出版社，1982 年 10 月出版。

18. （清）王晫：《今世說》，北京：中華書局，1985 年出版。

19. （清）鄧之誠：《骨董瑣記‧續記‧三記》，台北：大立出版社，1985 年 5 月出版。

20. （清）余懷：《板橋雜記》，北京：中華書局，1985 年出版。

21. （清）王士禛：《香祖筆記》，台北：廣文書局，1968 年 6 月初版。

22. （清）王士禛撰、孫言誠點校：《王士禛年譜》，北京：中華書局，1992 年 1 月初版。

23. （清）李集：《鶴徵錄》，收錄於《四庫未收書輯刊》第 23 冊，北京：北京出版社，2000 年出版。

## 二、當代專著（按出版時間排列）

### （一）陳維崧相關專著

1. 丁惠英：《陳維崧及其湖海樓詞研究》，高雄：復文書局，1992 年 7 月初版。

2. 周韶九：《陳維崧選集》，上海：上海古籍，1994 年 10 月出版。

3. 蘇淑芬：《湖海樓詞研究》，臺北：里仁書局，2005 年 2 月初版。

4. 陸勇強：《陳維崧年譜》，北京：中國社會科學出版社，2006 年 9 月初版。

5. 陳維崧著、江慶伯點校：《陳維崧詩》，揚州：廣陵書社，2006 年 12 月出版。

6. 馬祖熙：《陳維崧年譜》，上海：上海古籍出版社，2007 年 11 月初版。

### （二）詩、詞與文藝相關專著

1. 楊家駱：《歷代詩史長編》第 22 種《廣篋中詞》，臺北：鼎文書局，1971 年 9 月出版。

2. 楊家駱：《歷代詩史長編》第 21 種《篋中詞》，臺北：鼎文書局，1971 年 9 月出版。

3. 陳弘治：《詞學今論》，台北：文津出版社，1971 年 10 月出版。

4. 劉子庚：《詞史》，臺北：臺灣學生書局，1972 年 4 月初版。

5. 沈英名：《詞學論要》，台北：正中書局，1973 年 9 月初版。

6. 楊家駱：《清詞別集百三十四種》第 2 冊，台北：鼎文書局，1976 年出版。

7. 徐珂：《清代詞學概論》，台北：廣文書局，1979 年 5 月出版。

8. 龍榆生：《近三百年名家詞選》，上海：上海古籍出版社，1979 年出版。

9. 胡萬川：《鍾馗神話與小說之研究》，台北：文史哲出版社，1980 年 5 月初版。

10. 李一氓：《一氓題跋》，北京：三聯書局，1981 年出版。

11. 王易：《中國詞曲史》，台北：洪氏出版社，1981 年 1 月初版。

12. 夏瞿禪：《唐宋詞欣賞》，台北：文津出版社，1983 年 10 月出版。

13. 金維諾：《中國美術史論集》，臺北：明文書局，1984 年 10 月初版。

14. 俞崑：《中國畫論類編》上冊，台北：華正書局，1984 年 10 月初版。

15. 于安瀾：《畫論叢刊》上冊，台北：華正書局，1984 年 10 月初版。

16. 施議對：《詞與音樂關係研究》，北京：中國社會科學出版社，1985 年 7 月初版。

17. 張金鑒：《中國畫的題畫藝術》，福建：福建美術出版社，1987 年 3 月出版。

18. 葉慶炳：《中國文學史》下冊，臺北：學生書局，1987 年 8 月初版。

19. 唐圭璋：《詞話叢編》，台北：新文豐出版社，1988 年 2 月初版。

20. 施蟄存：《詞學名詞釋義》，北京：中華書局，1988 年 6 月初版。

21. 梁鑒江：《中國歷代詩人選集⑭白居易詩選》，台北：遠流出版社，1988 年 7 月初版。

22. 吳熊和：《唐宋詞通論》，杭州：浙江古籍出版社，1989 年 3 月出版。

23. 袁行霈：《中國詩歌藝術研究》，台北：五南圖書出版公司，1989 年 5 月初版。

24. 趙爲民、程郁綴：《詞學論薈》，台北：五南圖書出版公司，1989 年 7 月初版。

25. 馬興榮：《詞學綜論》，濟南：齊魯書社，1989 年 11 月初版。

26. 錢鍾書：《七綴集》，台北：書林出版社，1990 年 5 月出版。

27. 嚴迪昌：《清詞史》，江蘇：江蘇古籍出版社，1990 年 1 月出版。

28. 陳振寰：《讀詞常識》，台北：國文天地，1990 年 3 月出版。

29. 趙仲邑：《鍾嶸詩品譯注》，台北：貫雅文化，1991 年 7 月初版。

30. 錢仲聯：《清八大名家詞集》，長沙：岳麓書社，1992 年 7 月出版。

31. 嚴迪昌：《金元明清詞精選》，江蘇：江蘇古籍出版社，1992 年 12 月出版。

32. 嚴迪昌：《陽羨詞派研究》，濟南：齊魯書社，1993 年 2 月初版。

33. 謝桃坊：《中國詞學史》，四川：巴蜀書社，1993 年 6 月初版。

34. 童慶炳：《中國古代心理詩學與美學》，台北：萬卷樓圖書，1994 年 8 月初版。

35. 梁鑒江：《陳維崧詞選注》，台北：建宏出版，1996 年 2 月出版。

36. 詞學編輯委員會：《詞學》第七輯，上海：華東師範大學出版社，1998 年出版。

37. 陳水雲：《清代前中其詞學思想》，武漢：武漢大學出版社，1999 年 10 月初版。

38. 劉大杰：《中國文學發展史》，台北：華正書局，2001 年 8 月出版。

39. 張仲謀：《明詞史》，北京：人民文學出版社，2002 年 2 月初版。

40. 林淑貞：《中國詠物詩「託物言志」析論》，臺北：萬卷樓圖書有限公司，2002 年 4 月初版。

41. 徐書城：《中國繪畫斷代史——宋代繪畫》，北京：人民美術出版社，2004 年出版。

42. 薛永年、杜娟：《中國繪畫斷代史——清代繪畫》，北京：人民美術出版社，2004 年出版。

43. 衣若芬：《觀看、敘述、審美——唐宋題畫文學論集》，台北：中央研究院文哲所，2004 年 6 月初版。

44. 吳梅：《詞學通論》，北京：中國書籍出版社，2006 年 5 月出版。

45. 林順夫：《中國抒情傳統的轉變——姜夔與南宋詞》，上海：上海古籍出版社，2006 年出版。

46. 陳瓊花：《藝術概論》，台北：三民書局，2007 年 2 月出版。

47. 吳企明、史創新：《題畫詞與詞意畫》，昆明：雲南人民出版社，2007 年 2 月出版。

48. 陳美朱：《明末清初詩詞正變觀研究——以二陳、王、朱爲對象之考察》，臺北：花木蘭出版社，2007 年 3 月出版。

49. 鮑恒：《清代詞體學論稿》，北京：人民文學出版社，2007 年 5 月初版。

50. 毛文芳：《圖成行樂：明清文人畫像題詠析論》，台北：台灣學生書局，2008 年 1 月初版。

51. 錢天善：《明三家畫題畫詩研究（上）》，臺北：花木蘭文化出版社，2008 年 3 月出版。

52. 楊新主：《明清肖像畫》，上海：上海科學技術出版社，2008 年 6 月出版。

53. 黃儀冠：《晚明至盛清女性題畫詩研究——以閱讀社群與自我呈現爲主》，台北：花木蘭文化，2009 年初版。

## （三）史料地志與社會文化相關專著

1. 國史館：《清史列傳》第 9 冊，台北：中華書局，1962 年 3 月出版。

2. 謝國楨：《明清之際黨社運動考》，臺北：台灣商務印書館，1967 年 1 月初版。

3. 吳秀之等修、曹允源等纂：民國《吳縣志》（三），台北：成文出版社，1970 年出版。

4. 瀧川龜太郎：《史記會注考證》，台北：藝文印書館，1972 年 2 月出版。

5. 黃鴻壽：《清史紀事本末》，臺北：三民書局，1973 年 7 月再版。

6. 周宗盛：《中國才女》，台北：水牛圖書出版有限公司，1981 年 10 月初版。

7. 朱東潤：《陳子龍及其時代》，上海：上海古籍出版社，1984 年出版。

8. 蕭一山：《清代通史》，臺北：中華書局，1985 年 9 月出版。

9. 清史稿校註編纂小組：《清史稿》第 5 冊，新店：國史館，1986 年 2 月初版。

10. 楊廷福、楊同甫編：《清人室名別稱字號索引》，上海：上海古籍出版社，1988 年出版。

11. 李龍潛：《明清經濟史》，廣州：廣東高等教育出版社，1988 年 3 月初版。

12. 國史館清史稿校注審查委員會：《清史稿校註》第 14 冊，新店：國史館，1990 年 2 月出版。

13. 王彬：《禁書·文字獄》，北京：中國工人出版社，1992 年 9 月初版。

14. 楊風城：《千古文字獄——清代紀實》，海口：南海出版公司，1992 年 11 月初版。

15. 周宗奇：《文字獄紀實》，北京：中國友誼出版公司，1994 年出版。

16. 龐毅：《中國清代經濟史》，北京：人民出版社，1994 年 4 月出版。

17. 曾大興：《中國歷代文學家之地理分佈》，漢口：湖北教育出版社，1995 年 10 月初版。

18. 陳正祥：《中國歷史文化地理》，臺北：南天書局，1995 年 10 月初版。

19. 范宜如、朱書萱：《風雅淵源——文人生活的美學》，台北：台灣書局，1998 年 3 月初版。

20. 錢杭、承載：《十七世紀江南社會生活》，台北：南天書局，1998 年 6 月初版。

21. 楊國楨、陳支平：《明史新編》，台北：昭明出版社，1999 年 9 月初版。

22. 續修四庫全書編纂委員會：《續修四庫全書·集部·別集類 1418》，上海：上海古籍出版社，2002 年 3 月出版。

23. 馮賢亮：《明清江南地區的環境變動與社會控制》，上海：上海人民出版社，2002 年 8 月初版。

24. 李伯重：《發展與制約——明清江南生產力研究》，臺北：聯經出版社，2002 年 12 月初版。

25. 侯家駒：《中國經濟史》下冊，臺北：聯經出版社，2005 年 5 月初版。

26. 常建華：《歲時節日裡的中國》，北京：中華書局，2006 年 6 月初版。

27. 薩支山、陳國惠、元嬰等：《福建》，台北新店：人人出版股份有限公司，2008 年 5 月初版。

（四）其他

1. 黃錦鋐：《新譯莊子讀本》，台北：三民書局，1974 年 1 月初版。

2. 青木正兒：《青木正兒全集》第 2 卷，東京：春秋社，1983 年出版。

3. 梁啓超：《飲冰室合集》第 5 冊，北京：中華書局，1989 年 3 月初版。

4. 陳滿銘：《章法學綜論》，台北：萬卷樓，2003 年出版。

5. 曹海東注譯、蕭麗華校閱：《新譯曹子建集》，台北：三民書局，2003 年 10 月出版。

6. 陳祖武：《清初名儒年譜（6）——悔庵年譜》，北京：北京圖書館出版社，2006 年初版。

7. 吳福助：《楚辭註繹》（上冊），台北：里仁書局，2007 年 3 月初版。

8. 黃慶萱：《修辭學》，台北：三民書局，2007 年 1 月出版。

**貳、論文**（按出版時間排列）

**一、學位論文**

**（一）台灣地區**

1. 王翠芳：《陳維崧湖海樓詞研究》，高雄師範大學國文學系碩士論文，1997 年。

2. 楊秋棠：《陳維崧及其詞學》，東海大學中國文學系博士論文，2002 年。

3. 高淑萍：《陳維崧烏絲詞研究》，彰化師範大學國文學系碩士論文，2003 年。

4. 林青蓓《陳維崧詠物詞之研究》，中興大學中國文學系所碩士論文，2008 年。

**（二）大陸地區**

1. 李睿：《論陳維崧對蘇辛派的繼承與發展》，安徽大學碩士論文，2003 年。

2. 吳文治：《宋代題畫詞論說》，河北大學碩士論文，2005 年。

3. 王煒：《元代題畫詞》，華東師範大學碩士論文，2007 年。

4. 王娟：《論陳維崧的詞學觀念及其創作實踐》，廣西師範大學碩士論文，2008 年。

## 二、期刊論文

### （一）台灣地區

1. 青木正兒：〈題畫文學の發展〉，原載《支那學》第 9 卷第 1 號，1937 年 7 月。

2. 青木正兒著、馬導源譯：〈題畫文學之發展〉，《大陸雜誌》第 3 卷第 10 期，1951 年 11 月，頁 15～20。

3. 鄭騫：〈明詞衰落的原因〉，《大陸雜誌》第 15 卷第 7 期，1957 年 10 月，頁 1～2。

4. 鄭騫：〈題畫詩與畫題詩〉，《中外文學》第 8 卷第 6 期，1979 年 11 月，頁 5～13。

5. 青木正兒著、魏仲佑譯：〈題畫文學及其發展〉，《中國文化月刊》第 9 期，1980 年 7 月，頁 76～92。

6. 王伯敏：〈明清的肖像畫〉，《藝術家》第 31 卷第 182 期，1990 年 7 月，頁 280～299。

7. 劉揚忠：〈論陳子龍在詞史上的貢獻及其地位〉，《第一屆詞學國際研討會論文集》臺北：中央研究院中國文哲所籌備處，1994 年 12 月初版，頁 291～313。

8. 王耀庭：〈肖像・相勢・相法〉，《美育》第 99 期，1998 年 9 月，頁 21～23。

9. 塗茂齡、費臻懿：〈明代陳子龍詞學觀析論〉，《建國學報》第 18 卷（上），1999 年 6 月，頁 31～46。

10. 蘇淑芬：〈陳維崧與清初詞壇之關係研究〉，《東吳中文學報》第六期，2000 年 5 月，頁 131～171。

11. 凌性傑：〈陳維崧詞作及詞學之探討〉，《濤聲學報》第 1 期，2006 年 3 月，頁 19～36。

12. 謝明陽：〈雲間詩派的形成——以文學社群為考察脈絡〉，《臺大文史哲學報》第 66 期，2007 年 5 月，頁 17～51。

13. 蘇淑芬：〈「是誰家本師絕藝」——《湖海樓詞》中的江湖藝人研究〉，《臺北大學中文學報》第 5 期，2008 年 9 月，頁 233～272。

（二）大陸地區

1. 周旻：〈試論陳維崧的詞〉，《廈門大學學報》哲學社會科學版第 4 期，1984年。

2. 徐建融：〈中國畫題款的美學意蘊試探〉，《朵雲》第九集，1985 年 12 月，頁 48～52。

3. 張富華：〈淺論清代少數民族詞人改琦的題畫詞〉，《新疆大學學報》哲學社會科學版第二期，1994 年，頁 84～88。

4. 王興亞：〈清初的經濟政策與社會經濟的緩慢恢復〉，《鄭州大學學報》（哲學社會科學版）第 5 期，1995 年，頁 58～67。

5. 周絢隆：〈論迦陵詞的多樣化風格及其形成〉，《西北師大學報》第 36 卷第 3 期，1997 年 7 月，頁 8～11。

6. 馬興榮：〈論題畫詞〉，《揚州師專學報》第四期，1997 年 12 月，頁 7～13。

7. 范金民：〈明清江南進士數量、地域分佈及其特色分析〉，《南京大學學報》（哲學人文社會科學）第 2 期，1997 年，頁 171～178。

8. 艾治平：〈論陽羨詞宗師陳維崧〉，《嘉應大學學報》哲學社會科學版第 1 期，1998 年，頁 44～51。

9. 吳曉亮：〈論陳維崧詞對稼軒詞的繼承與創新〉，《文學遺產》第 3 期，1998 年，頁 76～83。

10. 孫克強：〈試論雲間派的詞論及其在詞論史上的地位〉，《中州學刊》第 4 期，1998 年，頁 91～96。

11. 周絢隆：〈實用性原則的遵循與背判──陳維崧題畫詞的文本解讀〉，《首都師範大學學報》社會科學版第 6 期，2000 年，頁 79～86。

12. 梁鑒江：〈詩史與詞史──淺談杜詩對陳維崧詞的影響〉，《杜甫研究學刊》第 1 期，2001 年，頁 74～77。

13. 周絢隆：〈論迦陵詞以文爲詞的傾向──兼評陳維崧革新詞體的得失〉，《文史哲》第 1 期，2002 年，頁 92～99。

14. 李欣：〈「沉鬱」風格新釋兼論陳維崧詞〉，《蘇州大學學報》哲學社會科學版第 2 期，2002 年 4 月，頁 49～60。

15. 承劍芬：〈陳維崧詞風形成的文化背景考察〉，《南京理工大學學報》社會科學版第 2 期，2002 年 4 月，頁 26～30。

16. 鍾錦：〈陳維崧詞非沉鬱型藝術特色簡論〉，《唐都學刊》第 4 期，2002 年，頁 77～79。

17. 王雲飛：〈雲間詞論與清詞中興〉，《重慶師院學報》（哲學社會科學版）第 2 期，2002 年，頁 64～69。

18. 裴喆：〈陳維崧中州四載詞作考〉，《南陽師範學院學報》社會科學版第 2 卷第 11 期，2003 年，頁 55～60。

19. 朱麗霞：〈向詞壇直奪將軍鼓——論陳維崧對新稼軒的接受〉，《南陽師範學院學報》第 2 卷第 11 期，2003 年 11 月，頁 61～65。

20. 徐德琳：〈爲人間留取眞面目——顧太清的題畫詞〉，《北京宣武紅旗業餘大學學報》第 4 期，2003 年，頁 23～25。

21. 苗貴松：〈宋代題畫詞簡論〉，《常州師範專科學校學報》第 2 期，2004 年，頁 18～23。

22. 梁鑒江：〈陳維崧：清初詞壇的革新者〉，《中國韻學學刊》第 3 期，2004 年，頁 67～71。

23. 周絢隆：〈論陳維崧以詩爲詞的創作特徵及其意義〉，《文藝研究》第 3 期，2004 年，頁 80～85。

24. 梁鑒江：〈稼軒詞與迦陵詞〉，《廈門教育學院學報》第 6 卷第 4 期，2004 年 12 月，頁 34～37。

25. 周絢隆：〈擬物寫形與抒情的符號化傾向——陳維崧詠物詞中的自我表現〉，《蘇州大學學報》哲學社會科學版第 2 期，2005 年 3 月，頁 54～60。

26. 曹清華：〈陳維崧詞的時間意識的表達〉，《深圳職業技術學院學報》第 3 期，2005 年，頁 59～62。

27. 鄭海濤：〈論竹山詞對迦陵詞的影響〉，《船山學刊》第 3 期，2005 年，頁 151～153。

28. 李紅霞：〈南宋壽詞的分型及特徵——兼論祝壽文學的歷史演進〉，《深圳大學學報》（人文社會科學版）第 22 卷第 3 期，2005 年 5 月，頁 87～90。

29. 趙雲沛：〈明末清初的女性題畫詞〉，《文學遺產》第 6 期，2006 年，頁 134～137。

30. 耿祥偉：〈試論姚華題畫詞〉，《山東教育學院學報》第 6 期，2006 年，頁 73～77。

31. 趙曉嵐：〈論宋詞小序〉，《文學遺產》第 6 期，2006 年，頁 38～49。

32. 魏遠征：〈詞境、畫境、心境——論顧太清的題畫詞〉，《民族文學研究》第 4 期，2007 年，頁 35～40。

33. 承劍芬：〈陳維崧「以史入詞」風格論析〉，《無錫職業技術學院學報》第 2 期，2007 年，頁 92～94。

34. 張世斌：〈論陳維崧詞多樣化的風格特點〉，《名作欣賞》第 20 期，2007 年，頁 18～21。

35. 陳雙蓉：〈陳維崧詞中民俗文化因素的分佈型態〉，《保定師範專科學校學報》第 4 期，2007 年 10 月，頁 42～44。

36. 劉明玉：〈近 25 年來陳維崧詞研究的回顧與展望——兼談文體功能研究的重要意義〉，《中國韻文學刊》第 1 期，2007 年，頁 33～38。

37. 劉繼才：〈論宋代題畫詩詞勃興的原因與特徵〉，《瀋陽師範大學學報》第 1 期第 32 卷，2008 年，頁 89～92。

38. 王康：〈宋代郭熙《林泉高致》中的「三遠」論淺析〉，《太原師範學院學報》（社會科學版）第 7 卷第 3 期，2008 年 5 月，頁 119～121。

39. 應一平：〈西園雅集圖簡介〉，《文博》第 1 期，2009 年，頁 24。

40. 陳雙蓉：〈論陳維崧詞中折射的民俗文化態度〉，《山東文學》第 3 期，2009 年，頁 102～104。

41. 張若蘭：〈元代題畫詞初探〉，《中國社會科學院研究生院學報》第 3 期，2009 年 5 月，頁 99～103。

42. 譚輝煌：〈論風雅詞人題畫詞的文化意蘊和藝術手法——以張炎、周密和王沂孫為中心〉，《湖北社會科學》第 8 期，2009 年，頁 112～114。

43. 朱秋娟：〈陳維崧詞學話語圈與其詞學理論〉，《文藝理論研究》第 6 期，2009 年，頁 104～108。

44. 譚新紅、王兆鵬：〈宋詞的藝術媒介傳播——以題畫、題扇和題屏詞為中心〉，《華中師範大學學報》（人文社會科學版）第 49 卷第 2 期，2010 年 3 月，頁 107～113。

# 附錄一：陳維崧題畫詞一覽表 [註1]

| 題 材 | 詞 牌 | 詞 題 | 內 容 | 出 處 |
|---|---|---|---|---|
| 人物類－寫眞 | 〈菩薩蠻〉 | 爲友人題像 | 萬山槲葉西風起。黛痕滴入衫痕裏。硯匣淨無塵。依稀陸子春。　他時須獻賦。細馬朝天去。相映柳毿毿。宮娥報捲簾。 | 《迦陵詞全集》小令，卷2，頁361。 |
| | 〈采桑子〉 | 題潘曉庵斗酒百篇小像 | 畫師貌出高人態，梧竹澄鮮。庭戶蕭然，道是詩顚併酒顚。　玉山百罰頹唐甚，醉漢瓊筵。紗帽微偏，擊唾壺歌寶劍篇。 | 《迦陵詞全集》小令，卷2，頁362。《湖海樓詞集》小令，卷1，頁35。 |
| | 〈減字木蘭花〉 | 題彭爰琴小像 | 隋宮絲管，曾醉倡家紅玉椀。瘦馬蘆溝，又上燕姬賣酒樓。　十年一別，往事朦朧那可說。畫裏逢君，同把揚州月色分。 | 《迦陵詞全集》小令，卷2，頁365。《湖海樓詞集》小令，卷2，頁39。 |
| | 〈減字木蘭花〉 | 題山陰何奕美小像（奕美尊人侍御公，以忠節死。） | 多年枯樹，屈鐵拗銅陰翠迴。野澗蕭林，閒坐幽人抱膝吟。　傳家碧血，怕聽子規啼夜月。莫便還鄉，霸國山川冷夕陽。 | 《迦陵詞全集》小令，卷2，頁365。《湖海樓詞集》小令，卷2，頁40。 |
| | 〈西江月〉 | 題六和孫公樹捧書圖（公樹，伯觀先生孫。先生官舍人，賜書最多。） | 李白開元供奉，當年恩禮偏隆。賜書稠疊出深宮，玉軸牙籤鄭重。　絕妙文孫才調，翩翩王謝門風。捧來亂帙悉當胸，月落華清如夢。 | 《迦陵詞全集》小令，卷4，頁372。《湖海樓詞集》小令，卷2，頁50。 |

〔註1〕此表格乃筆者自行整理製作，各類題材作品按照小令、中調、長調順序排列。

| | | | |
|---|---|---|---|
| 〈偷聲木蘭花〉 | 題范女受小像昔年女受在舟中，隔舫有誤認爲余者，故及之。 | 君挑獨夜江船火，隔舫有人呼似我。仔細披圖，骨瘦髯清我不如。　孤松峭壁疑無路，嘯向此中尋藥去。可許狂生，化作猿猱逐隊行。 | 《迦陵詞全集》小令，卷4，頁373。《湖海樓詞集》小令，卷2，頁53。 |
| 〈偷聲木蘭花〉 | 題關東席端伯小像 | 畫師要寫蕭疏意，先畫綠楊絲踠地。斑竹闌干，傍倚高人興邈然。　五侯七賢粉榆盛，家本遼陽爭借問。總不關渠，只愛荷香撲異書。 | 《迦陵詞全集》小令，卷4，頁373。 |
| 〈杏花天〉 | 題震修杏花小照 | 虎頭食肉通侯相。君本是、詞場飛將。紛紛餘子眞廝養。自署五湖之長。　慈恩寺、春從蝶釀。紅綾讌、餅如月樣。杏園指日鞭絲漾。鬧煞賣花深巷。 | 《迦陵詞全集》小令，卷4，頁377。《湖海樓詞集》小令，卷3，頁60。 |
| 〈浪淘沙〉 | 題園次收綸濯足圖 | 艷瀩幾千堆，濺雪轟雷。巨鼈映日挾山來。舞鬣揚鬐爭跋浪，晝夜喧豗。　濯足碧溪隈，一笑沿洄。龍窩蛟窟莫相猜。我有珊瑚竿不用，不是無才。 | 《迦陵詞全集》小令，卷4，頁377。《湖海樓詞集》小令，卷3，頁61。 |
| 〈花間虞美人〉 | 爲廣陵何茹庵題像（像在荷潭竹嶼間，旁有兩姬人侍。） | 角弓硬劍黃金弝，須上凌烟畫。不然脫帽五湖天，藕絲篿粉拌茶烟，亦前緣。　雄心畢竟輕餘子，知我佳人耳。雙捼裙帶繞花行。涼軒水檻十分清，說平生。 | 《迦陵詞全集》小令，卷5，頁384。《湖海樓詞集》小令，卷3，頁73。 |
| 〈江城子〉 | 題鄒九揖像 | 昔年同學半吳中。飲千鍾，筆如風。敘館毿門，脫帽夜過從。看到江南紅豆熟，分散了，各西東。　年來汝客晉陽宮。草黏空，沒孤鴻。落照壺關，匹馬弔英雄。一笑畫師眞鶻突，偏畫汝，做衰翁。 | 《迦陵詞全集》中調，卷8，頁398。《湖海樓詞集》中調，卷5，頁96。 |
| 〈祝英臺近〉 | 題季柔木小影，兼誌別懷。 | 紅秫韐，紫羅囊。小縛黃皮袴。快馬健兒，裝急憑君作。更聞歷落嶔崎，交游然諾，依稀是、君家之布。　歲行暮。可憐雪浪煙帆，來朝趁人渡。呵手敲冰，爲君一題句。他年展軸哦詩，懷人顧影，好頻寄、江東魚素。 | 《迦陵詞全集》中調，卷9，頁405。《湖海樓詞集》中調，卷5，頁107。 |

| 〈四園竹〉 | 題西陵陸蓋思繞屋梅花圖像 | 西陵高士，小隱段橋東。十年酒聖，半世詩顛，千古文雄。銅將軍，麴道士，楮先生者，三君蹤跡時同。　屋如蜂。屋頭無數冷香，籬門都浸其中。鎮日和煙和雨，點點敧斜，片片朦朧。杯在手，長側帽，林間一笛風。 | 《迦陵詞全集》中調，卷9，頁405。《湖海樓詞集》中調，卷5，頁109。 |
|---|---|---|---|
| 〈洞仙歌〉 | 題喬石林舍人桃源圖小照 | 漫郎單舸，壓半溪寒玉。流向秦人洞邊宿。漸前村、竹外一兩三枝，斜冪歷，流水板橋茆屋。　忽然奇絕處，極望花枝，盡亞東風騁肌肉。萬樹滴胭脂，下映平坡，都不許、蘼蕪成綠。也莫問、花紅種田人，只雞犬桑麻，迥離塵俗。 | 《迦陵詞全集》中調，卷10，頁412。《湖海樓詞集》中調，卷6，頁121。 |
| 〈洞仙歌〉 | 題採芝圖，爲顧卓侯賦。 | 蒼皮黛鬣，滴金膏丹溜。下結千齡赤芝秀。有先生，杖挂長柄葫蘆，籃子內、百本木華紅繡。　嗒然雲水興，飄笠隨身，煉術餐霞老巖竇。戲劚茯苓歸，封寄軒轅，雷文篆、形如鳥獸。笑多事、商顏四先生，同溺過儒冠，一般皓首。 | 《迦陵詞全集》中調，卷10，頁412。《湖海樓詞集》中調，卷6，頁120～121。 |
| 〈鶴沖天〉 | 題鄒生巽含小像（像坐萬山梅花中，一童子煮茶於側。） | 寒崖綠染，石竇低於甑。極目總蕭林，堆蒼艷。更梅花作海，綻香雪、飄千點。幽人巾自墊。趺坐苔陰，杏靄水明山店。　瑤翻碧灩，澗底泉澄湛。童子潑茶光，連幽簟。翠花瓷注茗，花沸乳、珠成紺。風情何澹澹。乍展吳綾，迴味略如橄欖。 | 《迦陵詞全集》中調，卷10，頁414。《湖海樓詞集》中調，卷6，頁125。 |
| 〈鶴沖天〉 | 題錢葆馣蒓鮫小像，次原韻。 | 吾鄉畫渚，有個英雄處。長想射蛟人，空吟句。如君饒逸氣，偏不屑、塵埃住。沿溪尋釣侶。霅曬江村，一色壓銀欺苧。　君年未暮，詎逐鴟夷去。宵半躍頹盤，滄波煮。踞船頭弄笛，快劈作、闌江雨。涼飆添幾許。響入鮫宮，吹亂織綃機緒。 | 《迦陵詞全集》中調，卷10，頁414。《湖海樓詞集》中調，卷6，頁125。 |

| 〈滿江紅〉 | 題尤悔庵小影，次韻二首。 | 快馬健兒，記當日、先生自許。誰信道、驊騮一蹶，長鳴憶主。淒切新詞楊柳月，悲涼雜劇梧桐雨。(悔庵工樂府。《梧桐雨》，元白仁甫所撰。)更北平、回首暮雲低，呼鷹處。(悔庵司李北平。)朝共市，難容與。山共水，聊延佇。且岑牟單絞，搔頭箕踞。千石硬弓千日酒，三條樺燭三撾鼓。正男兒、失路述生平，踦閭語。(踦閭而語，見《公羊》。) | 《迦陵詞全集》長調，卷11，頁423。《湖海樓詞集》長調，卷7，頁139。 |
| | | 天語琳瑯，曾比汝、殿前之柳。今老矣、漫雲才子，居然聱叟。三弄笛吹桓子野，雙丸髻挽王曇首。儘數來、作達昔人多，如君否？腳有鬼，還叉手。舌尚在，終開口。肯車中閉置，學他新婦。麴道士為盤內舞，銅將軍侑花前酒。對董龍、半醉語喃喃，何雞狗？ | |
| 〈滿江紅〉 | 梁溪顧梁汾舍人過訪，賦此以贈，兼題其小像。 | 二十年前，曾見汝、寶釵樓下。春二月、銅街十里，杏衫籠馬。行處偏遭嬌鳥喚，看時誰讓珠簾挂。只沈腰、今也不宜秋，驚堪把。　且給個，金門假。好長就，旗亭價。記爐烟扇影，朝衣曾惹。芍藥纔塡妃子曲，琵琶又聽商船話。笑落花、和淚一般多，淋羅帕。 | 《迦陵詞全集》長調，卷12，頁430。《湖海樓詞集》長調，卷7，頁152～153。 |
| 〈滿庭芳〉 | 題徐武貽小像（武貽，文貞後人，椒峰，發仲母舅，舊許為題像，今翁已沒，始追補成之。） | 碧篠千竿，紅蘭一架，松濤韻雜笙竽。科頭箕踞，旁置小風爐。回首文貞舊業，凄涼絕、綠野荒蕪。牢之好，家傳宅相，名已動京都。　躊躇。當日事，記曾撫掌，為我披圖。擬閒題數語，貌爾清癯。詎料山邱華屋，重來處、此諾還逋。徐君墓，未成挂劍，聊報秣陵書。 | 《迦陵詞全集》長調，卷13，頁436。《湖海樓詞集》長調，卷8，頁164～165。 |
| 〈水調歌頭〉 | 題毛會侯戴笠垂竿小像 | 水色綠如鴨，又似乍磨銅。靴紋細浪忽起，颯颯夾溪 | 《迦陵詞全集》長調，卷14，頁441。 |

| | | | 風。數里江村茆屋，一帶蘆汀蟹舍，下徧釣魚筒。雲作蔚藍纈，襯以晚霞紅。 燃楚竹，炊香糯，五湖東。新來溪友，堪訝乃是大毛公。贏得眾師拍手，汝有金貂玉佩，詎是綠簑翁。笑起唱銅斗，餘響落蛟宮。 | 《湖海樓詞集》長調，卷8，頁173。 |
| --- | --- | --- | --- | --- |
| | 〈念奴嬌〉 | 題顧螺舟小影 | 如此佳人，是王家養炬，謝家遏末。三世貂蟬連北闕，年少東華釋褐。傅粉宮前，薰香殿側，顧盼眞英發。臨春結綺，舊游似有瓜葛。 而今零落堪憐，文園多病，贏得相如渴。滿目關河愁恨極，衰草濃烟塗抹。醉矣堪呵，灰兮可溺，田也供人奪。茫茫哀樂，四條絃子空撥。 | 《迦陵詞全集》長調，卷17，頁461。《湖海樓詞集》長調，卷11，頁208。 |
| | 〈念奴嬌〉 | 題季端木小影 | 丹青一幅，是西湖好手，戴蒼之筆。年少者誰眞秀絕，不讓王家摩詰。繡虎清才，食牛奇氣，刷羽霜空失。科頭箕踞，襟情一往蕭瑟。 寄語莫賭羅囊，人身似爾，頭地終須出。安得畫師乘快墨，並寫驊騮十四。歷塊過都，莝燕秣越，此事爲君必。若翁大笑，看君長繞吟膝。 | 《迦陵詞全集》長調，卷17，頁464。《湖海樓詞集》長調，卷11，頁214～215。 |
| | 〈念奴嬌〉 | 題劉震修小像，即次原韻。 | 平生謾罵，笑紛紛眼底、汝曹何物？醉後擘窠盤硬句，浣徧倡樓粉壁。柳絮縈鞭，花枝低帽，狂煞何曾歇。側身搔翅，角鷹颯爽毛骨。 誰料同學少年，半封侯去，剩我魚舠隻。擊碎唾壺顛欲死，往事明明如月。君賦離鸞，僕歌老驥，一樣關情切。中秋近矣，人間萬頃晴雪。 | 《迦陵詞全集》長調，卷18，頁471。《湖海樓詞集》長調，卷12，頁228。 |
| | 〈繞佛閣〉 | 爲李武曾題長齋繡佛圖小像 | 冷箋雪研，纖膩滑笋，恰稱烘寫。偷盻閒把。有人認是，年時瘦司馬。俊遊 | 《迦陵詞全集》長調，卷19，頁478。 |

| | | | |
|---|---|---|---|
| | | 都雅。帽影蘸粉，衫縷沾麝。蠻雨啼鵑。略記小驛，奢香醉題帕。　舊事一彈指，可惜花開多易謝。此後鬢絲，吳霜將暗惹。且料理、心情消向蓮社。茜竿低亞。捧一軸迦文，絹帶輕灑。傍晚前、玲瓏斜挂。 | 《湖海樓詞集》長調，卷12，頁239。 |
| 〈喜遷鶯〉 | 石濂和尚自粵東來梁園，為余畫小像，作天女散花圖，詞以謝之。 | 月明珠館。有帝釋鬐陀，身雲散滿。鮫國旄幢，鸞帆茄吹，萬疊雪傾銀濺。裝罷紅棉粵嶠，看足蒼楓梁苑。饒能事，儘微皴澹抹，黃深絳淺。　篋衍。有一卷細膩凝脂，三尺松陵絹。少不如人，師須為我，畫出鬢絲禪板。旁侍湘娥窈窕，下立天魔蹇產。人間苦，悵碧桃花謝，洞天歸晚。 | 《迦陵詞全集》長調，卷22，頁497。《湖海樓詞集》長調，卷14，頁273。 |
| 〈綺羅香〉 | 題宋既庭小照（圖作長松竟幅） | 昔夢都非，舊遊頻換，秋夜一燈吾汝。彩筆憑陵，壓盡曹滕邨呂。曾見說、猿臂難封，又聞道、蛾眉工妒。任紛紛、項領兒郎，薰香剃面畫衣袴。　誰將東絹一匹，皴銅身鐵鬣，翠交蒼互。子落濤鳴，下有幽人箕踞。看幾簇、露葉烟條，經幾場、落花飄絮。鎮朝昏、吟雨啼風，慣為渾脫舞。 | 《迦陵詞全集》長調，卷22，頁498。《湖海樓詞集》長調，卷14，頁276。 |
| 〈沁園春〉 | 為四洲謝震生廣文題影，兼送其之任山陽。 | 我愛先生，其冷者官，其熱者腸。羨康樂宣城，君之家世，蠙珠浮磬，此是家鄉。人道馬曹，我知魚樂，苜蓿堆盤也不妨。吳綾上，問傳神阿堵，何物長康。　纔成半闋淒涼。忽念爾將離黯自傷。記淡月微風，曾經批抹，好花新茗，相與平章。此去淮陰，古多惡少，我欲來游醉幾場。君求我，在韓侯臺下，漂母祠旁。 | 《迦陵詞全集》長調，卷24，頁515。《湖海樓詞集》長調，卷17，頁306。 |
| 〈沁園春〉 | 題西溪釣者小像 | 彼君子兮，自序生平，西溪釣徒。有柴門臨水，一羣鵝 | 《迦陵詞全集》長調，卷25，頁518。 |

| | | | |
|---|---|---|---|
| | | 鴨，松關負郭，四壁圖書，註易逍遙，彈琴廓落，屈指知非十載餘。（時釣者年六十有九。）焚香坐，俯衣暉傑閣，飽瞰清湖。　　多時興在乘桴。且一葦蒼茫縱所如。看筆牀茶竈，沿流容與，漁莊蟹舍，夾浦縈紆。乍叩開舷，或延新月，秋水長天碧似蘆。掀髯笑，笑人方夢鹿，我正觀魚。 | 《湖海樓詞集》長調，卷17，頁312。 |
| 〈沁園春〉 | 爲高汝敬尊公季遠題像，並贈汝敬。（季遠，忠憲公季子。） | 彼君子兮，朗若玉山，爛若朝霞。歎三閭香草，忠臣有後，七賢修竹，處士無家。書癖書淫，酒鎗茶蕫，滿院桐陰一帽斜。眞瀟灑，負薪而歌者，優孟誰邪？　　賢郎品更稱佳。只落日祠堂守暮鴉。向山頭荷差錧，追隨猿鶴，泉邊鍵戶，箋釋蟲蝦。北郭騷貧，東方朔餓，一片空庭扁豆花。軒渠也，任韋平父子，兩代宣麻。 | 《迦陵詞全集》長調，卷25，頁519。《湖海樓詞集》長調，卷17，頁312。 |
| 〈沁園春〉 | 爲雪持題像，即次原韻。（像作大雪中，數燕姬箏琶夾侍） | 屈指生平，衣葛知寒，食梅苦酸。倩冰綃數尺，圖成行樂，梨園一曲，譜出邯鄲。富貴何常，男兒自有，除却昇天作底難。掀髯處，怪六花一夜，白盡江山。　　長空舞絮漫漫。縱漢苑、吳宮夢裏看。喚燕支小婦，霓裳夜蘦，迴波別隊，氍毹春寒。滿院紅肌，一簾香雪，老放英雄此內閒。吾狂甚，嚮畫中笑乞，最後雙鬟。 | 《迦陵詞全集》長調，卷25，頁520。《湖海樓詞集》長調，卷17，頁315。 |
| 〈沁園春〉 | 題竹逸小像（像在萬竿翠竹中） | 誰伴先生，茗椀鑪薰，書鉛筆牀。記慈恩釋褐，名喧三殿，定昆承傳，檄諭諸羌。萬里辭官，一身入畫，抽却朝簪換芰裳。琴樽外，更陰陰空翠，箇箇篔簹。　　竹郎閒與評量。論樑棟何須羨豫章。任截爲拄杖，躡他嵩華，劈成橫笛，吹出伊涼。根作龍拏，節如劍拔，誰許斑痕上苦篁。聞言喜，竹得風而笑，滿院笙簧。 | 《迦陵詞全集》長調，卷25，頁520。《湖海樓詞集》長調，卷17，頁315～316。 |

| | 〈沁園春〉 | 題徐二玉小像 | 貌君者誰，尺幅經營，天機渺漫。縱偶然位置，偏能高脫，無多筆墨，只取幽閒。緩帶溪橋，微吟山寺，目送飛鴻自往還。蕭疏極，任人情物態，了不相關。　　多君逋峭難攀。只日向衡門賦考槃。況霜紅露白，秋冬之際，杉黃柏赤，山水之間。竹杖消遙，芒鞋散誕，古樹槎枒挂籜冠。從君去，好或窮巖岫，或弄潺湲。 | 《迦陵詞全集》長調，卷25，頁521。《湖海樓詞集》遺補，頁397。 |
|---|---|---|---|---|
| | 〈沁園春〉 | 題汪舍人蛟門少壯三好圖（圖作羣姬挾箏琶度曲，擁書萬卷，數甌夷貯酒其旁。圖上題詞甚多。豹人則欲開閣禁釀，於皇則欲焚硯燒書，二說紛然，余故作此詞。） | 酒庫經堂，正競箏琶，客聲沸然。是秦川遺叟，整襟而入，杜陵野老，裂眼而前。或導荒淫，或規放誕，莊語諢辭盡可傳。喧豗甚，似輸攻墨守，訟芋爭田。　　不聞博奕猶賢。但適興焉能便舍旃。況溉堂集內，頗言聲伎，茶村暇日，詎廢丹鉛！卿論誠佳，吾從所好，亟喚蠻娘闘管絃。牙籤畔、漸玉簫風起，吹動舴船。 | 《迦陵詞全集》長調，卷25，頁523。《湖海樓詞集》長調，卷17，頁320。 |
| | 〈沁園春〉 | 題徐禎起六十斑爛圖 | 老友者誰，城北徐公，舞衣斑爛。有豆區一畝，藤花半架，晴山萬疊，碧浪千灣。隱不求名，憂寧用老，竹戶蓬門盡日關。家庭樂，喜龐眉豐頰，皓首團圞。　　相從樵父漁蠻。只戲鼓歌樓恣往還。笑鼎鼎朱門，幾人親在，番番黃髮，誰便身閒？何似貧家，蕭然戲綵，六十兒從膝下頑。倖蹉跌，惹八旬堂上，莞爾開顏。 | 《迦陵詞全集》長調，卷25，頁524。《湖海樓詞集》長調，卷17，頁321～322。 |
| | 〈沁園春〉 | 題崇川范廉夫松下小像（友人女受長公） | 松下誰耶，玉貌臨風，于思于思。正濤翻翠鬣，支離拏鐵，雙凋黛甲，剝裂侵苔。韋偃皴成，畢宏畫就，戰壑干霄未易才。因何故，卻嗒焉若喪，萬慮成灰。　　琅山紫颺喧豗。還記得、君家往事來。有四海賓朋，極天甲第，滿堂絲管，夾水樓臺。如此兒郎，居然漂泊，范叔 | 《迦陵詞全集》長調，卷25，頁525。《湖海樓詞集》長調，卷17，頁325。 |

| | | 寒今至此哉。長安道，且歛<br>歛話舊，懷抱誰開！ | |
|---|---|---|---|
| 〈沁園春〉 | 題王山長小像 | 己卯之秋，余甫成童，流觀<br>簡編。見諸省賢書，楚材最<br>妙，於中傑作，數子尤傳。<br>舊雨石霞，金昆亦世，先後<br>同吟杕杜篇。昭邱上，只思<br>君不見，君在誰邊？　相<br>逢各已華顛。算燕市、論交<br>亦偶然。嘆破硯枯琴，此間<br>孤冷，豪絲脆管，別屋夭妍。<br>三尺生綃，一泓冰雪，貌爾<br>蕭疏老鄭虔。掀髯笑，笑人<br>間何限，圖畫凌烟。 | 《迦陵詞全集》長<br>調，卷25，頁526。<br>《湖海樓詞集》長<br>調，卷17，頁325。 |
| 〈沁園春〉 | 題袁重其負母看<br>花圖 | 吉貝沿街，枳殼叢闌，葵榴<br>映墻。算三牲五鼎，貧家時<br>缺，千紅萬紫，夏日方長。<br>衣著斑斕，躬為痀僂，負得<br>萱闈出北堂。藍輿少，笑相<br>君之背，軟勝匡牀。　筍<br>籠藥塢徜徉。惹白髮、逢歡<br>意轉傷。記早年歌鵠，花誰<br>上鬢，中宵刺鳳，草盡縈腸。<br>人說兒賢，天教娘健，描畫<br>還憑顧長康。披圖羨，較看<br>花上苑，事定誰強。 | 《迦陵詞全集》長<br>調，卷25，頁522。<br>《湖海樓詞集》長<br>調，卷17，頁318<br>～319。 |
| 〈賀新郎〉 | 題孫赤崖小像，<br>用曹顧庵學士<br>韻。（圖中三孫繞<br>側） | 入洛人如璧。記當年、才名<br>爭數，江東孫策。況值賢兄<br>新奪幟（謂扶桑殿元也）細<br>馬春游禁陌。看兩兩、油幢<br>繡戟。倏忽浮雲生宮殿，十<br>九年、罰作長流客。纔出塞，<br>鬢先白。　京華握手鳴珂<br>宅。劇悲歌、蛾眉勸酒，駝<br>酥行炙。今日閶門重見面，<br>更盡杯中琥珀。總莫問、鴻<br>泥雪迹。一笑披圖三珠樹，<br>羨兒皆、字猘奴呼釋。（猘<br>兒、釋奴皆前人小名。）萬<br>戶樂，君休易。 | 《迦陵詞全集》長<br>調，卷27，頁537。<br>《湖海樓詞集》長<br>調，卷18，頁344<br>～345。 |
| 〈蓮陂塘〉 | 題徐電發楓江漁<br>父圖 | 閒何人，生綃滑笏籈籈，來寂<br>歷如許。孤蓬幾扇西風底，<br>滴盡五湖疏雨。垂弱縷。儘<br>水蔓，江蕪信意牽他住。寄<br>聲魴鱮。總來固欣然，去還 | 《迦陵詞全集》長<br>調，卷29，頁552。<br>《湖海樓詞集》長<br>調，卷20，頁373。 |

| | 〈蓮陂塘〉 | 題龔節孫仿橘圖（節孫蘭陵人，卜居陽羨，羨東坡之爲人，故爲斯圖以明志。） | 有蘭陵、寧馨年少，風前玉樹姚冶。縛茆樹柵東溪畔，正傍樊川水榭。誰圖畫？畫秋後、雙柑百顆高低亞。寒香噀射。擬楚頌名亭，追蹤坡老，此意儘瀟灑。　人間世，總是蝸牛傳舍。休矜文采儒雅。海田幾徧裁桑後，萬事虛舟飄瓦。蜀山下，有蘇子祠堂，老木曾連把。如今盡也！便結得亭成，他年志遂，後日誰憐者？（余邑蜀山下東坡書院內古木數株，皆幾百年物，今翦伐殆盡，偶感及之。） | 《迦陵詞全集》長調，卷29，頁552。《湖海樓詞集》長調，卷20，頁373。 |
| --- | --- | --- | --- | --- |
| | 〈鶯啼序〉 | 蘭陵邵子湘有畫像五幀，一展書、一課耕、一垂竿、一游嶽、一蕉團，索余題詞，因賦此篇。 | 一圖執卷，堂前後、蕉黃竹翠。環墻隙、激水鏘鳴，灂灂聲循簷際。中有一人攤卷讀，不知所讀何經史。想讀當佳處，時復奮袂抵几。其一江村，滌場納稼，髣髴柴桑里。敝村扉、箕踞松根，揮斥田奴疆以。映斜陽、老特驅來，漾新蟾、雛鳧驚起。芍陂鄠杜，足平生，千場磑碓。　一圖泛艇，濕遍船頭綠篛，是洞庭烟水。軟幔障疏櫨，斜裊茶烟，細縈溪尾。釣得鰲來，曬將網去，撥棹入、江鄉漁市。其一圖、竹帳還棕履。層巒疊嶂，秋深橄葉參天，夜靜松花滿地。　廢箸沈吟，輟耕太息，往事都非矣。何苦上書北闕，侘傺無成，種豆南山，蕪荒不治。龍爭七澤，虎鬭千山，釣名釣國終非計，便終南捷徑徒爲爾。甌圖翠蔓青藤，峭厂枯團，放吾鼾睡。 | 《迦陵詞全集》長調，卷30，頁563。《湖海樓詞集》長調，卷20，頁392。 |

前頁上方續：可喜，知我者鷗鷺。　行藏事，不是如今纔悟。浮名休再相誤。人間多少金貂客，輸却綠蓑魚父。誰喚渡。早萬木醋霜，紅到消魂處。湛湛楓樹。又遙襯蘆花，搖晴織暝，鬧了半汀絮。

| | 〈穆護沙〉 | 題茗中沈鳳于孝廉被園偕隱圖 | 吮黛調鉛素。倔霜毫、渲染如許。是東陽才子，蘋洲詞客，壓倒秦觀賀鑄。携嬝嬝、吹簫樓上侶。小茸個、短籬疏圃。藥砌畔、紫葳蕤放，花架外、玉鬘影吐。嫩紫嬌黃，長紅小白，烟條露葉倩誰梳？恰曉妝纔罷，手香輕摘，人在綠窗語。 惆悵襟懷誰訴？鎮相看、卓家眉嫵。正春衫對挽，蠻箋低墮，情知粉郎新句。怕笛伎、箏人歌易誤。須紅豆、今番親譜。小立有、簾前桂子，授意把、碧簫潛取。摒擋偷聲，商量減字，月波浸徹畫屏虛。向前溪、更滌冰甌，宵闌煎顧渚。 | 《迦陵詞全集》長調，卷30，頁561。《湖海樓詞集》長調，卷20，頁389。 |
|---|---|---|---|---|
| 人物類－仕女 | 〈菩薩蠻〉 | 題青谿遺事畫冊，同鄒程邨、彭金栗、王阮亭、董文友賦八首。 | 乍遇<br>流蘇小揭人初起，博山烟裊屏風裏。紅日映簾衣，梁間玉翦飛。 迴眸驚瞥見，笑倚中門扇。准擬嫁文鴛，燈花昨夜雙。 | 《迦陵詞全集》小令，卷2，頁360。《湖海樓詞集》小令，卷1，頁31。 |
| | | | 奕棋<br>象牙局上金屋吐，香閨戲博紅鸚鵡。深院對挑棋，厭厭春晝遲。 娘輸籠玉手，佯靠紗窗口，細撚柳綿兒，花冠報午時。 | |
| | | | 私語<br>銀河斜墜光如雪，碧虛淺浸天邊月。月色太嬋娟，行來剛並肩。 闌干渾倚倦，小漾裙花茜。風細語難聞，亭亭雙璧人。 | |
| | | | 迷藏<br>後堂恰與中門近，當時日傍飛蟬鬢。猶記捉迷藏，水晶庭院涼。 侍兒前後邏，何計將他躲。匿笑顫花枝，鞋尖露一絲。 | |

| | | 彈琴<br>迴廊碧甃芭蕉葉，鴨爐瑞腦薰猶熱。春筍報琴彈，一行金雁寒。　聲聲鬆寶串，彈到昭君怨。促柱鼓瀟湘，風吹羅帶長。 | |
| --- | --- | --- | --- |
| | | 讀書<br>秦淮水閣多斑竹，平康院院燒燈讀。竹響似行人，檀郎迴顧頻。　恰逢紅粉面，送茗來瓊扇。剛是早回頭，夜深儂睡休。 | |
| | | 潛窺<br>梨花簌簌飛紅雪，狸奴夜撲氍毹月。物也解雄雌，教奴恣意窺。　潛蹤殊未慣，猛被蕭郎看。羞走暈春潮，門邊落翠翹。 | |
| | | 秘戲<br>桃笙小擁樓東玉，紅葹濃春鬖綠。寶篆鎮垂垂，珊瑚鈎響時。　花陰瑤屈戌，小妹潛偷覷。故意繡屏中，剔他銀燭紅。 | |
| 〈采桑子〉 | 爲汪蛟門舍人題畫冊十二幀（共十二首） | 鬱金堂後相思樹，花月瓏璁。庭院迷濛，鳳脛蘭膏瀲艷紅。　雙心一氣沈香火，嬌小烏龍。斜壓薰籠，笑爾葡萄寶幔空。 | 《迦陵詞全集》小令，卷2，頁363。《湖海樓詞集》小令，卷1，頁36～37。 |
| | | 是何年少朝天客，火滿東華。漏歇南衙，蝶夢纔歸尚戀花。　麝衾獸炭團花褥，修數其他。一例豪奢，不是田家即賣家。 | |
| | | 八盤膩手香蟬委，紅粉輕調。畫的輕描，直得春魂爲爾銷。　道書偏怪郎耽讀，百幅霞綃。十斛龍膏，何必蓬山訪碧桃。 | |
| | | 李皇周后年雙小，玉樹宮墻。金縷鞋幫，膽怯潛提出洞房。　秣陵往事千年矣，如此疏枉。莫管興亡，便破家山也不妨。 | |

| | | 金籠鸚鵡新來啞，柳樣腰身。月樣精神，小小房櫳少四鄰。　　只愁繞院千竿碧，戞觸疏筠。斷續停勻，幾陣琤琮似有人。 | |
| | | 浪花隔子冰紋檻，綠心肌膚。涼浸眉鬚，還有炎威半點無。　　水明樓上人疏裏，旁立鴨雛。秀骨清臞，愛看荷盤瀉露珠。 | |
| | | 蒼松陡作金虬舞，似作雲山。不像人間，巖畔相逢吳綵鸞。　　情緣未了前塵在，扇子團圞。暗惜韶顏，飯罷胡麻趁早還。 | |
| | | 鷦鴣班暈鸑鷟杓，玉潤犀香。酒聖詩狂，濃淡屏山墨幾行。　　牙籤疊架粗於筍，蕃錦朱囊。宋槧唐裝，也抵豪門笏滿床。 | |
| | | 紅櫻斗帳空如水，煙月羅羅。人到南柯，一片松濤枕畔過。　　雀翹蟬鬢端然坐，裙帶微挼。纖指頻呵，其處巫雲入夢多。 | |
| | | 簟紋綠煥玻璨皺，極望芙蕖。來往誰歟？風幔煙橈滿太湖。　　瑣兒不忿雙栖鴨，波濺紅襦。潮暈春酥，阿姐身邊竟有夫。 | |
| | | 搓酥滴粉瑤臺侶，要使微嚬。戲問幽情，眉黛全低恚旋成。　　紅絲蠅拂拈來打，何事甘卿？口語偏輕，薄怒徐回媚轉生。 | |
| | | 盈盈對坐繙經史，琳笈瓊函。粉印脂鈐，夜冷春蔥下幾籤。　　在旁蠟燭能知狀，茗苦香甜。月小風纖，詠絮才高笑撒鹽。 | |
| 〈荊州亭〉 | 題扇上琵琶行圖 | 苦竹黃蘆想像，溢浦潯陽怊悵。半幅小丹青，畫出東船西舫。　　白傅青衫已在，商婦琵琶猶響。無限斷腸聲，只在行間紙上。 | 《迦陵詞全集》小令，卷3，頁367。《湖海樓詞集》小令，卷2，頁42。 |

| | | | | |
|---|---|---|---|---|
| | 〈海棠春〉 | 題美女圖，爲閨人稱壽。 | 智瓊年小逢珍偶。多少事、燈前酒後。夜合自開花，搖動珠簾口。　檀奴戲覓南朝手。圖倩女，爲娘稱壽。一笑溜橫波，媚靨紅於酒。 | 《迦陵詞全集》小令，卷 3，頁 368。《湖海樓詞集》小令，卷 2，頁 45。 |
| | 〈侍香金童〉 | 題閨秀畫扇，用湘瑟詞韻 | 蕃馬平沙，六扇屛風摺。映的的、腮渦紅暈頰。擘阮研箏都未愜。只把檀槽，粉偎酥貼。　偶臨花、蕊樣閒將螺管捻。襯幾筆、煙條露葉。料爾前身枝上蝶。乍掐齊紈，燕窺鶯踏。 | 《迦陵詞全集》中調，卷 7，頁 393。《湖海樓詞集》中調，卷 4，頁 88。 |
| | 〈行香子〉 | 爲李武曾題扇上美人，同弟緯雲賦。 | 煙樣羅裯。月樣銀鉤。人立處，風景全幽。誰將紈扇，細寫風流。有一分水，一分墨，一分愁。　天街似水，迢迢涼夜，十年前、事上心頭。雙飄裙帶，曾伴新秋。在那家庭，那家院，那家樓。 | 《迦陵詞全集》中調，卷 7，頁 395。《湖海樓詞集》中調，卷 4，頁 90～91。 |
| | 〈水調歌頭〉 | 題余氏女子繡西施浣紗圖，爲阮亭賦。 | 婀娜針神女，春晝繡西家。聞道若耶溪上，淥水漾明沙。爲憶吳宮情事，驀地養娘來至，羞臉暈朝霞。忙向屛山畔，背過鬢邊鴨。　一春愁，三月雨，滿欄花。西施未嫁當初，情緒記些些。靠著繡牀又想，拈著鴛針又放，幽思渺無涯。一幅鮫綃也，錯認越溪紗。 | 《迦陵詞全集》長調，卷 14，頁 437。《湖海樓詞集》長調，卷 8，頁 166。 |
| | 〈多麗〉 | 爲李雲田、周小君寶鐙題坐月浣花圖 | 暖紅簹，月輪斜挂妝樓。恰雅稱、香閨心性，下階小試蓮鉤。好風篩、窗紗影碎。涼露浸、簟縠紋流。裙帶微飄，玉奴私語，人生易値此宵不？何況是、楚天巫峽，（李，漢陽人）嫦娥別種清幽。羨此夜、月光人面，端正溫柔。　漸滿砌、玲瓏紅藥，如啼欲睡疑羞。倩輕綃、秋棠宜盥，央小玉、夜合將收。更與傳言，月波堪舀，莫問銀牀玉井頭。想像處、花前人月，永夜費凝眸。還只怕、畫圖難肖，搦管增愁。 | 《迦陵詞全集》長調，卷 30，頁 558。《湖海樓詞集》長調，卷 20，頁 383～384。 |

| 人物類－民間傳說人物 | 〈念奴嬌〉 | 戲題終葵畫（鍾馗，一名終葵。） | 誰將醉墨，潑長箋寫作，十分奇詭。髑鼻魋肩形狀寢，風刮鬖毛攢蝟。空驛啼杇、頹崖嘯葛，目欲營天地。三閭呵壁，荒唐情態如是。　　休只破宅蹣跚，荒江狼犺，幽窅尋魑魅。鼎鼎試看朝市上，何限揶揄之子。臥者爲尸，坐而成家，擇肉須來此。笑渠笨伯，翻愁鬼以公戲。 | 《迦陵詞全集》長調，卷18，頁469。《湖海樓詞集》長調，卷11，頁222。 |
|---|---|---|---|---|
| | 〈高陽臺〉 | 題余氏女子繡高唐神女圖，爲阮亭賦。 | 巫峽妖姬，章臺才子，賦成合斷人腸。繡閣停針，含情想像高唐。渚宮舊跡今何在，不分明、水殿雲房。颭蟬鬢、憶著行雲，恰費商量。　　蘅皋幕雨淒涼。只楚天一碧，與夢俱長。霧縠霓旌，幾時重得侍君王。小唾紅絨思好事，卻翦刀、聲出迴廊。更添些、紅杜青蘋，做出瀟湘。 | 《迦陵詞全集》長調，卷20，頁482。《湖海樓詞集》長調，卷13，頁246～247。 |
| | 〈瀟湘逢故人慢〉 | 題余氏女子繡柳毅傳書圖，爲阮亭賦。 | 龍綃一幄，有靈芸針線，刺鳳描鸞。秋水漾波瀾。正洞庭歸客，憔悴思還。牧羊龍女，恰相逢、雨鬢風鬟。看多少、沙明水碧，一天愁緒漫漫。　　卻又早，來橘浦，見兒家、綃宮璇闕生寒。貴主下雲端。更箱開青玉，珀映紅盤。海天良夜，論恩情、可似人間？繡到此，料應長歎，眉峰斜蹙湘山。 | 《迦陵詞全集》長調，卷22，頁499。《湖海樓詞集》長調，卷15，頁277。 |
| | 〈多麗〉 | 題余氏女子繡陳思洛神圖，爲阮亭賦。 | 問多情，今古誰堪雄長。也無如、曹家天子，西陵臺上虛帳。更傳聞、東阿子建，少年情緒駘蕩。水上明珠，波間翠羽，洛神一賦，神飛魂愴。只一事、家王薄行，誰對中郎將。恐他日、黃鬚兒子，亦起非望。　　又翦出、輕雲態度，繡成流雪情狀。歎香閨、一雙纖手，比似文心誰瑜亮。便使當年，袁家新婦，自臨明鏡圖嬌樣。也還怕、傳神阿堵，宛 | 《迦陵詞全集》長調，卷30，頁558。《湖海樓詞集》長調，卷20，頁383。 |

| | | | 轉須相讓。凝眸處、婀娜華容，千秋無恙。 | |
|---|---|---|---|---|
| 自然景觀類－動植物 | 〈菩薩蠻〉 | 吳門將歸，爲姜學在題歲寒圖。 | 瀕行不折闔門柳，殷勤只勸皋橋酒。笑指歲寒圖，交情如不如？ 領君珍重意，樹乃猶如此。題罷上歸船，孤帆入暝烟。 | 《迦陵詞全集》小令，卷2，頁361。《湖海樓詞集》小令，卷1，頁33～34。 |
| | 〈菩薩蠻〉 | 爲竹逸題徐渭文畫紫牡丹 | 年少闘酒紅欄下，一叢姹紫眞如畫。今日畫花王，依稀洛下妝。 徐熙眞逸品，淺暈葡萄錦。挂在賞花天，狂蜂兩處喧。 | 《迦陵詞全集》小令，卷2，頁361。《湖海樓詞集》小令，卷1，頁34。 |
| | 〈采桑子〉 | 題畫蘭小冊（蘭爲橫波夫人所繪） | 回思吮粉調鉛日，紫葯緗芽。露蕊烟葩，壓倒南唐落墨花。 杜蘭香去多時了，碎棉零紗。漂泊誰家，賸有眉樓小篆斜。 | 《迦陵詞全集》小令，卷2，頁362。《湖海樓詞集》小令，卷1，頁35。 |
| | | | 後堂絲管親曾醉，衮遍箏琶。舞煞蠻靴。百幅紅蘭出內家。 左徒弟子今誰在？只有章華。淪落天涯，忍看靈均九畹華。 | |
| | 〈阮郎歸〉 | 爲靈雛題畫 | 吳綾一幅滑如脂，江南好畫師。長松幾樹碧離離，斜添斑竹枝。 烟似水，雨如絲，梅花簾外垂。更題半闋斷腸詞，樊川杜牧之。 | 《迦陵詞全集》小令，卷3，頁368。《湖海樓詞集》小令，卷2，頁43。 |
| | 〈虞美人〉 | 題徐渭文畫花卉翎毛便面（扇畫虞美人花卉蛺蝶） | 簾櫳水浸剛初夏，夏淺勝春也。數枝白白與紅紅，飄到一雙蛺蝶粉濛濛。 愁看劉項興亡史，且讀南華子。漆園栩栩過墻來，笑爾開花還傍月明開。 | 《迦陵詞全集》小令，卷5，頁382。《湖海樓詞集小令，卷3，頁69。》 |
| | 〈歸田樂引〉 | 題王石谷晴郊散牧圖 | 散牧涼秋月。或樹根、痒而摩者，或飲寒湫窟。渡者人立者，啼者，鳴者，喜則相濡怒相齕。 矜秋露毛骨。昂首森然如陵闕。綠崖被坂，虧蔽滿林樾。駞一塞馬七，豕牛羊百三十，牧笛一聲日西沒。 | 《迦陵詞全集》中調，卷8，頁399。《湖海樓詞集》中調，卷5，頁98～99。 |

| 〈百字令〉 | 題徐晉遺表弟所畫牡丹圖，並以誌悼。（時正是花大放。） | 璧人年少，記臨風側帽，姿尤清絕。曾在沈香亭畔醉，偷譜清平三闋。更取名花，圖成粉本，惹殺狂蜂蝶。盈盈著紙，誤人幾度攀折。<br>今日畫可羞花，花偏入畫，一樣無分別。可惜空山埋玉樹，此恨只和花說。縱有丹青，也應塵土，拌了嬌紅色。花前一嘆，胭脂亂撲成雪。 | 《迦陵詞全集》長調，卷19，頁476。《湖海樓詞集》長調，卷12，頁237。 |
|---|---|---|---|
| 〈齊天樂〉 | 題松萱圖，為姜西溟母夫人壽。 | 憑誰細研吳綾滑，貞松皺來蒼賁。蠹可孥雲，濤偏沸雨，只伴疏梅衣縞。霜零雪嫋。兒著得書成，龍麟暗老。十載飄蓬，枝頭飛去翠禽小。<br>鄉關悄然回首，小橋新月下，茅屋偏好。肱被輕分，江魚遠致，長祝歲寒相保。清愁未了。再添筆紅萱，欄邊斜裊。擬答春暉，此心慚寸草。 | 《迦陵詞全集》長調，卷21，頁491。《湖海樓詞集》長調，卷14，頁263。 |
| 〈沁園春〉 | 題徐渭文鍾山梅花圖，同雲臣、南耕、京少賦。 | 十萬瓊枝，矯若銀虬，翩如玉鯨。正困不勝烟，香浮南內，嬌偏怯雨，影落西清。夾岸亭臺，接天歌板，十四樓中樂太平。誰爭賞，有珠璫貴戚，玉佩公卿。　如今潮打孤城。只商女船頭月自明。歎一夜啼烏，落花有恨，五陵石馬，流水無聲。尋去疑無，看來似夢，一幅生綃淚寫成。攜此卷，伴水天閒話，江海餘生。 | 《迦陵詞全集》長調，卷24，頁518。《湖海樓詞集》長調，卷17，頁311。 |
| 〈賀新郎〉 | 作家書竟，題范龍仙書齋壁上蘆雁圖。 | 漏悄裁書罷。繞廊行、偶然瞥見，壁間小畫。一派蘆花江岸上，白雁濛濛欲下。有飛且鳴而悲者。萬里重關歸夢杳，拍寒汀、絮盡傷心話。捱不了，淒涼夜。　城頭戍鼓剛三打。正四壁、人聲都靜，月華如瀉。再向丹青移燭認，水墨陰陰入化。恍嘹嚦、枕稜窗罅。曾在孤舟逢此景，便畫圖、相對心猶怕。君莫向，高齋掛。 | 《迦陵詞全集》長調，卷26，頁528。《湖海樓詞集》長調，卷18，頁329〜330。 |

| | | | | |
|---|---|---|---|---|
| | 〈賀新郎〉 | 題大司農五苗圖（梁蒼巖先生夢人貽宋繡一幅，長松千尺下苗五苗，是歲先生第五郎生，因名苗哥，戊午秋，先生招飲邸舍，苗哥出揖，屬為此詞。） | 靧面桃花雪。羨昌昌、搓酥滴粉，珠裝翠刷。昨夜分明天上冷，玉兔初肥時節。早謫向、姮娥宮闕。騎上紫皇獰小鳳，笑臺兒、項領尋常物。粗了了，甚賢達。　曾經入夢繚綾滑。是宣和、寫生墨繡，虬松都活。今日荷衣能出拜，果應蘭芽其苗。算此事、通都豔說。摩頂苗哥須記取，奮扶搖、條鏃行當掣。家自有，魏公笏。 | 《迦陵詞全集》長調，卷28，頁546。《湖海樓詞集》長調，卷19，頁363。 |
| | 〈金明池〉 | 臬署寒夜，展鵑紅女史梅花畫扇感賦。 | 歷歷殘更，沉沉深院，坐冷官齋樺燭。簷雨滴、人聲漸悄，又廊外、茶響將熟。想外邊、片片瓊英，都解向、紅板橋南堆簇。悵何計尋香，無聊展畫，小檢齊紈零幅。　遙憶粉娥調脂盞，恰和淚勻鉛，忍寒嬾綠。簪花格、紅欹翠弱，沒骨繪、神全韻足。料霜毫、寫欲成時，襯纖月如銀，斜支臂玉。且吟弄空花，摩挲秋扇，也算探梅林麓。 | 《迦陵詞全集》長調，卷29，頁553。《湖海樓詞集》長調，卷20，頁374。 |
| 自然景觀類－四時風景 | 〈減字木蘭花〉 | 題惲南田為潘原白所畫絳幀橫秋圖二首 | 花冠粉距，昂首晴秋羞噲伍。腦殺詩翁，得失偏呶雞與蟲。　乾坤夜黑，何日一鳴天下白。角角堪驚，總是秦關過客聲。 | 《迦陵詞全集》小令，卷2，頁365。《湖海樓詞集》小令，卷2，頁40。 |
| | | | 陳倉祠古，當日霸王全繫汝。叢桂天空，舐藥還聞伴八公。　而今老大，笑爾會稽雞太啞。莫管昏晨，斯世誰為起舞人！ | |
| | 〈臨江仙〉 | 賦得「睡起宛然成獨笑，數聲漁笛在滄浪」，為園次題帳額畫幅。 | 西塞山前無六月，半間草閣臨流。晚來都聚打魚舟。笛聲四起，劃碎一江秋。　正值南柯初罷郡，槐陰蝗戰剛休。兼天波浪打閒鷗。寄聲三老，今夜轉船頭。 | 《迦陵詞全集》小令，卷5，頁384。《湖海樓詞集》小令，卷3，頁73。 |
| | 〈歸田樂引〉 | 題春郊禊飲圖 | 粉墨真瀟灑。綠楊天、樓臺金碧，陣陣湔裙社。枰也茗椀也，竹也，絲也，掩映花叢柳綿下。　風簾烟際挂。墻裏鶯啼鞦韆架。抱琴 | 《迦陵詞全集》中調，卷8，頁399。《湖海樓詞集》中調，卷5，頁99。 |

| | | | | |
|---|---|---|---|---|
| | | | 童子，穿過春山罅。詠者立飲者，弈者謳者，一幅龍眠西園畫。 | |
| | 〈水調歌頭〉 | 題遠公畫洞山圖，送天石北上。 | 何以贈行卷，而作洞山圖。旁人拍手大笑，畫者復誰歟？此去燕姬馬種，況足金莖仙瀣，茗椀酷非須。卿復携來否，長柄有葫蘆。　掀髯語，畫此者，定非迂。敗盡朱門酒肉，只此味清腴。縱挾綾文三百，日給龍團鳳餅，曾似故園無？十丈紅塵裏，一幅冷秋菰。 | 《迦陵詞全集》長調，卷14，頁439。《湖海樓詞集》長調，卷8，頁169。 |
| | 〈念奴嬌〉 | 冬夜聽梧軒題王右丞初冬欲雪圖 | 炎天看此，便陰陰也覺，滿林飛雪。何況今宵風正吼，絕塞膠弓都折。冰裂龍堂，凌鋪貝闕，萬里關河結。長空黯澹，乾坤景色真別。<br>　安得盡敞瓊樓，早催滕六，一夜看親切。玉戲定知應不遠，料也無過來月。水墨纔皴，同雲暗釀，人意先清絕。只愁僵臥，怕他近恁時節。 | 《迦陵詞全集》長調，卷18，頁468。《湖海樓詞集》長調，卷11，頁221。 |
| | 〈望海潮〉 | 題馬貴陽畫冊 | 極北龍歸，江東馬渡，君臣建業偏安。天上無愁，宮中有慶，聲聲玉樹金蓮。點綴太平年。更尚書艷曲，丞相蠻箋。月夕花朝，那知王濬下樓船。　華清月照闌干。悵多時粉本，流落人間。可惜當初，丹青妙手，如何不畫淩烟！風景極淒然。寫一行衰柳，幾處哀蟬。展卷沈吟，昏鴉蔓草故宮前。 | 《迦陵詞全集》長調，卷23，頁506。《湖海樓詞集》長調，卷15，頁290。 |
| | 〈賀新郎〉 | 題郎官山雪霽圖，送家伯驑還八閩。 | 閩嶠盤天際。悵連年、幔亭昔夢，枕邊頻製。搨得郎官山半幅，目斷層崖雪霽。飛不透、鷓鴣聲裏。今日真成歸計隱，漲蠻天、一片南還騎。桄榔麵，家山味。　前灘喚囝鄉音細。傍榕陰、晶丸萬顆，依然斜綴。綠蠣房邊紅齒屐，喧笑應門童稚。誰暇訴、飄零情事！少傾武夷君有信，也頭童、面皺驂鸞至。驚此別，幾年歲。 | 《迦陵詞全集》長調，卷27，頁536。《湖海樓詞集》長調，卷18，頁343。 |

# 附錄二：陳維崧題畫詞統計表 <sup>〔註1〕</sup>

表一

| 題　　材 | 題寫對象 | 數　　量 | 總　　計 |
|---|---|---|---|
| 人物類 | 寫真 | 44 首 | 74 首 |
| | 仕女 | 26 首 | |
| | 民間傳說人物 | 4 首 | |
| 自然景觀類 | 動植物 | 13 首 | 21 首 |
| | 四時風景 | 8 首 | |

表二

| 體製 | 題　　材 | 題寫對象 | 數　　量 | 總計 |
|---|---|---|---|---|
| 小令 | 人物類 | 寫真 | 10 首 | 41 首 |
| | | 仕女 | 22 首 | |
| | | 民間傳說人物 | 0 首 | |
| | 自然景觀類 | 動植物 | 6 首 | |
| | | 四時風景 | 3 首 | |

---

〔註 1〕 此表格乃筆者自行整理製作。

| | | | | | |
|---|---|---|---|---|---|
| 中調 | 人物類 | 寫眞 | 7首 | 9首 | 11首 |
| | | 仕女 | 2首 | | |
| | | 民間傳說人物 | 0首 | | |
| | 自然景觀類 | 動植物 | 1首 | 2首 | |
| | | 四時風景 | 1首 | | |
| 長調 | 人物類 | 寫眞 | 27首 | 33首 | 43首 |
| | | 仕女 | 2首 | | |
| | | 民間傳說人物 | 4首 | | |
| | 自然景觀類 | 動植物 | 6首 | 10首 | |
| | | 四時風景 | 4首 | | |